Andrea Martin

Die Geheimnisse von Oaksend

Das Monsterorakel

Andrea Martin

DIE GEHEIMNISSE VON OAKSEND

DAS MONSTERORAKEL

Mit Illustrationen
von Max Meinzold

cbj

Für Dich

INHALT

Kapitel 1

Ein Stein spricht

Von mächtigen Eichen und Riesenfarnen umgeben, verbarg sich tief im Wald eine verwunschene Lichtung. Dort stand ein ziemlich kleiner, blasser Junge und redete mit einem ziemlich großen, alten Stein.

»Ach, komm schon, krieg dich wieder ein. Hast du dich etwa noch nie versprochen?«

Der Felsbrocken antwortete nicht.

Die Leute von Oaksend nannten ihn Druidenstein. Er ragte fast mannshoch aus der Erde empor und soll einst magische Kräfte gehabt haben. Doch das war lange her. Inzwischen war der Stein geborsten und mit Moos bewachsen, das flauschige Tupfen bildete.

»Es ist mir doch nur so rausgerutscht. Du hast natürlich keine Tupfen, sondern … Flecken!«

Der Felsbrocken schwieg beharrlich.

»Dann sag ich eben auch nichts mehr«, maulte der Junge, klaubte eine Eichel auf und pfefferte sie frustriert ins Unterholz.

Eine Windbö fuhr durch den Wald und ließ die Blätter rauschen. Die Gestalt, die sich zwischen den Riesenfarnen verbarg, presste sich flach zu Boden. Dort, wo die Eichel sie getroffen hatte, zuckte ein Muskel. Die schlitzartig verengten Augen schielten durch die Farnwedel hindurch auf die Lichtung. Da war er ja, der Junge. Wie klein und blass er doch war … und wie einsam er sein musste, wenn er mit einem Felsbrocken sprach. Der Gestalt kam ein Verdacht. Hatte der Junge sich in seiner Einsamkeit einen »unsichtbaren Freund« zugelegt? Abermals zuckte ein Muskel. Die Versuchung wurde fast übermächtig. Aber es war zu riskant. Hinter der dunklen Stirn arbeitete es. Das marode Brunnenhaus kam ihr in den Sinn. Aus dem tiefen Schacht würde kein Pieps nach außen dringen. Ja. Genau so würde es geschehen. Ein Plan, so simpel wie grausam – und süß wie die Rache …

Nun wusste die Gestalt, was sie zu tun hatte. Lautlos wie ein Schatten glitt sie auf allen vieren rückwärts durch das Dickicht und verschwand in der Tiefe des Waldes. Ein Schwarm Fledermäuse stob aus den Wipfeln empor und bildete eine ungewöhnliche Formation. Für die Dauer eines Wimpernschlages erschien die Silhouette eines springenden Tieres am Himmel. Dann war es auch schon wieder vorbei. Die Formation löste sich auf und der Schwarm flog davon. Niemand hatte die seltsame Erscheinung bemerkt.

Auch Robin nicht, der auf der Lichtung einen neuen Versuch startete.

»Es tut mir ja leid. Aber mehr als entschuldigen kann ich mich nicht.«

Endlich zeigte der Felsbrocken eine Reaktion: »Du könntest die Hymne singen.«

Robin stöhnte. Ausgerechnet die Hymne. Schlimmer als Scrabble. Sogar schlimmer als Graupensuppe. Doch was blieb ihm übrig? Die Zeit drängte. Er räusperte sich und begann mit wackeliger Stimme zu singen:

O Ratzenfurz und Läusenissen,
wer ist so flink und so gerissen?
Kein Mensch, kein Tier, das sag ich dir.
Schlauer als der schlauste Marder,
stärker als der stärkste Parder
und leise wie 'ne Fledermaus
boxt es dich aus Unheil raus.

O Stachlerdung und Stinkesaft,
was morpht und blufft, bis es kracht?
Kein Mensch, kein Tier, das sag ich dir.
Wer kann auch schon durch Wände seh'n,
wo Mäusespeck und Kekse steh'n?
Für Feinde bleibt es unsichtbar,
doch Freunden zeigt's sich wunderbar.

Robin wandte sich zum Druidenstein. Tat sich schon etwas?

»Weiter!«, mahnte der Felsbrocken.

Robin rief sich die nächsten Strophen in Erinnerung. Das war bestimmt die längste Entschuldigung der Welt, dachte er grimmig, holte Luft und sang weiter:

O Wanzengift und Spinnenbein,
es ist verrückt, was kann das sein?
Kein Mensch, kein Tier, das sag ich dir.
Sieben Zeichen sind der Weg,
mit RENMOST hast du einen Steg.
Nur Mut, spiel mit dem ABC,
dann findest du im Nu den Dreh.

In MRS ETON steckt es drin
und auch im alten MR STONE.
In NEMO STR. wohnt es nicht,
in unsrer Mitte aber schon.
Mit MENTORS bist du fast schon da.
Noch einmal rum und hin und her!
Jetzt weißt du's! War doch gar nicht schwer.

Robin stand auf und stemmte die Hände in die Hüften.

»Und, bist du jetzt zufrieden?«

»Du hast die letzte Strophe vergessen.«

Robin verdrehte die Augen. Heute blieb ihm aber auch nichts erspart. Er besann sich auf die letzte Strophe und sang zu Ende:

HURRA, jetzt ist die Lösung da!
Sie leuchtet hell und sonnenklar.
Kein Mensch, kein Tier, das weiß ich jetzt.
Das coolste Wesen auf der Welt
und unser allergrößter Held,
das kann doch nur ein MONSTER sein.
Ach, könnte ich doch auch eins sein!

Plötzlich raschelte es, und im hohen Gras bildete sich eine schmale Schneise, die vom Druidenstein her geradewegs auf Robin zulief. Eine Sekunde später erschien wie aus dem Nichts ein blaugraues, pelziges Monster. Es war nicht besonders groß, etwa einen halben Kopf größer als Robin, aber doppelt so breit.

»Tupfen!«, grummelte es. Doch Robin sah, dass sein bester Freund Melvin lange nicht so sauer war, wie er tat. Robins Darbietung der Monsterhymne hatte ihn insgeheim verzückt – so schaurig schräg sie auch geklungen hatte.

Robins Blick glitt verstohlen über Melvins Fell. Es war blaugrau, sehr lang und sehr dicht. Und es hatte eindeutig Tupfen. Er knuffte Melvin spielerisch in die Seite. »Tarnflecken! Du hast supercoole Tarnflecken, wie sie nur bei stolzen Raubkatzen vorkommen. Guck mal, der da sieht sogar richtig streifig aus.«

Melvins Augen leuchteten auf. »Echt? Wo?« Er verrenkte sich den Hals beim Versuch, einen Blick auf den eigenen Rücken zu erhaschen, der mit unregelmäßigen Tupfen gesprenkelt war.

Robin wies vage auf eine Stelle zwischen den Schulterblättern. Dort war ein Tupfen, der nicht ganz so rund war wie die anderen. Mit viel gutem Willen konnte er als länglicher Klecks durchgehen. »Da! Das wird bestimmt ein dicker, fescher Streifen … Aber können wir jetzt endlich gehen? Rufus wird toben, wenn wir nicht rechtzeitig nach Hause kommen.«

»Oh. Ja, klar.« Melvin gab seine Verrenkungen auf und eilte Robin nach.

Von der Lichtung ging ein Hohlweg ab, der so schmal war, dass sie hintereinander hergehen mussten. Robin, der voranging, lächelte in sich hinein. Melvin hasste seine Tupfen und konnte es kaum erwarten, dass sie sich endlich in Streifen verwandelten. Es war ihm peinlich, dass er immer noch sein Kinderfell hatte. Robin war das schnurz. Seinetwegen hätte Melvin rot-weiß kariert durch die Gegend laufen können – was tatsächlich schon vorgekommen war. Melvin konnte nämlich bluffen. Wie ein Oktopus konnte er beliebig seine Farbe wechseln. Robin hatte Melvin schon mit Schachbrettmuster gesehen, bunt gestreift wie ein Regenbogen oder mit Veilchen auf giftgrünem Grund. Doch das Allergrößte war, dass Melvins Fell sich sogar jedem beliebigen Hintergrund anpassen konnte. Dann war er so gut wie unsichtbar.

Erst gestern hatte Robin ein Buch aus dem Regal ziehen wollen und war zurückgezuckt, als seine Finger unversehens gegen etwas Weiches stießen. Ein unterdrücktes Kichern war zu hören gewesen, und Robin begriff, dass sich Melvin in geblufftem Zustand vor das Regal geschlichen hatte, um ihn zu foppen.

Aber Melvin konnte noch mehr. Sein Fell war nicht nur lang und dicht, sondern mit seinen vielen Taschen auch unheimlich praktisch. Außerdem konnte er schnurren, mit seiner Spucke Wunden heilen, im Dunkeln sehen und mit seinen Hörnern Dinge orten, die für das bloße Auge nicht sichtbar waren. So hatte er zum Beispiel einen Geheimgang in Robins begehbarem Kleiderschrank entdeckt und auf dem Dachboden eine verborgene Kammer aufgespürt.

Nur fliegen konnte Melvin nicht. Dafür hatte er ein Hatchpatch. Das war ein kreisrundes Stück Stoff, das Melvin bloß an die Wand werfen musste, und schon öffnete sich wie durch Zauberhand eine Art Expresstunnel, durch den man von einem Ort zum anderen gelangen konnte.

Für Monster, ganz besonders für Schutzmonster, wie Melvin eins war, waren all diese Dinge – besonders das Bluffen – jedoch mehr als coole Spielereien. Seit die Monster vor langer Zeit einmal fast ausgerottet worden waren, waren sie extrem vorsichtig und hielten ihre Existenz vor den Menschen geheim. Es geschah nur ganz selten, dass sie sich jemandem zeigten.

Bei Robin fühlte sich Melvin sicher und zeigte sich oft und gern. Natürlich nur, wenn sie allein waren. Robin war stolz, dass Melvin ihm vertraute. Manchmal konnte das aber auch ganz schön anstrengend sein. Denn Melvin, der die Menschenwelt bis vor Kurzem nur aus Büchern kannte, fand die Wirklichkeit viel aufregender und ließ sich leicht ablenken.

Besonders kritisch wurde es, wenn er Gesang oder Musik vernahm. Dann konnte es sogar passieren, dass er alles um sich herum vergaß – sogar zu bluffen. So wäre er einmal um ein Haar von Robins Großvater Rufus entdeckt worden. Bei der Erinnerung daran bekam Robin immer noch weiche Knie.

Robin würde alles tun, um das Geheimnis seines unsichtbaren Freundes zu wahren. Niemand, wirklich niemand durfte von ihm erfahren. Andererseits: Wem sollte Robin es auch erzählen? Selbst wenn er es wagte, würde er wahrscheinlich schneller in Honeys Farm landen, als er *Klapse* sagen konnte. Alle würden ihn für verrückt erklären. Alle, bis auf Imogen Pollock. Aber die galt nicht. Robins wunderliche Schulkameradin war selbst nicht ganz normal. Sie dachte über die absonderlichsten Sachen nach – zum Beispiel, wie Steine unter Wasser atmeten.

Der Wald lichtete sich. Zwischen den Stämmen hindurch konnte Robin die verwilderte Pferdekoppel erspähen. »Melvin?« Er sah über die Schulter. Wie ein Hund, der seinem eigenen Schweif nachjagt, drehte sich Melvin im Gehen um sich selbst, während er versuchte, doch noch einen Blick auf den angeblichen Streifen zwischen seinen Schulterblättern zu erhaschen. Robin verkniff sich ein Grinsen und sagte: »Melvin, wir sind gleich aus dem Wald raus.«

»Jaja, ich mach ja schon …« Mit einem kaum wahrnehmbaren Wisperlaut, leiser als der Flügelschlag einer Fledermaus, bluffte Melvin sich weg. Der Hohlweg lag wieder scheinbar verlassen da.

Kapitel 2

Sturmfreie Bude

Robin trat auf die Koppel hinaus und stapfte durch die hüfthohe Wiese voller Klatschmohn, Goldnesseln, Schlüssel- und Glockenblumen. Berauscht von dem vielen Nektar torkelten Hummeln durch die Luft. Er kletterte über das windschiefe Gatter, an dem der Mistelweg in einer Sackgasse endete. Die Häuser der Straße waren alt und ehrwürdig. Bis auf das letzte. Das war alt und schäbig. Brombeergestrüpp wucherte über die verwitterte Fassade und fingerte mit seinen Ranken nach der Dachrinne. Im Durchgang, der zwischen Haus und Garage in den Garten führte, zogen sich von den verbrannten Überresten einer Kohlenluke Rußzungen bis in den ersten Stock. Das Einzige, was an dem Haus nicht schäbig war, war die neue Veranda auf der Vorderseite. Das Holz leuchtete goldgelb und duftete nach Harz.

In diesem Haus lebte Robin, seit seine Eltern vor vielen Jahren gestorben waren. Es gehörte seinem Großvater. *Großvater* klang immer so nett, so nach gemütlichem älteren Herrn. Das traf auf Rufus nicht zu. Der war anders als andere Großväter.

Das fing schon damit an, dass er ziemlich ungemütlich wurde, wenn Robin *Opa* zu ihm sagte.

Gerade trat er mit einer Reisetasche aus dem Haus, aus der eine Pyjamahose herauslugte. »Das wurde aber auch Zeit!«, grollte er, als er Robin sah. »Das Taxi muss jeden Augenblick kommen. Hilf Mrs Stickforth mit dem Gepäck. Ich muss noch meine Unterlagen ho…«

»WIE LANGE DAUERT DAS DENN NOCH? ICH WARTE SCHON SEIT STUNDEN!«, unterbrach ihn eine zeternde Stimme.

Robin fuhr zusammen und sah zum Nachbarhaus hinüber.

Auf der Veranda wiegte sich Mrs Stickforth ungeduldig im Schaukelstuhl vor und zurück. Ihr totenkopfartiger Schädel ragte aus einem Spitzenkragen hervor, wie ihn Robin auf einem Bild in seinem Geschichtsbuch gesehen hatte. Die Passagiere der Mayflower hatten so etwas Ähnliches getragen.

»Geht gleich los, Doris!«, rief Rufus, gab Robin einen Schubs und eilte ins Haus zurück, um seine restlichen Sachen zu packen.

Robin trottete zum Nachbarhaus und stieg die Verandatreppen hoch. Mrs Stickforths spinnenartige Finger trommelten auf einer Reisetruhe, die kaum kleiner war als eine Schlafzimmerkommode. »ELENDER RUMTREIBER! WEGEN DIR WERDEN WIR NOCH DEN ZUG VERPASSEN!«, schimpfte sie los.

»Tag«, nuschelte Robin.

»WIE WAR DAS?«

»Hmpf!«, entfuhr es Robin, als er versuchte die Reisetruhe anzuheben. Mrs Stickforths Stockspitze stach in seine Kniekehle.

»EIN BISSCHEN MEHR RESPEKT, DU MISSRATENER BENGEL!«

»Guten Tag, Mrs Stickforth«, ächzte Robin und ging in die Knie, um die Truhe auf seinen Rücken zu wuchten. In der nächsten Sekunde wurde sie jedoch wie durch Zauberhand federleicht. Robin, der schon Schwung genommen hatte, schoss nach vorne und stolperte die Verandatreppen hinunter. »'tschuldigung!«, drang Melvins Stimme gepresst hinter der Truhe hervor.

Auf dem Weg zu Rufus' Haus wackelte Mrs Stickforth hinterher, lautstark Ermahnungen keifend: »DASS DU MIR JA NICHT VERGISST, MEINE HORTENSIEN ZU GIESSEN!«

»Ja, Mrs Stickforth«, sagte Robin. Seit Tagen quälte sie ihn mit pingeligen Anweisungen, wie ihre Hortensien zu pflegen seien, während sie ihre Schwester in Banston besuchen würde. Zur Sicherheit hatte sie ihm alles aufgeschrieben. Die Liste war fünf Seiten lang. Eng beschrieben.

»SIE DÜRFEN NIE AUSTROCKNEN.«

»Ja, Mrs Stickforth.«

»WEHE, ICH FINDE IN ZWEI WOCHEN AUCH NUR EIN WELKES BLATT!«

»Ja, Mrs Stickforth.«

»DAS WILL ICH AUCH HOFFEN! UND HÄNDE WEG VON DEN STREICHHÖLZERN. *MESSER, SCHERE, FEUER, LICHT SIND FÜR KLEINE KINDER NICHT!* HALB OAKSEND HAST DU ABGEFACKELT!«

Urplötzlich wurde die Truhe wieder tonnenschwer, rutschte von Robins Rücken und krachte auf den Bürgersteig vor Rufus' Haus. Der Aufprall übertönte einen leisen Knurrlaut. Melvin konnte Mrs Stickforth nicht verzeihen, dass sie Robin immer noch zu Unrecht beschuldigte, damals den Kellerbrand in Rufus' Haus gelegt zu haben.

In dem Moment bog ein Taxi in den Mistelweg ein, brauste bis zum Ende der Straße, wendete vor der Pferdekoppel und hielt vor dem Haus. Ein junger Fahrer sprang heraus. »Hallihallo zusammen!«, grüßte er fröhlich. »Wo soll's denn hin…« Sein Lächeln gefror, als er Mrs Stickforths Reisetruhe erblickte. Tapfer versuchte er einen Witz: »Mam, wollen Sie verreisen oder umziehen?«

»ICH VERBITTE MIR DIESEN TON!« Mrs Stickforth schwang drohend ihren Stock. Der Fahrer wich zurück und öffnete den Kofferraumdeckel, als suchte er dahinter Schutz. Während er sich mit hochrotem Gesicht abmühte, die Truhe in den Kofferraum zu wuchten, half Robin der murrenden Mrs Stickforth auf den Rücksitz. Ihr Griff fühlte sich an wie eine Fessel.

»UNGLAUBLICH, WAS SICH DAS PERSONAL HEUTZUTAGE HERAUSNIMMT!«, keifte die alte Frau. Robin wich dem spitzen Stock aus und drückte die Tür zu.

In diesem Moment kam Rufus aus dem Haus gerannt. Er trug eine prall gefüllte Aktentasche, eine Spur wirbelnder Zettel hinter sich herziehend. Ohne den Fahrer anzusehen, drückte er ihm die schwere Tasche in den Arm und wandte sich an Robin: »Also … im Kühlschrank steht ausreichend Graupensuppe für zwei Wochen. Die magst du doch so gern. Und hier ist etwas für Frischkram – Milch, Eier, Obst und so …« Er nestelte einen Umschlag aus der Jackentasche und hielt ihn Robin hin. Doch als Robin die Finger darumlegte, zog Rufus ihn mitsamt Umschlag zu sich heran. Unter den buschigen Brauen hervor bohrte sich sein Blick in Robins Augen. »Nur für Frischkram! Nicht für Süßigkeiten, Comics oder anderen Unsinn. Verstanden?«

Mrs Stickforth kurbelte die Scheibe herunter. »RUFUS, WERD JETZT NICHT SENTIMENTAL, ICH HABE NICHT EWIG ZEIT.«

Rufus ließ den Umschlag los und stieg ein. »Zum Bahnhof!«, befahl er dem Fahrer. »Und keine Tricks. Ich kenne den Weg.« Der Fahrer setzte zu einer empörten Entgegnung an, doch da schlug Rufus die Tür zu. Robin sah alle drei im Wageninneren gestikulieren, als das Taxi den Mistelweg hinunterfuhr und in Richtung Bahnhof abbog.

Friedliche Stille senkte sich auf den Mistelweg. Im Brombeerbusch stimmte eine Amsel ein übermütiges Lied an.

»Zwei Wochen!«, wisperte Melvins Stimme dicht neben ihm. Unsichtbare Schnurrhaare kitzelten Robins Ohr.

»Zwei Wochen!«, wiederholte Robin und grinste. Er konnte

es immer noch nicht fassen. Vor ihnen lagen zwei Wochen sturmfreie Bude und – sie hatten Mrs Stickforth vom Hals! Wochenlang hatte sie mit sich gerungen. Sollte sie sich die beschwerliche Reise nach Banston in ihrem Alter noch antun? Andererseits feierte ihre jüngere Schwester den achtundachtzigsten Geburtstag. Wie oft kam das schon vor?

Dann hatte es sich ergeben, dass Rufus zu einem Kongress fliegen musste. Er hatte Mrs Stickforth angeboten, gemeinsam mit ihr nach Banston zu fahren. Er würde ihr mit dem Gepäck helfen können, und beim Umsteigen. In Banston würde er sie zum Haus ihrer Schwester begleiten und anschließend zum Flughafen weiterfahren, um zu seinem Kongress nach Rom zu fliegen.

Unter dem Brombeerbusch steckten drei Igel die Schnauzen hervor. Ihre Knopfaugen blinzelten hoffnungsfroh. Seit Robin Melvin kannte, wusste er, dass Igel ganz versessen auf Graupensuppe waren.

Melvin raunte: »Die werden immer fetter. Nicht mehr lange und wir können sie als Bowlingkugeln verkaufen.«

»Bowlingkugeln?« Robin hüpfte die Verandastufen hinauf. Sowie er die Tür hinter sich schloss, erschien Melvin neben ihm im Flur.

»Ja, für Blitzbowling. Rasante Sportart. Lange kann man den Igel ja nicht in der Hand halten. Die Skandinavier sind Spitzenreiter. Dirty Digger, ein Panzerharthorn, hat letzte Saison den Weltrekord gebrochen und es auf sagenhafte 5 Minuten und

58 Sekunden gebracht! So eine gepanzerte Pratze hat schon Vorteile … übrigens, was ist das?« Er betrachtete den Umschlag in Robins Hand.

»Das hat mir Rufus gegeben. Er sagte, es sei für Frischkram – Milch, Eier, Obst und so …« Robin öffnete den Umschlag. Als Melvin die Geldscheine sah, wechselte sein Fell schlagartig von Blaugrau zu aufgekratztem Gelborange. »Und ich weiß auch schon, wo wir das alles in erstklassiger Qualität bekommen können«, verkündete er und machte Kulleraugen.

»Was meinst du?«, fragte Robin. Wenn Melvin dieses Verlorenes-Kätzchen-Gesicht machte, führte er irgendwas im Schilde.

Melvin schnurrte: »Im Pfannkuchenpalast …«

Pfannkuchenpalast! Allein das Wort beschwor schon die verführerischsten Bilder herauf. »Melvin, ich weiß nicht …«, protestierte Robin schwach, während sein Magen schon verräterische Grummellaute von sich gab.

Melvin tat so, als hätte er nichts gehört, legte die Hände auf den Rücken und betrachtete scheinbar interessiert die Flurtapete. »Was genau hat Rufus gesagt, als er dir den Umschlag gab?«, fragte er mit Unschuldsmiene, ohne den Blick von den verblassten Malvenblüten abzuwenden.

Robin wiederholte tonlos: »Nur für Frischkram – Milch, Eier, Obst und so. Nicht für …«

»Und woraus werden Pfannkuchen gemacht?«

»Milch und Eier.«

»Und Blaubeerpfannkuchen sogar mit Obst …«

So gesehen hatte Melvin recht. Rufus hatte gesagt, Robin dürfe das Geld nur für Milch, Eier und Obst ausgeben. Er hatte nichts über die Zubereitung gesagt.

Melvin drehte sich um und grinste Robin breit an: »Ich bin dein Schutzmonster. Ich habe einen Eid auf die acht Gebote der Mentora geschworen. Gebot zwei lautet: *Eines Schutzmonsters Kraft diene ausschließlich dem Wohlergehen seines Schützlings*. Ich finde, Pfannkuchen gehören unbedingt zum Wohlergehen dazu.«

Kapitel 3

Blutige Steaks & fliegender Teig

Robin und Melvin liefen den Mistelweg hinunter. Für Robin war es ein ganz neues Gefühl, an Mrs Stickforths Haus vorbeizugehen, ohne von der Veranda aus angekeift zu werden. Am Ende des Mistelwegs querten sie die Bluefordstraße und gingen weiter durch die Kastanienallee, deren Bäume mit ihren üppigen pyramidenförmigen Dolden an riesige Kronleuchter erinnerten. Sacht wogten sie in der Frühlingsbrise. Weiße Blütenblätter sprenkelten den Asphalt.

Die Allee mündete im kopfsteingepflasterten Lindenring, der um den Marktplatz herumführte. Dort reihten sich allerlei Geschäfte um den Platz, außerdem der Park, die Stadtbibliothek und das Hotel Majestic. Der Marktplatz war das Herzstück von Oaksend. Hier stand die tausendjährige Linde und breitete ihr Blätterdach über das Brunnendenkmal von St. Octavian aus. Zu Füßen der lebensgroßen Statue des mittelalterlichen Heilers kauerten steinerne Eulen und spien sprudelnde Wasserbögen ins muschelförmige Becken. Am Rande des Platzes befand sich ein altmodischer Kiosk. Die Rollläden des achteckigen Büdchens waren heruntergelassen. Aus dem kegelförmigen Dach, das einem Hexenhut glich, ragte trotzig eine pompöse Spitze heraus, die an eine Ritterlanze erinnerte.

Zwei Männer umrundeten die kleine Bude. Der eine, Rory Gilligan, war fast so groß und breit wie der Kiosk selbst. Er war Ex-Rugbyspieler und züchtete Petunien. In der einen Hand hielt er ein Schild, mit der anderen gestikulierte er eifrig, während er auf sein Gegenüber einredete. Der andere Mann musterte ohne Begeisterung den verrammelten Kiosk. Schließlich schüttelte er den Kopf, Rory die Hand und ging Richtung Bahnhof davon. Mit hängenden Schultern befestigte Rory das Schild wieder an dem Kiosk. *Zu vermieten*, stand darauf.

Robin wollte nicht daran denken, was aus dem vorherigen Kioskbetreiber geworden war. Die Leute glaubten, Mr Hooper habe die Stadt aus Liebeskummer verlassen. Doch Robin und Melvin kannten die Wahrheit. Mr Hooper war ein gefährliches Monster gewesen, das sich als Mensch getarnt in Oaksend eingeschlichen hatte, um ein unermesslich wertvolles Buch zu stehlen. Seinen teuflischen Plan hatten Robin und Melvin unter Lebensgefahr durchkreuzen können. In letzter Sekunde waren sie aus dem lichterloh brennenden Keller gerettet worden.

Energisch verscheuchte Robin die böse Erinnerung und setzte einen Fuß auf die Straße, um die Abkürzung über den Marktplatz zu nehmen.

»Lass uns lieber drum herumgehen«, raunte Melvins Stimme neben ihm, und Robin wurde von unsichtbarer Hand auf den Bürgersteig zurückgezogen.

»Wieso? Was ist denn los?«, fragte Robin aus dem Mundwinkel heraus und sah sich um. Er konnte nichts Ungewöhnliches entdecken.

»Meine Hörner kribbeln«, antwortete Melvin leise, »irgendwas liegt in der Luft …«

Robin nickte verstohlen und wandte sich nach rechts. Sie passierten Mr Boons Lebensmittelladen mit den üppigen Auslagen, Hattie Hopes Schönheitssalon, und einen etwas verstaubt wirkenden Laden, über dessen Schaufenster ein Schild mit verwitterten Goldlettern hing: *Appollonia McNuff, Antiquariatsbuchhandlung.* Auch hier waren die Rollläden heruntergelassen, und an der Tür klebte ein Zettel:

Vorübergehend geschlossen
wegen Hochzeitsreise!
Polly & John.

Robin lächelte. Er mochte Polly. Die schusselige Buchhändlerin hatte ihm einmal sehr geholfen. Und er mochte John. Robin wusste nicht, wie der schlaksige Tierarzt das machte, aber sobald er auftauchte, beruhigten sich die Gemüter.

»Wer kümmert sich jetzt eigentlich um Punchkiss?«, riss ihn Melvin aus seinen Gedanken.

In dieser Sekunde gellte ein Schrei über den Marktplatz: »Haltet den Dieb!«

Robin wirbelte herum und sah ein struppiges gelb-braunes Fellbündel über den Platz flitzen – Punchkiss, Pollys Kater. In seinem schiefen Maul, das ihn noch hässlicher machte, als er ohnehin war, trug er ein blutiges Steak.

»Punchkiss, du Biest!« In der Eingangstür zum Majestic zappelte eine vor Wut schäumende Tess Gilligan, die bei der Verfolgung des Katers mit ihren 120 Kilo im Türrahmen stecken geblieben war. Sie schaffte es, einen Arm zu befreien, und schleuderte einen Fleischklopfer nach dem Kater – just in dem Moment, in dem ihr Mann Rory dabei war, den Kater mit einem Hechtsprung einzufangen. Doch Punchkiss schlug einen Haken, Rory knallte auf das Pflaster, und der Fleischklopfer pfiff haarscharf über ihn hinweg. Er prallte vom Stamm der Linde ab und flog in hohem Bogen geradewegs durch die geöffnete Tür der Patisserie. Es klirrte und schepperte.

»Mon Dieu! Assassins! Sabotage!« Ein von Mehl zugestaubter Mann schoss heraus. In seinem linken Arm klemmte eine gewaltige Rührschüssel, der rechte Arm schwang den Fleischklopfer, an dem noch mehr Teig klebte. »Unglaublisch! Wer ’at das gemacht?«, schrie Monsieur Pané und sah sich mit wildem Blick um, »isch kann so nischt arbeiten! Wie soll isch nur fertisch werden? Aber das ist eusch ’interwäldler ja völlisch egal!« Die schiefe Kochmütze auf seinem Kopf bebte vor Empörung.

Tess schlug sich die Hand vor den Mund, lief rot an und sah Hilfe suchend zu Rory. Der rappelte sich auf und öffnete den Mund. Doch beim Anblick des Konditors, der den Fleischklopfer wie einen Morgenstern schwang, überlegte er es sich rasch anders. Sein Arm schnellte empor und deutete in Richtung Park. Dort verschwand Punchkiss' buschige Schwanzspitze gerade zwischen dichtem Gebüsch.

Unter dem Mehlstaub lief Monsieur Pané dunkelviolett an. In Wirklichkeit hieß er Gavin Pan. Er tat nur so, als sei er Franzose, bestand auf dem Akzent und gab seinen Torten französische Namen. Abgesehen davon war Monsieur Pané ganz in Ordnung. Doch bald fand die Verleihung der *Goldenen Spritztüte* statt und der Preisrichter des diesjährigen Backwettbewerbs war kein Geringerer als der von Monsieur Pané vergötterte Maître Philippe. Der war wirklich Franzose. Aus Paris.

Monsieur Pané sah wieder zu Rory und vergaß vor Wut sogar seinen Akzent: »Für wie blöd hältst du mich eigentlich?« Er ließ den Fleischklopfer fallen, griff mit der bloßen Hand in die Rührschüssel und schleuderte einen Batzen Teig nach Rory. Der duckte sich, der Batzen flog über ihn hinweg und klatschte auf die Windschutzscheibe von Mr Duncans Auto, der in dem Moment in den Lindenring einbog. Seiner Sicht so überraschend beraubt, verwechselte Mr Duncan vor Schreck Brems- und Gaspedal. Der Wagen schoss vorwärts, schrammte Funken schlagend über den Bordstein auf den Marktplatz und krachte in den Kiosk. Die Bude knickte ein und das Dach mit der lanzenartigen Spitze neigte sich bedrohlich, hielt jedoch stand. Nicht so Mr Duncans neuer Familienkombi. Die Motorhaube glich nun einer Quetschkommode.

Mr Duncan stieg sehr steifbeinig aus. Wortlos sah er von der zerstörten Motorhaube zu Rory, dann zu Tess, dann zu Monsieur Pané. Dessen teigverschmierte Hand schnellte empor und deutete Richtung Park. »Punchkiss!«, stieß er aus und riss die Augen in gespielter Unschuld weit auf.

Da knirschte es unheilvoll. Alle schauten alarmiert zum Kioskdach hoch, wo die lanzenartige Spitze soeben aus ihrer Verankerung brach, herunterfiel, sich mit der Spitze voran in die Motorhaube bohrte und die Hupe verklemmte. In den schrillen Dauerton mischte sich das Geschrei von Rory, Monsieur Pané und Mr Duncan, die einander wüst beschimpften und sich gegenseitig die Schuld zuschoben.

Aus den Läden rings um den Lindenring kamen Verkäufer und Kunden gerannt. Im Schaufenster zu Hattie Hopes Schönheitssalon erschienen dick eingecremte Damen mit Lockenwicklern und rosa Frisierumhängen. Mrs Greengrove pellte sich die Gurkenscheiben von den Augen, um besser sehen zu können. Andere liefen auf den Marktplatz, um die Streithähne zu trennen.

Zum Glück ging in dem ganzen Tohuwabohu Melvins Lachanfall unter. Robin bekam ein Stück Fell zu fassen und zog seinen Freund unauffällig in die Grahamstraße, einer der fünf Straßen, die sternförmig vom Marktplatz aus in alle Richtungen führten.

»Um Punchkiss müssen wir uns auf jeden Fall keine Sorgen machen«, gluckste Melvin und folgte Robin an den Geschäften entlang.

Bei Cramps, einem Geschäft für Werkzeuge und Eisenwaren, stieß Robin fast mit einem Mann zusammen, der gerade aus dem Laden trat. Er war kaum kleiner als Rory Gilligan, trug einen fleckigen, sagenhaft verbeulten Overall und einen Schlapphut, dessen Krempe einen tiefen Schatten über seine Augen warf. Unter der rot geäderten, dicken Nase baumelte ein langer, verfilzter Bart und verströmte den unverkennbar süßlich-herben Geruch nach Wacholderschnaps.

»Hallo, Big Ben«, sagte Robin.

Der Riese warf ihm einen Blick zu, bei dem jeder andere zurückgewichen wäre. Doch Robin wusste mittlerweile, dass dieser Blick nicht unbedingt etwas zu bedeuten hatte. Robin und Melvin verdankten Big Ben ihr Leben. Er war es gewesen, der sie damals aus dem brennenden Keller gerettet hatte.

Big Ben grüßte mit einem kaum merklichen Nicken zurück und ging mit langen Schritten davon.

»Sind wir heute wieder gesprächig«, ließ sich Melvin vernehmen.

»Lass ihn. Du weißt doch, wie er ist«, murmelte Robin und ging weiter.

Niemand wusste, woher Big Ben kam. Er lebte bei den Tramps, die außerhalb von Oaksend am alten Viadukt hausten. Die Leute wechselten die Straßenseite, wenn einer von ihnen in der Stadt auftauchte, und Eltern schärften ihren Kindern ein, sich vom Viadukt fernzuhalten.

Big Ben war das alles nur recht. So kam keiner auf die Idee, ihm Fragen zu stellen.

Nur Robin und Melvin wussten, dass er in Wahrheit ein Monster war, das sich als Mensch tarnte. Auch der Wacholderschnaps gehörte zu dieser Tarnung. Big Ben trank ihn nicht. Er benutzte ihn als Rasierwasser. Es funktionierte. Wer wollte schon etwas mit einem Trunkenbold zu tun haben?

Robin und Melvin gingen weiter, vorbei an Schimoniks Bekleidungsgeschäft (Alles schick mit Schimonik), Abbotts Elektrowelt, Greengroves Farben & Tapeten und den Gebrüdern Blonsky. Theo Blonsky schmiss das Beerdigungsinstitut, während sein Bruder Leo auf der gegenüberliegenden Straßenseite die Trödelhalle betrieb. Die Brüder fuhren einen alten Milchwagen, den sie schwarz lackiert hatten und der ihnen je nach Bedarf als Leichen- oder Lieferwagen diente.

Jenseits der Trödelhalle ragten die Rundgiebel von WOBL auf. Das Dach mit den vielen Spitzen und Gauben verlieh der Spielzeugfabrik das Aussehen einer gigantischen Geburtstagstorte. WOBL stand für William O. Blueford. Der findige Geschäftsmann hatte während der Weltwirtschaftskrise Oaksend vor dem Ruin gerettet und galt als Wohltäter. Was man von seinem Enkel nicht sagen konnte, dachte Robin grimmig. Frederick Blueford, kurz Freddy genannt, war ein gemeiner Fiesling. Er ging mit Robin in dieselbe Klasse und pflegte ein besonderes Hobby: Robin schikanieren. Seit Melvin aufgetaucht war, gelang ihm das jedoch immer seltener.

Plötzlich stieg Robin ein intensiver Vanillegeruch in die Nase. Er lief schneller, bog um die Ecke von Kurts Angelparadies – und da war er: der Pfannkuchenpalast!

Robin wurde ganz feierlich zumute.

»Mannomonster!«, staunte Melvin, »eins muss man euch Menschen lassen – ihr versteht es wirklich, aus einem simplen Eierkuchen ein echtes Festmahl zu zaubern.«

Kapitel 4

Geplatzte Mumien

Eine geschwungene Auffahrt führte zu dem kreisrunden verglasten Gebäude, dessen Dach einem Stapel Pfannkuchen nachempfunden war. Auf dem breiten Vordach verkündeten blinkende purpurne Leuchtbuchstaben: *Pfannkuchenpalast.*

Wie oft hatte Robin versucht wegzuhören, wenn andere Kinder in der Schule von diesem Paradies geschwärmt hatten? Er war wahrscheinlich das einzige Kind in Oaksend, das noch nie im Pfannkuchenpalast gewesen war. Rufus war geizig wie Ebenezer Scrooge. Statt Robins sehnlichsten Geburtstagswunsch zu erfüllen – einen Besuch im Pfannkuchenpalast –, stellte ihm Rufus jedes Jahr einen Teller Reibekuchen hin. Die verbrannten Stellen versteckte er unter einer dicken Schicht Zimtzucker.

Bei der Vorstellung, was ihn nun erwartete, lief Robin das Wasser im Mund zusammen. Er lief die Auffahrt hinauf, vorbei an den geparkten Autos. Die meisten stammten aus Oaksend, doch Robin sah auch Nummernschilder aus Sandford, Eastwick,

Ottermole und sogar eines aus der weit entfernen Hauptstadt Banston.

Als er durch die Eingangstür stürmte, hatte er das Gefühl, in einen Riesenmuffin einzutauchen. Sein Magen stimmte ihm mit freudigen Gurgellauten zu. Der ganze Laden war in den Farben Vanille und Kirschrot gehalten, und alles war rund: die Sitznischen, die Tische, die Stühle, die Theke, die Kugellampen. Sogar die Kellnerinnen sahen alle rundlich aus mit ihren gepunkteten Servierkleidern. Sie trugen eine Art Zylinder in Form eines Pfannkuchenstapels, von dem Plastikobst baumelte. Hinter der Theke konnte man durch eine Durchreiche in die Küche sehen, wo sechs Köche mit kolossalen Pfannen hantierten. Pfannkuchen wirbelten beim Wenden hoch in die Luft. Schräg gegenüber dem Eingang flog die Pendeltür zur Küche auf, und eine Kellnerin wuselte heraus, auf jeder Hand ein voll beladenes Tablett balancierend. Als sie Robin sah, blieb sie abrupt stehen. »Na, Kleiner?«, fragte sie und sah suchend über ihn hinweg, »wo sind deine Eltern?«

»Eltern?«, wiederholte Robin, vom appetitlichen Duft noch ganz benommen.

»Ja, Eltern. Mutter, Vater. Oder bist du etwa durch den Schornstein gefallen?«

»Was?«

»Wie alt bist du?«

»Elf.«

»Tut mir leid, Kleiner …« Ihr Pfannkuchenhut wackelte, als

sie mit dem Kinn auf ein Schild neben dem Eingang wies. Dann wuselte sie auch schon wieder weiter, bog um die Theke und steuerte einen Bereich an, der mit einem Paravent vom übrigen Restaurant abgetrennt war. Kaum war sie dahinter verschwunden, erscholl vielstimmiges Kindergeschrei. Offenbar fand dort eine Geburtstagsparty statt.

Robin trat auf das Schild zu.

Kinder unter 12 Jahren dürfen nur in Begleitung eines Erwachsenen in dieses Restaurant.

»Das darf doch nicht wahr sein!«, keuchte Robin. »Das ist … das ist …«

»Superekelfiesgemein!«, zischte Melvin. Sein Fell knisterte vor Empörung.

Robin starrte auf das Schild, als könnte er die Zwölf durch reine Willenskraft in eine Zehn verwandeln. Er war wütend auf sich selbst. Hätte er es nur nicht so eilig gehabt, hätte er das Schild gesehen und die Kellnerin angemogelt. Nur um ein Jahr.

Wer dachte sich überhaupt so eine blöde Regel aus? Alle Kinder hatten Hunger. Immer. Egal, wie alt sie waren, ob mit oder ohne Eltern. Gequält sah er zur ersten Sitznische, wo eine sechsköpfige Familie saß. Lächelnd sahen die Eltern zu, wie ihre vier Pimpfe – der jüngste konnte gerade mal über die Tischkante gucken – selig Pfannkuchen mit Eiscreme und Sahne verschlangen.

Robins Magen gab einen leisen Klagelaut von sich.

»Pass auf«, wisperte Melvin, »wenn die Kellnerin das nächste Mal aus der Küche kommt, stell ich ihr ein Bein, und du schnappst dir die Pfann…« Die Eingangstür schwang auf.

»Hallo Robin.«

Robin drehte sich um und erblickte seine Schulkameradin Imogen Pollock. Ihre Brille saß wie immer etwas schief auf der Nase. Heute trug sie ein Kleid, das geradewegs aus Leo Blonskys Trödelhalle zu stammen schien. Der Beutel, von dem sie sich so gut wie nie trennte, lugte aus einem Wust an Rüschen und Troddeln hervor. Robin sah an den rot-schwarz geringelten Strumpfhosen nach unten. »Imogen … äh … deine Schuhe …«, hörte er sich stammeln.

»Ja, ich weiß«, Imogen sah ebenfalls hinunter und wackelte mit den Füssen, »sie passen überhaupt nicht zusammen. Aber was soll ich machen? Sie sind total ineinander verschossen. Es wäre herzlos, sie zu trennen, findest du nicht?«

Robin starrte noch auf den Basketballschuh und den Gummiclog, als sich die Eingangstür erneut öffnete und Imogens Eltern eintraten, Bernhard und Patricia Pollock. Sie hatten die gleiche Statur und trugen die gleiche Kleidung. Pat war eine praktische Frau. Alle paar Jahre kaufte sie bei Schimoniks in der Herrenabteilung einen Stapel Jeans und Holzfällerhemden in Größe M und trug die Sachen gemeinsam mit ihrem Mann auf. Hattie Hope bekam jedes Mal Anfälle, wenn sie Pat in verwaschenen Männerhemden und den schlotternden Jeans herumlaufen sah.

Hinter den beiden versuchte Minou sich unsichtbar zu

machen. Die steingraue Wolfshündin war groß wie ein Elchkalb und scheu wie ein Reh.

Imogen hakte Robin unter und sagte: »Mom, Dad … das ist Robin. Mein Freund aus der Schule.«

»Hallo«, sagte Pat herzlich und beugte sich zu Robin. Ihre kastanienbraune Naturkrause war so dicht, dass darin einige Dinge stecken geblieben waren: eine Brille, ein Teebeutelanhänger und ein Modellierholz. Robin erinnerte sich, dass Imogens Mutter Töpferin war. Pat sagte: »Imogen hat uns schon viel von dir erzählt. Bern? Bern!«

»Hmm …?« Bernhard Pollock riss sich vom Anblick der Einrichtung los und blinzelte unter den Stirnfransen seiner aalglatten Topffrisur hervor. Pat sagte: »Das ist Robin.«

»Ach …?«, sagte Bernhard in einem Tonfall, der verriet, dass er keine Ahnung hatte, von wem die Rede war.

Pat setzte nach: »Robin Miller.«

»Tatsächlich?« Bernhard gab Robin förmlich die Hand. »Miller … Miller …«, murmelte er, dann blitzte in seinen Augen der Funke des Erinnerns auf. »Bist du nicht Rufus Rumfords Enkel? Dein Großvater ist ein glänzender Ethnologe. Als ich damals nach Oaksend kam, um die Ausgrabung hier am Chanthill zu leiten, wollte ich ihn für mein Team gewinnen. Aber er hat es wohl mehr mit den Mayas als mit den Kelten. Interessierst du dich auch für Archäologie?«

Pat unterbrach ihn: »Robin, willst du dich nicht zu uns setzen? Wir würden uns freuen. Du bist natürlich unser Gast.«

Die Kellnerin, die Robin auf das Schild aufmerksam gemacht hatte, kehrte mit leeren Tabletts zurück und war so in Eile, dass sie Minou nicht bemerkte, deren zitternde Nasenspitze hinter Pats Hüfte hervorlugte. »Na, da sind sie ja!«, rief sie im Vorbeieilen, »also doch nicht durch den Schornstein gefallen. Tisch acht ist gerade frei geworden. Sie zeigte auf eine der Sitznischen direkt am Fenster. »Hockt euch hin, bin gleich bei euch.« Und schon rauschte sie durch die Pendeltür in die Küche.

Imogens Eltern gingen voraus zur Sitznische, wo Minou sofort unter den Tisch flüchtete. Imogen zog den überraschten Robin mit sich. »Wir feiern heute Geburtstag«, verkündete sie.

»Hattest du nicht schon Geburtstag?« Robin erinnerte sich an Imogens Geburtstagsparty im letzten Januar. Er war der einzige Gast gewesen. Abgesehen von …

»Stilton hat Geburtstag«, erklärte Imogen und tätschelte ihren Beutel, »er wird heute einhundertzwanzig Jahre alt.«

Robin musterte den schäbigen Beutel. Er war der Einzige in der Schule, der wusste, dass darin Imogens Schildkröte lebte. Die beiden waren unzertrennlich. Imogen schmuggelte Stilton sogar in dem Beutel in den Unterricht. Robin, der Imogens Sitznachbar war, hatte sich inzwischen an den müffelnden Beutel gewöhnt. Stilton hatte eine beunruhigende Schwäche für Käse. Dabei vertrug er ihn gar nicht. Er bekam davon Blähungen.

Imogen rutschte zu ihren Eltern in die Sitznische, klopfte auffordernd auf den freien Platz neben sich und schob Robin eine Speisekarte zu. Robin glitt auf die Bank und fragte sich, wo Melvin war, da stieß etwas hart gegen sein Schienbein. War das Minous Hüftknochen oder eins von Melvins Hörnern gewesen?

Die anderen beugten sich über die Speisekarten. Bernhard pustete sich die Fransen aus der Stirn, und Pat suchte stirnrunzelnd etwas in ihrer Handtasche, die aus einer alten abgeschnittenen Jeans gemacht war. Ohne auch nur von den Speisekarten aufzusehen, sagten Bernhard und Imogen in routiniertem Gleichklang: »Auf deinem Kopf …«

»Ach ja?« Pat tastete sich durch ihren buschigen Haarschopf.

»Tatsächlich!«, murmelte sie, als ihre Finger fündig wurden. Sie nestelte die Brille aus ihrem Haar, setzte sie auf und versenkte sich in die Karte.

Robin ließ unauffällig eine Karte unter den Tisch verschwinden und schlug dann seine eigene auf. Die Auswahl übertraf seine kühnsten Träume. Allein angesichts der Namen der Gerichte bekam er schon große Augen. Unruhig rutschte er umher und gab sich schließlich einen Ruck. »Äh, dürfte ich auch zwei Gerichte bestellen?«, fragte er schüchtern.

Pat lachte auf, ohne den Blick zu heben: »Nur zwei? Imogen gibt sich nie unter drei zufrieden.«

Robin ließ seine Serviette fallen. »Ups!«, murmelte er und tauchte unter den Tisch. Melvin zischte ihm zu: »Monsterturm mit Regenbogengelee!«

Robin tauchte wieder auf – und begegnete Imogens Blick.

Er wedelte mit der Serviette. »Runtergefallen.«

»Klar«, sagte Imogen und lächelte.

In dem Augenblick kam die Kellnerin an den Tisch. »Was darf's denn sein?«, fragte sie und zückte Block und Stift.

Bernhard entschied sich für die Chefplatte mit Eisbombe und Krokantsplitter, Pat bestellte Fette Engel, flambierte Eierschaumomelettes, gefüllt mit Erdbeer-, Heidelbeer- und Himbeereis, und Imogen nahm Ersoffene Ritter, Heißen Hund, Geplatzte Mumie und …

»… extra Käse bitte.«

Die Kellnerin stutzte, runzelte die Stirn und sah hoch. »Auf oder in der Mumie?«

»Bitte auf einem Extra-Teller.«

»Parmesan, Edamer oder Cheddar?«

»Cheddar wäre fein«, sagte Imogen und strich über ihren Beutel.

Die Kellnerin kritzelte auf ihren Block und wandte sich dann an Robin.

»Einmal Komposthaufen und einmal Monsterturm mit Regenbogengelee.«

Die Kellnerin nickte. »Den Monsterturm in Medium, Large oder einsturzgefährdet?«

»La… ARGH!« Robin bekam einen Stoß gegen das Schienbein.

»Einsturzgefährdet!«, korrigierte er hastig und rieb sich das Bein.

Die Kellnerin nickte, kritzelte und eilte davon.

Bernhard pustete sich wieder eine Strähne aus der Stirn. »Da wir schon mal hier sind: Wisst ihr eigentlich, wer die Pfannkuchen erfunden hat?«

»Die Griechen?«, riet Imogen.

»Oder die Römer. Die haben ja auch die Pizza«, überlegte Pat.

Imogen runzelte die Stirn: »Die wird aber nicht in der Pfanne gemacht, sondern im Ofen, sonst hieße sie ja Pfizza!«

Bernhard lächelte verschmitzt: »Ich gebe euch einen Tipp: Es war ein Volk, das nördlich der Alpen lebte.«

»Die Germanen?«, rief Imogen.

»Die Wikinger?«, meinte Pat.

Doch Bernhard schüttelte den Kopf.

»Die Kelten?«, versuchte es Robin.

»Sehr gut!«, Bernhard Pollock strahlte, »genau, es waren die Kelten! Und jetzt wird es spannend. Ich verrate euch ein Geheimnis: Die Pfannkuchen waren ursprünglich nicht zum Essen bestimmt.«

»Nicht? Zu was denn dann?«, riefen Pat und Imogen verblüfft.

Bernhard pustete sich eine Strähne aus der Stirn und verkündete: »Die Kelten haben sie als Orakel genutzt.«

»Darf ich mal …?« Die Kellnerin trat an den Tisch und lud Teller um Teller mit duftenden Pfannkuchengerichten ab. Und einen Extra-Teller mit Cheddar-Würfeln. Sowie sie davongeeilt war, schob Imogen den Teller in ihren Beutel und wisperte: »Happy Birthday, Stilton!«

Robin bestaunte seinen Monsterturm mit Regenbogengelee. Melvin zupfte ungeduldig an seinem Hosenbein. Pat beugte sich über Bernhards Teller: »Pfannkuchen waren also Orakel? Na, dann lass doch mal sehen, was dich in Zukunft erwartet.« Sie deutete mit der Messerspitze auf die knusprig braun gebratenen Stellen des obersten Pfannkuchens der Chefplatte. »Hmm, das da rechts könnte eine Waage sein. Ich sage dir voraus, dass du morgen drei Kilo mehr wiegst.«

Imogen beugte sich nun auch über Bernhards Teller. »Und ich finde, das da links sieht aus wie ein Haufen Münzen. Ich sage dir voraus, dass du mein Taschengeld erhöhst.«

Pat brach in schallendes Gelächter aus. Alle drei beugten sich nun über die Pfannkuchen und orakelten munter drauflos. Sie waren so davon gefesselt, dass Robin derweil einen Pfannkuchen nach dem anderen unter den Tisch schmuggeln konnte. Im Nu war der Monsterturm zu einem kümmerlichen Haufen zusammengeschrumpft.

Als die Pollocks endlich mit ihrer Zukunft zufrieden waren und wieder aufsahen, staunten sie, dass Robins Teller schon fast leer geputzt war.

»Meine Güte, hast du das eingesaugt?«, schmunzelte Pat und köpfte einen fetten Engel mit dem Löffel. »Was sagt dir denn dein Pfannkuchen voraus?«

Imogen beugte sich über Robins Teller und ließ die Gabel über die gebräunten Stellen seines letzten Monsterturm-Pfannkuchens kreisen. »Das könnte eine Kralle sein ...«, die Gabel fuhr suchend herum, »und das da eine Maus und das da ... hmm ... ein Vogelschwarm?« Sie zog den Teller zu sich heran und drehte ihn mal hierhin, mal dorthin. »Hattest du in letzter Zeit Ärger mit Fledermäusen?« Sie sah ihn mit bedeutungsschwerer Miene an. »Vielleicht solltest du in nächster Zeit einen Bogen um verlassene Häuser und Höhlen machen. Sie nisten sich gern darin ein.«

Robin sah auf seinen Teller, unfähig, mehr zu erkennen als die knusprigen Stellen eines Pfannkuchens. »Vielleicht sollte ich ihn auch einfach aufessen.« Er zog den Teller wieder zu sich heran.

In dem Moment erklang ein dumpfer Rülpser.

»Bern!«, tadelte Pat ihren Mann.

Bernhard sah erstaunt von seiner Chefplatte auf: »Aber das war ich ni…«

Hastig startete Robin ein Ablenkungsmanöver: »Mr Pollock, das mit dem Pfannkuchenorakel … stimmt das wirklich? Ich meine, woher wissen Sie das?«

Bevor er antworten konnte, verkündete Imogen feierlich und sichtlich stolz: »Mein Vater ist Keltologe.«

Bernhard winkte lächelnd ab: »Klingt aufregender, als es ist. Ich buddle nur ein bisschen in der Erde herum – und manchmal finde ich einen Schatz.«

Robin horchte auf. »Einen Schatz?«, fragte er neugierig.

»Archäologische Schätze. Letztes Jahr haben wir zum Beispiel am Chanthill das Grab eines Keltenfürsten entdeckt. Unter den Grabbeigaben fand sich ein seltsames Objekt. Zunächst dachten wir, es handele sich um ein Waffenschild, doch dann entdeckten wir Inschriften, die darauf schließen ließen, dass es sich um ein Druidenauge handeln könnte.«

»Ein Druidenauge?«, wunderte sich Robin, der davon noch nie gehört hatte.

»Eine Legende besagt, dass Druiden damit die Zukunft voraussagen konnten. An Vollmond sollen sie in einer speziellen Schale, dem Druidenauge, einen großen Pfannkuchen gebacken haben. Aus der Zeichnung, die er beim Backen bekam, deuteten sie die Zukunft. Das Druidenauge, vielmehr das Orakel von Uroch – das ist der alte keltische Name von Oaksend –, soll das berühmteste gewesen sein. Es heißt, es hätte sich nie geirrt.«

Bernhards Miene verdüsterte sich. »Der Fund wäre eine Sensation gewesen und endlich ein Beweis, dass es diese Druidenaugen tatsächlich gegeben hat, dass sie doch nicht alle im Mittelalter eingeschmolzen wurden, um Waffen für die Kreuzzüge zu schmieden. Aber dann ... leider konnten wir einen wissenschaftlich gültigen Beweis nicht mehr erbringen.«

»Warum nicht?«, bohrte Robin nach.

»Um exakte Untersuchungen anzustellen, schickten wir das Druidenauge ins Nationalmuseum nach Banston. Die haben dort die nötigen Geräte – Röntgenapparate, Elektronenrastermikroskope und so weiter. Aber ... leider kam das Druidenauge dort nie an. Es wurde während des Transportes vom Lastwagen gestohlen.«

»Gestohlen? Von wem?«, fragte Robin.

»Pffff ...«, machte Bernhard und hob resigniert die Hände,

»das wüsste ich auch gern. Wahrscheinlich ein Schieberring von spezialisierten Kunstdieben. Der Schwarzmarkt für historische Artefakte ist ein Riesengeschäft. Ich vermute, das Druidenauge schmückt jetzt den Kaminsims irgendeines sammelwütigen Millionärs.«

Die Kellnerin kam an ihren Tisch. »Na, hat es geschmeckt?«

Zum Glück riefen alle gleichzeitig: »Und wie!«, und übertönten damit Melvin, dem erneut ein Rülpser entfuhr.

Bernhard sagte zur Kellnerin: »Wir würden dann gerne zahlen.«

Die wies mit dem Daumen über die Schulter zur Theke, wo der Besitzer des Pfannkuchenpalastes eine gewaltige Registrierkasse bediente. Bernhard stand auf und ging voraus zur Theke.

Pat sagte: »Meine Hände sind ganz klebrig. Ich gehe schnell mal wohin.«

Sie steuerte die Toiletten im hinteren Bereich des Lokals an. Kaum war sie an dem Paravent vorbeigegangen, wurde dieser beiseitegeschoben, und Robin sah, wer dort Geburtstag feierte.

»Guck mal, da ist Freddy«, sagte Imogen, »wie es aussieht, hat er die ganze Klasse eingeladen – sogar Noralee Simpson.«

Ein verhaltenes Grollen drang unter dem Tisch hervor. Imogen machte *sch-sch* und langte mit dem Arm unter den Tisch, um Minou zu beruhigen – wenn es denn Minou war, die sie da gerade kraulte. Robin brach der Schweiß aus.

Die lärmende Kinderschar machte sich auf den Weg zum Ausgang. Sie waren zu sehr miteinander beschäftigt, um Robin und Imogen zu bemerken, die rasch die Speisekarten aufschlugen.

Nur Freddy entging nicht, wer sich hinter den Speisekarten versteckte. »Ratten sind in Restaurants verboten, wisst ihr das nicht?«, sagte er boshaft und wies mit dem Daumen nach hinten. »Für so was wie euch gibt es Mülleimer hinter der Küche.«

»Und wer hat dich dann aus dem Käfig gelassen?«, schoss Imogen zurück und machte ein Gesicht, als sei sie über ihre eigene Schlagfertigkeit verblüfft.

Auch Freddy schien für eine Sekunde aus dem Konzept gebracht zu sein. Doch dann glomm es umso gefährlicher in seinen Augen auf. Er stützte sich mit beiden Händen auf den Tisch und beugte sich zu ihnen herab. »Ich würde lieber keine dicke Lippe riskieren«, zischte er. Unter dem dunklen Stirnhaar wurden seine Augen zu engen Schlitzen, der unstete Blick huschte zwischen Robin, Imogen und dem Beutel hin und her. »Ich kenne euer Geheimnis.«

Imogen wurde ganz blass um die Nase und tastete instinktiv nach ihrem Beutel.

Freddy grinste. Er richtete sich auf und tat so, als zerquetschte er etwas mit den Händen in der Luft. Dazu machte er mit Zunge und Gaumen einen harten Knacklaut. Es klang, als zerplatzte eine Nussschale. Dann fing er leise an zu singen: »Ein Männlein steht im Walde und schaut sich um …« Immer noch böse grinsend drehte er sich weg und verließ den Pfannkuchenpalast.

Imogen und Robin sahen Freddy nach, der zusammen mit

den anderen Kindern in eine Limousine stieg, auf der ein Wappen prangte. Es zeigte eine rotgoldene Blechtrommel mit gekreuzten Schlegeln und den Buchstaben WOBL. Langsam glitt sie die geschwungene Auffahrt entlang und bog in die Grahamstraße ab.

»Ich war heute im Wald«, flüsterte Imogen kaum hörbar, »mit Stilton. Wir haben Moosperlen gesucht … und dann war er plötzlich weg … Ich habe eine Stunde nach ihm gesucht und fand ihn schließlich bei den Hallimaschpilzen – die riechen so ähnlich wie Roquefortkäse …« Imogens Stimme fing an zu zittern: »Was, wenn Freddy uns gesehen hat?« Sie zog den Beutel auf ihren Schoß. »Er würde einer Schildkröte doch nichts tun, oder?«

Robin schüttelte den Kopf: »Der blufft doch nur«, sagte er und hoffte, dass es überzeugend klang. Insgeheim dachte er aber an die Narbe an Freddys Hand. Sie stammte von Stilton. Vor einiger Zeit hatte Freddy Imogens Beutel an sich gerissen und hineingelangt, ohne zu ahnen, was sich darin verbarg. Stilton hatte natürlich sofort nach der fremden Hand geschnappt und Freddy eine blutige Wunde verpasst, woraufhin Freddy den Beutel weggeschleudert hatte. Robin hatte den Beutel gerade noch auffangen können, und Imogen hatte Freddy gegenüber irgendwas von Schnappdisteln erzählt, die sie in ihrem Beutel gesammelt hätte. *Schnappdisteln …*

Spionierte Freddy ihr jetzt etwa nach, um herauszufinden, was wirklich in dem Beutel war? Sann er auf Rache? War er ihr in den Wald nachgeschlichen? Plötzlich fiel Robin ein, dass Melvin und er heute auch im Wald gewesen waren. Was, wenn Freddy gar nicht Imogen und Stilton meinte, sondern …

Unversehens kitzelten Schnurrhaare sein Ohr, und er vernahm Melvins Stimme, die aufgeregt wisperte: »Okay, wir können jetzt gehen. Ich habe uns noch Nachtisch besorgt …«

In dem Moment drang eine aufgeregte Stimme aus der Küche: »Ich weiß genau, dass ich ihn dahin gestellt hatte!«

Robin sah alarmiert zur Durchreiche, wo sich ein Koch und eine Kellnerin darüber wunderten, wo die Portion Monsterturm mit Regenbogengelee für Tisch zwei abgeblieben war.

Kapitel 5
Eine unruhige Nacht

Robin hetzte durch den Wald. Dämmerlicht tauchte alles in gespenstisches Grau. Wo war Melvin? Er musste seinen Freund unbedingt warnen. Fledermäuse zischten pfeilschnell über ihn hinweg. Er stolperte durch das dichte Unterholz, über Steine und Wurzeln und kämpfte sich durch Gestrüpp. Brombeerranken krallten sich in seine Kleidung, als wollten sie ihn zurückhalten.

Endlich gelangte er auf die Lichtung. Doch anstelle des Druidensteins erblickte er das alte Brunnenhaus. Krachend flog die Tür aus den Angeln und Freddy trat heraus. Er trug eine riesige Pfanne und stimmte einen leisen Singsang an: »Ach wie gut, dass niemand weiß, dass ich Mr Hooper heiß. Geheimnisse gibt es groß und klein. Gib acht, sonst sind sie alle mein …« Er rüttelte die Pfanne und warf einen dicken Pfannkuchen hoch in die Luft. Robin bekam einen Riesenschreck. Der Pfannkuchen war blaugrau und hatte Tupfen. Ein Schwarm Fledermäuse schoss zwischen den Eichen hervor auf die Lichtung, schnappte sich den Pfannkuchen und trug ihn mit sich fort, hoch über die

Wipfel der Bäume und in den Himmel hinauf, immer höher, bis er nur noch ein winziger Punkt war, der mit dem Dämmergrau verschmolz.

Robin wollte schreien, doch aus seinem Mund kam kein Ton, und seine Füße schienen am Boden festgewachsen zu sein. Da kitzelte etwas sein Ohr, und eine Stimme wisperte: »Nicht! Robin darf nicht zum Brunnenhaus. Böser Ort … böse Gedanken … böser Plan!«

Robin drehte den Kopf und begegnete einem Paar schielender Glupschaugen. Im ersten Moment dachte er, es sei seine alte Handpuppe, Mr Moon. Doch dann erkannte er, was wirklich auf seiner Schulter hockte. Es war eine Ratte.

Robin fuhr aus dem Schlaf hoch. Sein Herz pochte so hart gegen die Rippen, dass es wehtat. Er tastete im Dunkeln nach der Nachttischlampe und fegte dabei ein paar Bücher zu Boden. Warum war es so kalt? Er fand den Knopf und knipste das Licht an. Wind hatte die schlecht schließende Balkontür aufgedrückt. Erneut fuhr eine Bö ins Zimmer. Robin warf die Bettdecke zurück, stieg über Comics, Bücher, Spielsachen und Kleider hinweg und drückte die quietschende Tür wieder zu. Über das altmodische Geländer des Balkons wucherten Brombeerranken und schwankten im Wind. Fahles Mondlicht fiel in den Garten und ließ ihn kalt und fremd aussehen. Ganz hinten im Garten verbarg sich unter wildem Gestrüpp das marode Brunnenhaus. Robin fröstelte.

Er huschte zurück unter die Bettdecke. Er zitterte. Und das hatte nichts mit der Kälte zu tun. Die Nachttischlampe warf gedämpftes Licht auf die Unordnung in seinem Zimmer. Sein Blick glitt über vertraute Sachen, über Regale voller Bücher und kunterbuntem Krimskrams und wanderte zum Erker, der mit alten Kissen ausgepolstert war.

In den Kissen lehnte Mr Moon. Das Frotteehandtuch, aus dem er genäht worden war, mochte irgendwann einmal braun gewesen sein, bemalte Pingpongbälle dienten ihm als Augen. Er schielte Robin freundlich an, vermochte jedoch nicht das Gefühl zu vertreiben, das der Albtraum hinterlassen hatte.

Robin warf die Decke von sich, stand auf und ging in den begehbaren Kleiderschrank. Er schob die Kleider auf der Stange zur Seite und drückte einen Riegel herunter, der sich hinter einer der Zierleisten verbarg, die das Schrankinnere in dekorative Rechtecke unterteilte. Eine verborgene Tapetentür schwang auf.

Robin schlüpfte durch die kleine Tür und erklomm die schmale Treppe des Geheimgangs, hinauf zu einer Bodenluke, durch die man auf den Dachboden kam.

Rufus ahnte nicht, dass Robin den Dachboden entdeckt hatte.

Und er durfte es auch nie erfahren – genauso wenig, wie er erfahren durfte, dass dort oben ein blinder Passagier lebte.

Mondlicht fiel durch kleine runde Giebelfenster auf ein Labyrinth aus Gerümpel. Alte Möbel, Koffer, Kartons, Kisten und Körbe standen kunterbunt durch- und übereinander, manches stapelte sich bis zum Dachfirst hinauf. Robin bog um eine ausgeweidete Standuhr und steuerte ein Monstrum von Kleiderschrank an. Geschnitzte Verzierungen schlangen sich an allen Ecken und Kanten entlang und vereinigten sich oberhalb eines ovalen, halb blinden Spiegels zu einer Krone aus Weinranken, Trauben und fetten Waldgeistern, die halb Mensch, halb Ziege waren. Er öffnete die Tür, schob die Kleider zur Seite, stieg über ein Bärenfell und eine Federboa und klopfte an die Rückwand. Für das bloße Auge kaum sichtbar befand sich dort der Durchlass zu der geheimen Kammer, in der Melvin lebte.

Melvin öffnete ihm sofort. Sein Fell war zerzaust und hatte einen erbsengrünen Stich. Um seinen Hals baumelte ein antiker Bakelitkopfhörer. »Kannst du auch nicht schlafen?«, fragte er matt.

Robin schüttelte den Kopf und trat in die kleine Kammer.

Aus einer altmodischen Musiktruhe dudelte leise Musik. Melvin schlurfte zu seiner Hängematte, ließ sich hineinfallen und stieß auf. »'tschuldigung! Ich glaube, einer der Pfannkuchen war schlecht.«

»Welcher von den zweiundvierzig?«, nuschelte Robin, doch Melvin überhörte ihn. Vorsichtig befühlte er seinen Bauch. »Puh, spannt es bei dir auch so?«

Robin schüttelte abermals den Kopf.

Melvin betrachtete ihn aufmerksamer. »Hattest du einen Albtraum?«

Robin nickte.

Melvin warf ihm eine Patchworkdecke zu und fing an zu schnurren.

Robin spürte, wie er sich etwas entspannte. Er rollte sich mit der Decke in den alten Plüschsessel ein und lauschte dem Schnurren. Das ungute Gefühl, das der Albtraum hinterlassen hatte, verschwand langsam. Aber der Gedanke, dass Freddy heute im Wald gewesen war, ließ ihm keine Ruhe. War es möglich, dass er Melvin gesehen hatte? Aber der hatte doch geblufft, oder?

»Melvin?«

»Hmm?«

»Heute im Pfannkuchenpalast hat Freddy etwas Komisches gesagt. Er sagte, er sei im Wald gewesen und er kenne unser Geheimnis. Imogen glaubt, dass sie und Stilton damit gemeint sind. Aber wir waren auch im Wald, am Druidenstein. Was ist, wenn er *uns* gesehen hat?«

»Wir können ja das Pfannkuchenorakel befragen«, ulkte Melvin. Doch als er Robins Blick sah, wurde er ernst: »Keine Sorge. Hätte Freddy uns heimlich am Druidenstein beobachtet, hätte ich ihn doch spüren müssen.« Er tippte sich vielsagend an ein Horn und fing wieder an zu schnurren.

»Sicher?«, fragte Robin, der auf einmal schläfrig wurde.

Melvin schnurrte lauter, der Gedanke verflog, und im nächsten Moment versank Robin in tiefen, traumlosen Schlaf.

Draußen am schwarzblauen Nachthimmel flog ein Fledermausschwarm vorbei und bildete eine ungewöhnliche Formation.

Für die Dauer eines Wimpernschlages erschien die Silhouette eines springenden Tieres vor dem silberhellen Halbmond. Dann war es auch schon wieder vorbei. Die Formation löste sich auf und der Schwarm flog davon. Niemand hatte die seltsame Erscheinung bemerkt. Auch Melvin nicht, der die Kopfhörer wieder überstreifte und die Musik lauter stellte.

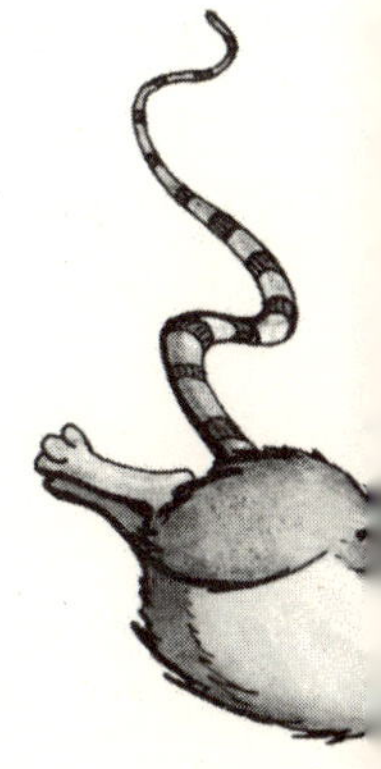

Kapitel 6

Im Brunnenhaus

Als Robin aufwachte, schien die Sonne durch das kleine Giebelfenster in Melvins Kammer. In dem hellen Strahl schwebten Staubkörnchen. Die Hängematte war leer. Melvin war wohl schon unten in der Küche. Robin überlegte. Welcher Tag war heute? Samstag. Der rote Tag der Woche. Zum Frühstück gab es wahrscheinlich irgendwas mit Ketchup oder roter Grütze.

Robin gähnte und streckte seine steifen Glieder aus. Die Kammer war so klein, dass er dabei mit dem Fuß gegen die Musiktruhe stieß. Ein Stapel Schallplatten geriet ins Rutschen. Robin schoss im Sessel vor, doch bevor er die Hände auf den Stapel pressen konnte, glitt die oberste Platte aus ihrer Hülle heraus. Sie kam mit der Kante auf dem Boden auf, rollte gegen einen Überseekoffer und fiel um. Robin hob sie vorsichtig von den staubigen Dielen auf. Es war Melvins neueste Lieblingsplatte. Vor ein paar Wochen hatte er sie in einer Kiste mit vielen anderen Schallplatten gefunden. Melvin war ganz aus dem Häuschen geraten, als er den Namen der Band las. Robin hatte richtigstellen müssen, dass er zwar auch Miller hieß, aber mit dem Bandleader nicht verwandt war. Melvin hatte nur abgewinkt und nachsichtig gelächelt – so wie man lächelt, wenn man dem besten Freund eine Flunkerei durchgehen lässt – und das Glenn-Miller-Swing-Orchestra zu seiner Lieblingsband erkoren.

Wie verdreht die Welt doch war, dachte Robin, wie verrückt. Mit ihren verblüffenden, erstaunlichen und großartigen Fähigkeiten waren Monster den Menschen haushoch überlegen. Und doch fehlte ihnen eine Fähigkeit, die jedem Menschen angeboren war und die sie verehrten und bewunderten: Menschen konnten Musik machen. Monster nicht. Überhaupt nicht. Sie schafften es nicht einmal, eine simple Melodie nachzusummen. Dabei waren sie ganz verrückt nach Musik. Melvin hatte erklärt, es habe etwas mit den Ohren zu tun. Sie waren bei Monstern anders konstruiert als bei Menschen.

Dabei hörten Monster ausgezeichnet. Robin hatte zum Beispiel schon erlebt, wie Melvin von der Dachkammer aus eine Ratte vernommen hatte, die im Brunnenhaus herumgeschlichen war – und das befand sich unten im Garten, in der hinteren Ecke, zugewachsen von dichtem Gestrüpp.

Robin sah sich nach etwas um, mit dem er den Staub von der Platte wischen konnte, ohne sie zu zerkratzen. Da fiel ihm etwas ein. Er öffnete den Überseekoffer und zog ein geblümtes Seidentuch heraus. Vorsichtig säuberte er die Platte, schob sie wieder in ihre Hülle und legte sie auf den Stapel auf der Musiktruhe zurück.

Dann legte er das Seidentuch wieder in den Koffer, in dem noch allerlei anderer Plunder lag. Als er den Deckel schließen wollte, hielt er inne.

Wider besseres Wissen nahm er ein Notizbuch heraus und schlug es auf. Es war nie benutzt worden. Vorsichtig strich er über die blanken Seiten und schnupperte am Papier. In den Staubgeruch mischte sich ein feiner Hauch von Sandelholz. Er sog den Geruch tief ein, legte das Buch zurück in den Koffer zu dem Seidentuch und den anderen Sachen und schloss sacht den Deckel. Im Sonnenlicht blitzte das Messingschloss auf. Robin strich mit dem Daumen über die eingravierten Buchstaben. RR. Das stand für Rose Rumford. Der Mädchenname seiner Mutter.

Rufus redete nie über Rose, genauso wenig wie über Robins Vater, Walter Miller. Doch Robin hatte sich inzwischen einiges zusammengereimt, auch dank einiger Briefe, die er in dem Überseekoffer gefunden hatte. So wusste er, dass Rose, kaum achtzehnjährig, ihr Studium geschmissen hatte, um Walter zu heiraten. Rufus war vollkommen außer sich geraten, dass seine Tochter einen – wie er es nannte – *mausgrauen Bibliothekar* geheiratet hatte. Seitdem hatte er nie wieder ein Wort mit ihr gewechselt.

Zugegeben, rein äußerlich war Walter tatsächlich ziemlich klein, blass und unscheinbar gewesen, und Robin kam eindeutig nach seinem Vater, nicht nach seiner hübschen Mutter. War das der Grund, warum Rufus ihn manchmal so seltsam ansah? Oder es nicht mochte, wenn Robin *Opa* zu ihm sagte? Oder hegte

Rufus aus einem ganz anderen Grund einen Groll gegen Robin? Vielleicht weil er damals von seinen geliebten Expeditionen aus dem Urwald nach Oaksend zurückkehren musste, um seinen Enkel großzuziehen? Robin war erst zwei Jahre alt gewesen, als seine Eltern ums Leben kamen. In Gedanken verloren verließ Robin die Kammer und machte sich auf den Weg in sein Zimmer. An der Bodenluke zum Geheimgang, der zu seinem Kleiderschrank führte, blieb er stehen. Etwas in seinem Augenwinkel ließ ihn stutzen. Er drehte sich um.

Ein altes Skelett grinste ihn an. Robin grinste zurück. Er und Melvin hatten es Harrison getauft. Es war ein künstliches Anatomieskelett, das an einem rollbaren Ständer hing. Es musste Robins Urgroßvater Harrison Rumford gehört haben, der Arzt gewesen war. Melvin hatte dem Knochenmann heute einen verstaubten Damenhut aufgesetzt. Die verblichenen Stoffblumen erinnerten Robin an Mrs Stickforths Hortensien. Er durfte auf keinen Fall vergessen, sie zu gießen. »Danke!«, sagte er und gab dem Skelett einen Klaps, woraufhin es eine wacklige Pirouette hinlegte und die Weihnachtsglöckchen an seinen Rippen leise klingelten.

Robin stieg die Treppe hinunter und schloss die Tapetentür hinter sich. Er zog sich den Pyjama aus, schlüpfte in seine Kleider und rutschte auf dem Treppengeländer nach unten. »Melvin!«, rief er und rannte den Flur entlang nach hinten in die Küche. Doch Melvin war gar nicht da.

Auf dem Herd stand ein Topf, in dem rote Grütze blubberte.

Robin zog ihn von der heißen Platte und machte den Herd aus. Dann entdeckte er das Durcheinander auf dem Frühstückstisch: eine Tasse war zerbrochen, die Ketchupflasche umgefallen, der Krug umgekippt. Kirschsaft färbte das Tischtuch blutrot.

Robin stellte einen Stuhl auf, der auf der Seite lag, und sah, dass die Verandatür sperrangelweit offen stand. Ein Windstoß fuhr herein und bauschte die Überhänge des verrutschten Tischtuches auf. Da kullerte eine Dose unter dem Tisch hervor. Eine Keksdose. Sie war leer. Erst jetzt bemerkte er die Krümel auf dem Boden. Die Spur zog sich über die Küchenfliesen bis hin zur Verandatür. Robin trat hinaus und folgte der Spur in den Garten, wo sie sich im hohen Gras verlor.

Robin rätselte. Was hatte das zu bedeuten? Und wo war Melvin?

Der Wind fuhr durch das Laub der mächtigen Eiche. Die Äste knarrten leise. Dann war es wieder still.

Robin sah hinüber zum windschiefen Lattenzaun. Dahinter lag ein Gemüsebeet, das schon lange aufgegeben worden war. Es wirkte seltsam leer. Wo sind die Vögel?, wunderte sich Robin. Normalerweise pickten sie scharenweise an den verwilderten Kürbissen herum und zankten sich lautstark um die begehrten Kerne.

Plötzlich hörte Robin ein Fauchen, und im nächsten Augenblick schoss etwas blitzschnell im hohen Gras an ihm vorbei, so schnell, dass er nicht erkennen konnte, was es war.

Wieder ein Fauchen, wieder fetzte etwas an ihm vorbei, doch diesmal konnte er zwischen den Grashalmen einen Blick auf schmutzig gelb-braun geschecktes Fell erhaschen. Punchkiss!

Offensichtlich hatte sich eine fremde Katze in sein Revier gewagt und nun machte er Jagd auf den Eindringling. Also hatten Katzen die Küche verwüstet? War ihnen Melvin gefolgt? Er sah in die Richtung aus der Punchkiss gekommen war. »Melvin?«

Statt einer Antwort vernahm er ein fernes Quietschen. Es schien aus der anderen Richtung zu kommen. Robins Blick fiel auf das wilde Gestrüpp am Ende des Gartens. Dahinter rottete das alte Brunnenhaus vor sich hin. Robin war noch nie im Brunnenhaus gewesen. Rufus hatte es ihm verboten. Er behauptete, es sei einsturzgefährdet.

Aber Rufus war nicht da. Und auch nicht Mrs Stickforth von nebenan. Niemand würde Robin sehen. Das war die Gelegenheit.

Robin war schon immer neugierig gewesen zu erfahren, wie es da drin wohl aussah. Er kämpfte sich durch Dornengestrüpp und Brennnesseln zu dem windschiefen Häuschen durch. Es sah tatsächlich so aus, als würde es nur noch von Schlingpflanzen zusammengehalten. Knöterich hatte sich im Laufe der Jahre durch den Spalt unter der Tür ins Innere vorgearbeitet und die Tür dabei der Länge nach in zwei Hälften gesprengt. Eine Hälfte des Türblatts lag auf der Erde, die verbliebene hing schief in den Scharnieren.

Robin tastete sich durch den Spalt in das fensterlose Häuschen hinein. Es war kühl und feucht und roch modrig. Es dauerte eine Weile, bis sich seine Augen an das Halbdunkel gewöhnt hatten.

Alte Gartengeräte, Blecheimer, Bottiche, Zuber und Waschbretter standen, hingen oder lagen herum und rosteten unter einer dicken Schicht aus Spinnweben vor sich hin. Eine Bö fuhr ins Brunnenhaus und ließ vertrocknetes Laub rascheln, das sich in den Ecken gesammelt hatte.

Von der gegenüberliegenden Wand zog sich ein Block aus gemauerten Feldsteinen in den sechseckigen Raum hinein und endete in einer Rundung, in der sich der Brunnenschacht öffnete, der gut einen Meter im Durchmesser maß. Überragt wurde der Schacht von der Holzkonstruktion einer von Hausschwamm zerfressenen Brunnenwinde. An der rostigen Kette hing ein löchriger Eimer.

Erneut fuhr eine Windbö in das Häuschen. Die Brunnenkette quietschte leise. Robin musste sich auf den vorspringenden Sockel der Brunnenmauer stellen, um in den Schacht hinabschauen zu können. Die gähnende schwarze Tiefe jagte ihm einen Schauer über den Rücken. Wie tief mochte der Brunnen wohl sein? Er hob ein Stück Mörtel auf, das sich aus den Fugen der Brunnenmauer gelöst hatte, beugte sich vor und ließ den Brocken in den Schacht fallen.

Er lauschte in den dunklen Schlund hinein. Nichts zu hören. Kein Platschen. Der Brunnen war entweder unglaublich tief oder ausgetrocknet. Dann hörte Robin doch etwas. Was war das gewesen? Ein Quietschen? Wasser quietschte nicht.

Robin sah auf. Hatte der Wind wieder mit der Brunnenkette gespielt? Nein, sie rührte sich kein bisschen. Aber etwas anderes rührte sich. Auf der gegenüberliegenden Seite des Brunnenschachts hockte eine Ratte und glotzte ihn an. Robin erstarrte. Seine Erfahrungen mit Ratten waren nicht die besten. Einmal waren er und Melvin einem hundertköpfigen Clan, angeführt von dem grausigen Jawnerel, nur mit knapper Not entkommen.

Doch an dieser Ratte war irgendetwas anders. Sie wirkte nicht gefährlich, eher ängstlich – und ein bisschen dämlich. Das mochte aber auch daran liegen, dass die Ratte leicht schielte. Sie trippelte um die Brunnenfassung herum auf ihn zu.

Robin wich zurück und stieß gegen einen Zuber an der Wand, der herunterfiel und in einem Haufen Blecheimern landete. Es schepperte infernalisch.

Die Ratte warf einen gehetzten Blick in den Brunnenschacht, schielte dann wieder zu Robin und gestikulierte mit den Vorderpfoten. Sie öffnete die Schnauze, wie um etwas zu sagen, doch was immer es war, ihre Worte gingen in einem jäh aufbrausenden Rauschen unter, das aus der Tiefe des Brunnens heraufdrang. Die Brunnenkette rasselte wild, und ehe Robin sich's versah, schoss ein riesiges schwarzes Etwas aus dem Schacht hervor und verdunkelte das ganze Brunnenhaus. Instinktiv riss Robin die Hände schützend über den Kopf. Da traf ihn etwas an der Schulter, und ein brennender Schmerz durchfuhr ihn, als ob sein Arm in Flammen stünde. Robin schrie und taumelte blind vor Schmerz im dunklen Brunnenhaus umher. Wieder traf ihn etwas, diesmal am Hinterkopf und so hart, dass Robin augenblicklich jeden Schmerz vergaß.

Ohnmächtig sackte er zu Boden.

Kapitel 7

Flodderpocks ahoi!

Robin schien in einem schwarzen, heißen Nichts zu schweben. Er versuchte, die Augen zu öffnen und sich zu bewegen, doch es war wie in einem dieser Träume, in denen man weglaufen will und feststellt, dass man noch nicht mal den kleinen Finger rühren kann. Hatte er überhaupt noch Finger? Er fühlte sich seltsam körperlos. Ein fernes Rauschen drang zu ihm durch, dazwischen Stimmen. Mal klangen sie nah, mal weit entfernt, wie bei einer schlechten Telefonverbindung.

»Der sieht aber umpfig aus«, sagte eine Mädchenstimme.

»Aber Abigail!«, mahnte eine Stimme mit rauchigem Timbre, »ich möchte dieses Wort in diesem Haus nicht hören.« Trotz des Tadels blieb die Stimme sanft und warm.

»Oh-oh … das sieht … verflixt übel aus«, krächzte ein Dritter. »Was hat ihn denn gebissen?«

Doch bevor jemand darauf antworten konnte, erscholl eine weitere Stimme, durchdringend wie eine Basstuba: »Schlibbrige Schlammschwarte! Was ist denn hier los? Was ist passiert?«

Die rauchige Stimme antwortete ruhig: »Melvin hat ihn ohnmächtig aufgefunden. Schnurren war zwecklos, deshalb hat er ihn hergebracht.«

Die Basstuba dröhnte: »Dein erster Einsatz und dann gleich so was! Als ich in deinem Alter war …«

»Colin, als du so alt warst wie Melvin, herrschten ganz andere Zeiten«, unterbrach ihn die rauchige Stimme bestimmt. »Melvin hat klug gehandelt. Genauso klug, wie sein Vater gehandelt hätte … eben wie ein echter Montgomery.«

Das gab der Basstuba offensichtlich zu denken. Sie grummelte zwar noch ein bisschen, doch es klang, als ob sie es nur täte, um die äußere Form zu wahren.

Da meldete sich eine neue Stimme: »Pardieu! Le pauvre petit … Er wird doch nischt sterben?«

Selbst durch den schwarzen lähmenden Nebel hindurch nahm Robin wahr, dass diese Stimme nicht Monsieur Pané gehören konnte. Nicht nur weil sie weiblich war. Der Akzent klang *echt*.

»Wenn ihr alle weiter rumsteht, schon«, antwortete die rauchige Stimme unverändert ruhig. »Was auch immer passiert ist, es hat ihn böse erwischt. Das Fieber muss runter. Was er braucht, ist Eis. Viel Eis. Bringt mir alles Eis, was ihr finden könnt!«

Der Befehl löste hektisches Getrappel aus. Als es verklungen war, fragte eine vertraute Stimme in die Stille hinein: »Mom, er wird es doch überleben, oder?«

Die rauchige Stimme schnurrte los: »Schwer zu sagen …«

Als Robin das nächste Mal wieder zu Bewusstsein kam, spürte er seinen Körper wieder. Er fühlte sich bleiern an. Robin musste an das Feriencamp denken, in das ihn Rufus einmal geschickt hatte. Die im Prospekt angepriesenen *Spaziergänge in der Natur* entpuppten sich als stundenlange Wanderungen über Stock und Stein. Mit Marschgepäck. Ab dem dritten Tag hatte Robin sich damals genauso ausgelaugt gefühlt wie in diesem Moment.

Ein gedämpftes Rauschen drang an sein Ohr, gefolgt von fernem Donner und Geprassel. Matt schlug er die Augen auf. Das Erste, was er sah, war – Rosa. Über ihm festgepinnter rosa Tüll, auf ihm eine rosa Decke und neben ihm ein rosa Bettvorhang. Er lag in einem rosaroten Kojenbett.

Das Zweite, was er sah, waren die vollgestellten Nischen, die in die Kojenwände ringsum eingelassen waren. Zwischen allerlei Tübchen und Tiegelchen, ähnlich jenen, die Hattie Hope in ihrem Schönheitssalon verkaufte, fanden sich schillernde Muscheln und Schneckenhäuser, Schalen mit bunten Perlen, Haarbändern und Schleifen und eine Reihe Bücher, die alle von einer Monique handelten: *Fabelhafte Monique, Monique im Sturm der Gefühle, Monique findet die Liebe …*

Puh, machte Robin, streckte eine Hand nach dem Bettvorhang aus und stutzte. Sein Arm steckte in einem blau-weiß geringelten Ärmel. Er sah an sich herunter. Was war das für ein Hemd? Es war ihm viel zu groß. Wenigstens war es nicht rosa. Er schob den Bettvorhang zur Seite. Das Rauschen schwoll an, dann donnerte es wieder. Ein jäher Schauer klatschte an ein

Bullauge, durch das trübes Licht in ein vollkommen rundes Zimmer fiel.

Robin schwindelte. Auch die Wände ringsum waren rosa, die Möbel weiß und zierlich. Ein Standspiegel und eine Frisierkommode nahmen den größten Teil des Raumes ein. Überall lag Flitterkram herum, dazwischen noch mehr Tübchen und Tiegelchen und ein kolossaler Föhn mit stacheligem Aufsatz, der einen Fakir entzückt hätte. Auf dem Plüschhocker vor der Frisierkommode lag ein Magazin namens Monsters Bazaar. *Très chic mit Monique, Tipps und Tricks des Topstars für die neue Modesaison,* verkündete die Überschrift über dem Foto eines Monsters mit Föhnwelle, lila Strähnchen und einem Glitzerstein auf dem rechten Fangzahn. Aus der Ellenbogenbeuge lugte ein Hündchen, das genauso frisiert war wie sein Frauchen. Robin wurde mulmig zumute.

Plötzlich bildete sich in der Mitte des Zimmers wie aus dem Nichts ein Loch in den Dielen. Ein Hatchpatch! Melvins Kopf tauchte daraus empor. »Hey, Schnarchnase! Na, endlich wach?« Es sollte wohl lässig klingen, doch Melvins Lächeln wirkte irgendwie verkrampft.

»Wo sind wir?«, fragte Robin.

Melvin hörte ihn nicht, weil er in dem Moment ins Hatchpatch hinunterrief: »Mom! Er ist wach!« Dann stieg er ganz aus dem Hatchpatch heraus und kam ans Kojenbett.

Robin fiel auf, dass Melvins Fell irgendwie stumpf aussah. »Wo sind wir?«, versuchte es Robin ein zweites Mal – und wurde erneut unterbrochen.

»Er ist wach?«, erklang eine Mädchenstimme, und kurz darauf tauchte ein offensichtlich weibliches Langhaarmonster aus dem Hatchpatch auf. Ihr Fell war blaugrau wie Melvins, hatte jedoch fesche Streifen. Die Stirnhaare waren zu winzigen Zöpfchen geflochten, in denen Schmuckbänder und Perlen in Rosa und Silber glitzerten. Das aufwendig frisierte Monstermädchen verschränkte die Arme. »Dann kann ich ja endlich mein Zimmer wiederhaben.«

»Abby, sei nicht unhöflich«, mahnte eine rauchige Stimme, und das nächste Monster stieg aus dem Hatchpatch. Die hochgewachsene Gestalt schien zu schweben, statt zu gehen. Das Fell war noch länger als das von Melvin und Abby. Es schillerte in Dutzenden Grüntönen, genauso wie die Augen, die Robin freundlich musterten. Lautlos wie eine Fee glitt sie neben Robin auf die Bettkante und legte eine schmale Hand auf seine Stirn, die sich anfühlte wie ein Samthandschuh. Auf einmal fühlte sich Robin schon viel besser.

»Sehr gut«, murmelte sie und nickte zufrieden, »kein Fieber mehr. Willkommen zurück von den Toten.«

»Er ist tot?«, krächzte eine Stimme, und gleich zwei weitere Monster entstiegen nacheinander dem Hatchpatch. Das erste war klein und zierlich und hatte silberweißes Fell mit einem deutlichen Lilastich. Zu Robins Verwunderung trug es eine extravagante Kostümjacke über dem Pelz. An einer feingliedrigen Kette baumelte eine silberne Stielbrille, nach der es tastete.

Das zweite Monster trug einen knorrigen Wanderstab wie ein

Riesenzepter. Die bucklige Bernsteinkugel am oberen Ende war groß wie eine Grapefruit. Mit der anderen Hand hielt es die Spitze eines Tritonhorns an ein Ohr.

»Nein, Opa. Nicht tot. Auf-ge-wacht!«, rief das Monstermädchen namens Abby ins andere Ende hinein.

Die grüne Fee mit den Samthänden fühlte Robins Puls und sagte: »Wir haben uns alle große Sorgen um dich gemacht, Robin. Ich bin Falanara, Melvins Mutter. Und das sind …«, sie wandte sich halb um und deutete auf die anderen Monster, die Robin neugierig musterten, »Abby, Melvins Schwester, Großpapa Wilbur und Großmaman Heloise … Wir sind alle so froh, dass es dir besser …«

RUMMS! Irgendwo unter ihnen schlug eine schwere Tür zu.

»Verdammtes Höllenwetter!«, dröhnte eine Basstuba, »lebt er noch?«

»Er ist aufgewacht, Paps«, rief Abby in das Hatchpatch hinunter.

»Das wurde aber auch Zeit«, donnerte es zurück. »Verdammtes Hauspatch, wird auch immer enger – warum muss auch jeder sein Zeug – was ist das? Abby! Wie oft soll ich dir noch sagen, dass du deine Haarteile nicht überall herumliegen lassen sollst – sehen aus wie verdammte Ratzen …«

Im nächsten Augenblick drückte sich ein quietschgelbes Wesen aus dem Hatchpatch und tropfte die Dielen nass. Es zog sich den Südwester vom Kopf und schüttelte eine löwenartige Mähne. Colin Montgomery war einen Kopf kleiner als seine Frau und nicht ganz so schlank. Er knöpfte die Öljacke auf. Im ersten Moment dachte Robin, Melvins Vater hätte sich einen braunen Flokati umgewickelt, doch dann begriff er, dass es tatsächlich sein Bauch war, der herausquoll.

Er warf Robin ein »Willkommen« zu und wandte sich sogleich im Kommandoton an die anderen: »Er sieht blass aus. Was steht ihr hier alle rum. Der Junge braucht was zu essen. Helen soll ihm Krebssuppe bringen mit ordentlich Chili dran, das bringt ihn auf die Beine.«

»Aber 'eute ist Dienstag«, mäkelte Großmaman Heloise.

»Und wenn schon!«, röhrte Colin, »der Junge braucht jetzt mehr als Grünzeug. Er muss zu Kräften kommen und schleunigst nach Hause. Wo bleibt das Essen überhaupt? HELEN!« Er schleuderte den Südwester in das Hatchpatch und quetschte sich hinterher. Heloise, Wilbur und Abby folgten ihm.

Als Falanara Robins Blick begegnete, sagte sie mit einem Lächeln: »Colin meint das nicht so. Er braucht das Gebrüll. Es beruhigt ihn, gibt ihm das Gefühl, alles im Griff zu haben. Meinst du, du kannst aufstehen? Oder soll ich dir das Essen nach oben bringen?«

»Nein, nein«, beeilte sich Robin zu sagen, »ich kann aufstehen.«

Falanara erhob sich, strich Melvin über den Kopf und glitt ins Hatchpatch.

Robin sah Melvin mit großen Augen an. »Wir sind bei dir zu Hause?«, stieß er aus.

Melvin mied seinen Blick. »Ähm … na ja … ich weiß, es ist nicht berauschend. Aber für uns Monster ist es nicht leicht, eine Bleibe zu finden. Es wird immer schwieriger, abgelegene Ruinen zu finden, wo kein Mensch hinkommt. Da haben wir es mit diesem alten Leuchtturm noch ganz gut getroffen, auch wenn es ziemlich eng und feucht ist …«

»Wir sind in einem Leuchtturm?«, rief Robin begeistert.

Wie zur Antwort brach sich draußen eine Welle mit Donnergetöse an den Klippen und schleuderte Gischt gegen das Bullauge.

Melvin fuhr fort sich zu rechtfertigen: »Aber immer noch besser als in dem alten Bunker, in dem wir vorher wohnten. Dreißig Familien lebten dort. Ständig gab es Streit zwischen den Wooglern und den Slubbs – na ja, kein Wunder, so wie die kochen. Jedenfalls …«, er sah verlegen auf die rosa gestrichenen Wände rundum und nuschelte: »Tut mir leid …«

Robin tat es überhaupt nicht leid. Er fand es furchtbar aufregend, Melvins Zuhause kennenzulernen. Ein Leuchtturm? Wahnsinn!

Melvin fegte das Magazin vom Plüschhocker und setzte sich mit hängenden Ohren. »Ich musste dich zu mir nach Hause bringen. Weil … weil …«, er schluckte, und sein Fell wurde noch fahler, »ich … ich hab Mist gebaut.«

»Wieso? Was ist überhaupt passiert?«

Melvin klemmte die Hände zwischen die Knie und heftete seinen Blick auf ein Astloch in den Dielen. »Also … das war so:

Ich war gerade dabei, Frühstück zu machen, da fingen meine Hörner an zu jucken. Ich also auf die Veranda, und was sehe ich? Einen Jarver, der durch den Garten schleicht. Ich natürlich sofort hinterher … Ich Idiot! Ich hätte es wissen müssen. Es war nur ein Ablenkungsmanöver. Während ich dem einen Jarver hinterhergejagt bin, haben fünf andere die Küche gestürmt und die Kekse geplündert.« Er brach ab, pulte mit dem großen Zeh im Astloch herum und fuhr stockend fort: »Als ich zurückkam, fand ich dich im Brunnenhaus. Ich hab geschnurrt, aber du bist nicht zu Bewusstsein gekommen. Da hab ich Panik bekommen und dich zu Mom gebracht. Das war vor drei Tagen.«

»Vor drei Tagen?! Ich war drei Tage lang bewusstlos?«

»Mom meint, es war eine Blutvergiftung. Du musst dich an der siffigen Gartenkralle verletzt haben, als du gestürzt bist.«

»Gartenkralle?«

Melvin presste die Lippen zusammen und deutete auf Robins linken Arm. Robin schob den blau-weiß geringelten Ärmel hoch. Auf seinem Oberarm prangte ein großer blauer Fleck. Die Form erinnerte vage an ein welliges Blatt. Ein prächtiges Herbstblatt, denn der Bluterguss schimmerte in schaurig-schönen Schattierungen aus Rot, Violett und Blau, in denen sich die verkrusteten Einstiche einer Gartenkralle abzeichneten.

»Es ist schon viel besser geworden«, sagte Melvin kleinlaut, »Mom hat gestern den Verband abgemacht. Sie sagt, es heilt schneller, wenn Luft drankommt. Als ich dich herbrachte, war dein ganzer Arm blau angeschwollen.«

Melvin grub den großen Zeh tiefer in das Astloch hinein und murmelte zerknirscht: »Ist alles meine Schuld. Ich … ich habe versagt!«

»Blödsinn«, rief Robin und grinste, »ich finde das cool.«

Melvin hob den Kopf und sah Robin zum ersten Mal richtig in die Augen. »Du bist nicht sauer?«

»Spinnst du? Das sieht doch ultrascharf aus. Ich wollte immer schon ein Tattoo haben.«

Melvin musste lächeln, wurde aber gleich wieder ernst.

»Wie ist das überhaupt passiert?«, fragte er.

»Oh … äh …«, Robin dachte nach. Ja, was war eigentlich passiert?

»Warte mal, also … ich hatte dich gesucht, und ich bin in die Küche gegangen … hab mich noch gewundert über die Unordnung … die Verandatür stand sperrangelweit offen, und … dann hörte ich was im Brunnenhaus und dachte, das seist du, auf Rattenjagd …« Robin stockte. Plötzlich regte sich eine Erinnerung. »Und im Brunnenhaus … da war auch eine Ratte …«

»Eine Ratze?«

»Sie benahm sich irgendwie komisch.«

Melvin stürzte sich auf die Neuigkeit: »Hatte sie Schaum vor dem Mund? Hat sie getorkelt?«

»Nein, so war es nicht. Es sah eher so aus, als ob sie mir etwas sagen wollte.«

»Ja, wahrscheinlich ATTACKE! Und dann hat sie dich angegriffen? Hey, warte mal, jetzt weiß ich, wer hinter alldem stecken könnte: Dieser fiese Ratzenchef, dieser Jawnerel. Er und sein Clan wollten sich bestimmt an dir rächen, weil du sie damals in der Zisterne ausgetrickst hast, als sie uns das Hatchpatch abjagen wollten.«

Doch Robin hörte nicht richtig hin, denn nun fiel ihm wieder ein, was im Brunnenhaus passiert war. »Nein. Nicht die Ratte hat mich angegriffen. Irgendein Ding kam aus dem Brunnen heraus«, sagte er und erschauerte.

»Keine Ratze?«, sagte Melvin fast enttäuscht, »was war es dann? Ein Jarver?«

»Nein.« Robin wusste, wie ein Jarver aussah. Ein bisschen wie eine Kreuzung aus Waschbär und Wallaby – allerdings in Fuchsrot und mit Hamsterbacken. »Es war viel größer und dunkler …«

»Ein Murker?«

Robin schüttelte den Kopf. Er wusste auch, wie ein Murker aussah. So ähnlich wie ein Lurch. Nur, dass Lurche nicht fünf Meter lang wurden, gedrechselte Hörner trugen und sich von Moorleichen ernährten. Außerdem konnten Murker nicht … »Es konnte fliegen«, fiel Robin wieder ein.

»Flodderpocks!«, Melvin klatschte sich an die Stirn, »natürlich! Die rotten sich gern in dunklen, feuchten Ecken zusammen. Du hast sie wahrscheinlich erschreckt.«

»Flodderpocks? Wie sehen die aus?«

»Warte!«, sagte Melvin, stemmte sich mit dem Fuß am Bett hoch und kramte irgendwo herum.

Robin stand auf und schaute neugierig nach oben. Über der

ersten Koje gab es noch eine zweite und darin sah es herzerfrischend normal aus. Die Bettwäsche hatte schnörkellose Streifen, und die Nischen enthielten lauter vernünftige Dinge: Einmachgläser mit Froschlaich, Maden und Würmern, einen alten Chemiebaukasten, das Modell eines doppelflügeligen Flugwesens, einen ausgestopften Kugelfisch, Dutzende zerschrammte Matchboxautos (nach Farben sortiert), eine dickbauchige, muschelverkrustete Flasche und einen Käfig, in dem etwas vor sich hin staubte, das Robin an eine verschrumpelte Seegurke denken ließ.

Melvin zog ein Buch aus einer der Nischen hervor und stieg vom Bett herunter. Als er Robins Blick sah, lief er fast so rosa an wie die Wände ringsum.

Auf einmal begriff Robin, warum Melvin es vorzog, in der winzigen, staubigen Kammer auf dem Dachboden im Mistelweg zu wohnen. Er hatte noch nie ein eigenes Zimmer gehabt. Um den peinlichen Moment zu überspielen, deutete Robin mit dem Kinn auf das Buch in Melvins Hand: »Was hast du da?«

Melvin schien erleichtert, sein Fell wurde wieder blaugrau. »Den kleinen Monsterführer«, er flippte geschäftig durch die Seiten. »Da! *Der Flodderpock (Pellitus aeromicrobis) ist ein nachtaktives Schwarmtier. Seine ledrigen Flügel erreichen eine Spannweite von bis zu zehn Zentimetern. Tagsüber saugen sich die Kräuselhaarmonster mit Saugnäpfen in feuchten, dunklen Höhlen fest. Nachts jagen sie Insekten, Käfer und Schnecken. Fühlen sie sich bedroht, schließen sie sich zu dichten Formationen zusammen, um potenzielle*

Angreifer zu verwirren. Flodderpocks sind leicht zu verwechseln mit Fledermäusen.«

Melvin tippte auf ein kleines Bild. Robin erkannte kaum mehr als einen dunklen Wischer vor einem glutroten Abendhimmel. Hilflos zuckte er mit den Schultern.

»Na ja, viel kann man wirklich nicht erkennen«, räumte Melvin ein. »Im Wohnzimmer steht eine Gesamtausgabe der *Mentores Mundi*. Da finden wir bestimmt ein besseres …«

»Essen ist fertig!«, rief jemand von unten herauf.

Melvin sprang auf, warf den *Kleinen Monsterführer* in seine Koje und Robin seine Kleider zu. Robin zog das Matrosenshirt über den Kopf und schlüpfte in seine Jeans.

Melvin erklärte: »Flodderpocks sind völlig harmlos. Aber wenn man das nicht weiß … Wenn sie eine Formation bilden, kann das ganz schön unheimlich aussehen, durchaus auch wie ein großes schwarzes Ungeheuer.«

»ESSEN!«, drang es wieder durch das Hatchpatch zu ihnen hoch, und diesmal klang es schon etwas ungeduldig.

Melvin zog Robin, der noch mit dem Kopf im Pullover hing, zum Hatchpatch. »Los, komm. Tante Helen kann ziemlich ungemütlich werden, wenn man sie warten lässt.«

Kapitel 8

Von Bronfern und Montilopen

Als Robin endlich die Halsöffnung des Pullovers fand und wieder freie Sicht hatte, war Melvin schon im Hatchpatch verschwunden.

Robin zauderte. Hatchpatche konnten sehr heikel sein. Er war bisher nur mit Melvins Hatchpatch unterwegs gewesen, das ihn kannte, mochte und ihm deshalb nichts tat. Aber das war nicht die Regel. Normalerweise akzeptierten Hatchpatche nur ihren Besitzer. Wenn ungebetene Gäste eindrangen, konnten sie ziemlich ungemütlich werden. Melvin hatte mal von einem Onkel Melrose erzählt, der sein Hatchpatch mit einem anderen verwechselt hatte. Drei Wochen lang hatte er durch einen Schlauch atmen müssen.

Melvins Stimme rief von unten herauf: »Wo bleibst du denn?«

»Wird dieses Hatchpatch mich nicht angreifen?«, rief Robin zurück.

»Was? Ach so … Keine Angst, das ist nur ein harmloses altes

Hauspatch. Es hat schon lange keine Zähne mehr – und Gesichter konnte es sich noch nie merken.«

Robin ließ sich in das Loch gleiten und gelangte in die Schleusenkammer des Hauspatches. Anders als in Melvins Hatchpatch war dieses hier viel größer und diente offensichtlich auch als Garderobe. Über einem Durcheinander von Gummistiefeln und Galoschen bauschten sich Südwester und Ölzeug. Aus der Tasche eines Friesennerzes lugte ein Haarteil.

Reihum öffneten sich weitere Löcher. Aus einem Loch neben dem Schirmständer roch es verlockend nach frisch gebackenen Pasteten.

Sowie er einen Fuß hineinstreckte, erfasste ihn ein mächtiger Sog, und ehe Robin sich's versah, landete er in einer Küche. Sie war genauso rund wie Abbys Zimmer, nur größer. Durch die Bullaugen erblickte Robin ringsum nichts als tosende Wellen, schäumende Gischt und Sturmwolken. Der Horizont war nicht mehr auszumachen.

Unbeeindruckt von dem Sturm saß Melvins Familie gemütlich am großen Küchentisch. Alle redeten durcheinander und taten sich aus dampfenden Terrinen und Schüsseln Spinatpasteten, grüne Heringe, Zucchiniauflauf, gefüllte Paprikaschoten und Kohlrouladen auf. Gegenüber, an einem riesigen alten Herd, werkelte ein ziemlich pummliges Monster, das eine bodenlange Küchenschürze trug. Es hatte kein Fell, sondern ein fluffiges weißes Federkleid mit schwarzen Einsprengseln. Robin musste sofort an Emma denken, das Huhn von Otis Pound, das so zahm war, dass es sogar auf dem Lenker seines Mopeds mitfuhr. Nur, dass Emma natürlich viel kleiner war – und keine Arme hatte. Schon gar nicht vier.

Verblüfft sah Robin zu, wie das fedrige Wesen beidhändig Krebssuppe in eine Schüssel schöpfte, während es zugleich mit den beiden anderen Händen den Knoten der Schürze löste.

Melvin zog Robin auf den Stuhl neben sich. »Das ist Tante Helen. Sie ist eine Quastlerin«, raunte er und häufte Kiwichutney auf seine Heringe.

Tante Helen drehte sich um. Zwei quastenähnliche Hände umfassten die Schüssel, die dritte warf die Schürze über die Anrichte, während die vierte nach einem Lappen griff. Sie servierte Robin die Krebssuppe, strich gleichzeitig ihre Kopffedern glatt, zupfte eine Fluse von Robins Pullover und wischte einen Spinatfleck vom Tisch. Robin hatte das Gefühl, in einen Vogelschwarm geraten zu sein. Dann zeichnete sie flugs eine unsichtbare Acht in die Luft über seinem Kopf und murmelte: »Wasserpest und Muschelgrind, Sankt Elmo, schütze dieses Kind. Lass es dir schmecken!« Sie flatterte um den Tisch herum und ließ sich neben Heloise nieder, die durch ihre Lorgnette hindurch einen missbilligenden Blick auf Robins leuchtend rote Krebssuppe warf. Melvin grinste und neigte sich zu Robin: »Tantchen ist abergläubisch. Sie glaubt an die große Grinsekatze, die heilige Müllhalde, den gekreuzten Blick und all so was. Das eben war ihre Formel gegen Sturmhexen.«

Robin klappte den Mund wieder zu und griff nach dem Löffel.

Die Suppe war süß, sauer und scharf zugleich und wärmte bis in die Zehenspitzen. Erst jetzt merkte er, wie hungrig er war.

Colin sprach am anderen Ende des Tisches mit Großvater Wilbur, der Gräten aus seinem Hering zog. Er schob sie nicht einfach zur Seite, sondern legte sie auf einen Extra-Teller, auf dem er die Gräten akribisch genau nach Größe und Länge sortierte.

»Das Tief scheint nach Osten abzudrehen«, wandte sich Colin an ihn, »es sieht ganz danach aus, als ob der Sturm bald abflauen wird.«

Wilbur sah irritiert von seiner Grätenbuchhaltung auf. »Wer will abhauen?«

Colin rückte Wilburs Tritonshorn zurecht und rief hinein: »Der Sturm!«

Helen und Falanara unterhielten sich über den Tisch hinweg über die Schwierigkeit bei der Beschaffung von pinkfarbenen Lebensmitteln. Heloise hatte eine Spinatpastete in winzige Häppchen geschnitten und tupfte sich nach jedem Bissen geziert die Mundwinkel ab. Und Abby stocherte in einer Paprika. Sie fischte die Reiskörner aus der Füllung und schob das Hackfleisch mit der Gabel naserümpfend zur Seite.

Plötzlich trompetete Colin leutselig: »Robin, wie macht sich Melvin denn so als Schutzmonster?«

Robin, den Mund voll heißer Krebssuppe, konnte nur nicken.

»Stellt er auch nicht zu viel Blödsinn an?«

Robin schüttelte heftig den Kopf und dachte, dass gerade der

Blödsinn, den Melvin immer anstellte, sein Leben im Haus am Mistelweg erst erträglich machte.

Wilbur wandte sich an Colin und krächzte: »Früher waren die Sitten nicht so verlottert. Ich weiß nicht, ob das so gut ist, wenn Schutzmonster und ihre Schützlinge so eng miteinander sind. Wir sind Mentoren, Schutzmonster, keine Spaßmonster. Zeiten sind das …«

»Ja, Großvater«, sagten die anderen im Chor, ohne von ihren Tellern aufzusehen. Offensichtlich waren Wilburs Ansichten ein Dauerthema.

»Reg disch nischt auf, Wilbür, denk an deine Blutdruck.« Heloise tätschelte seinen Arm, nahm ihm das Tritonshorn weg und reichte ihm die Schüssel mit Erbsenpüree.

Helen wandte sich an Melvin: »Sei so gut und hol nach dem Essen ein paar Schuppen herauf.«

Melvin protestierte: »Warum immer ich? Warum nicht Abby? Sie macht nie was!«

»Stimmt gar nicht«, rief Abby und schüttelte den Kopf, dass die Zöpfe nur so flogen.

Falanara sagte: »Abby hat schon ihr Zimmer abgetreten. Deshalb gehst du Schuppen holen.«

Abby grinste hämisch, und als Falanara nicht hinsah, schnippte sie den Paprikastrunk auf Melvins Teller.

Melvin knurrte leise, doch dann schien ihm etwas einzufallen. Er lächelte hinterlistig: »Wie geht es denn Midget?«

Das wischte Abby das Grinsen vom Gesicht.

»Gut«, sagte sie, und ihre Lippen wurden schmal.

In dem Moment sagte Helen zu Falanara: »Übrigens, ein neuer Kessel wird fällig. Der alte ist durchgescheuert.«

»Schon wieder?« Falanara schüttelte den Kopf. »Dann müssen wir wohl bald zur Mall. Purpurschnecken und Fellantine werden auch knapp.«

»Zur Mall?«, rief Abby. »Da muss ich mit. Bei Dutt'n Buns soll die neue Kollektion von Haarteilen eingetroffen sein. Im Monsters Bazaar steht …«

»Noch mehr Haarteile?«, stichelte Melvin. »Willst du dir ein Haustier basteln?«

Abby warf ihre Zöpfe nach hinten und rümpfte die Nase. »Es muss ja nicht jeder rumlaufen wie das letzte Buschmonster.« Mit einem boshaften Lächeln setzte sie nach: »Und Tupfen sind so was von monstermegaout … Babyboy!«

Melvins Fell knisterte bedrohlich und bekam einen schwefelgelben Stich. Falanara, der das nicht entgangen war, erstickte den aufkeimenden Zoff mit ihrer rauchigen, ruhigen Stimme: »Kinder, vertragt euch. Melvin, geh jetzt bitte die Schuppen holen – wir brauchen auch welche fürs Wohnzimmer. Oh, und bring ein paar Eier mit. Und du, Abby, du hilfst beim Abräumen.«

»Oh, nein! Mom, sie spritzen mich immer nass!«

»Und danach sammelst du all deine Haarteile aus dem Hauspatch ein. Dein Vater hat recht. Man kann sie leicht mit Ratzen verwechseln.«

Maulend erhob sich Abby und half Helen, den Tisch abzuräumen. Aus dem Spülwasser tauchten zwei Glitsche auf und gerieten sofort in Streit um das schmutzige Geschirr. Robin war schon einmal einem Glitsch begegnet und wunderte sich daher nicht über diese flauschigen kleinen Wesen mit den Korkenzieherohren, den vielen Glupschaugen und den tentakelartigen Gliedmaßen, die sie beliebig herausbilden konnten. Glitsche waren kleine, aber unentbehrliche Monster. Ihr Fell tötete Keime. Sie hielten Rohre und Kanäle sauber und sorgten für sauberes Wasser.

Das Wasser schäumte und spritzte. Da tauchte ein dritter Glitsch auf und schnappte sich flugs den Teller, den Abby mit ausgestrecktem Arm über die Spüle hielt, während sie mit dem anderen Arm das Spritzwasser abwehrte. »Iiiiihhh!«

»Jungs, nicht streiten«, mahnte Helen, »es ist genug für euch alle da«, und ließ noch mehr schmutzige Teller ins Wasser gleiten.

Begierig stürzten sich die Glitsche darauf. Seifenblasen stiegen aus dem Becken auf. Flugs füllte sich das Abtropfgitter mit blitzeblankem Geschirr.

Melvin schnappte sich einen Kohleneimer und zog Robin zum Hauspatch. »Blöde Zicke«, schimpfte er los, als sie in der Schleusenkammer standen. »Immer hackt sie auf mir rum. *Babyboy* … hrmpf!« Melvin ballte die Fäuste. »Sie war immer schon nervig, aber seit ich auch Schutzmonster bin, ist sie richtig eklig geworden. Schätze, sie ist nur neidisch. Aber was kann ich denn dafür?«

»Was? Wofür?«, fragte Robin verwirrt.

Melvin sagte mit einem boshaften Lächeln: »Abby hat zwar ihre Prüfung mit Auszeichnung bestanden, aber das nützt ihr gar nichts. Als Schützling wurde ihr Midget Plimbottom zugeteilt, die totale Streberin«, er gluckste schadenfroh. »Wenn man schon Midget heißt … Abby hat so gut wie nichts zu tun und langweilt sich zu Tode … Das größte Abenteuer, das sie bisher mit Midget erlebt hat, war, eine verlorene Masche wieder aufzunehmen … dabei hasst sie Stricken wie die Pest. Hilfst du mir mit den Schuppen?«

Noch bevor Robin antworten konnte, war Melvin schon in dem nächsten Durchlass abgetaucht. Robin folgte ihm in den Sog.

In Spiralen ging es rasant abwärts und es wurde immer wärmer. Dann schlug Robin mit den Füßen voran auf Stein. Etwas schwindelig sah er sich um. Sie waren offensichtlich im Keller des Leuchtturms, einem Gewölbekeller. Überall stapelte sich Gerümpel. In Goldfischgläsern flackerte bläuliches Licht und warf unruhige Schatten auf Wäschestücke, die an einer langen Leine zum Trocknen hingen.

Als Robin genauer hinsah, erkannte er in den Goldfischgläsern ein Gewimmel fluoreszierender Minikrebse. Das Meeresrauschen hier unten klang bedrohlich nah. Der Boden unter Robins Füßen erbebte, als sich eine Welle draußen an den Klippen brach. Feiner Mörtelstaub rieselte von der Decke.

Melvin steuerte mit dem Kohleneimer ein Gewölbeabteil an,

das mit einer Brettertür verschlossen war. Etwas Stroh lugte unten hervor.

»Was ist da drin?«, fragte Robin.

»Nicht was, sondern wer«, sagte Melvin. Er öffnete die Tür zum Verschlag und setzte damit einen Schwall heißer Luft frei. Er leuchtete mit einem Goldfischglas hinein und grinste, als er Robins Miene sah.

»Das ist Arnold«, wisperte er, »er ist ein Bronfer. Ein nordischer Rundschuppler. Die können einem richtig einheizen.«

Robin starrte auf das schuppige Ungetüm, das zusammengerollt auf einem Strohbett in der Ecke schlief. Bei jedem seiner Atemzüge umwehte Robin ein heißer Hauch. Melvin kniete sich neben das Monster und klaubte etwas aus dem Stroh. Klong! Eine große Schuppe landete im Kohleneimer. »Kannst mir ruhig helfen«, sagte Melvin über die Schulter.

Robin flüsterte: »Was ist, wenn es … ähm, er aufwacht?«

Melvin lachte: »Keine Sorge, er hält noch Sommerschlaf. Aber selbst wenn er wach wäre, würde er dir nichts tun. Bronfer sind sanft wie Lämmer – und lahm wie Schildkröten.« Er tätschelte einen schuppigen Fuß, der kaum kleiner war als der eines Elefanten.

Robin wischte sich Schweißperlen von der Stirn, kniete sich neben Melvin und wühlte im Stroh. Die Schuppen waren groß wie Männerhände und rau wie Schmirgelpapier. Als der Kohleneimer voll war und sie zurück zum Hauspatch gingen, stoppte Melvin plötzlich, sodass Robin gegen ihn stieß.

»Fast hätte ich die Eier vergessen!« Melvin kehrte um und ging zu einem anderen, kleineren Verschlag. Er schob einen Riegel hoch und öffnete die Brettertür eine Handbreit.

»Mä-hä-hä?«, erklang es aus dem Verschlag.

»Ganz ruhig, Mona«, säuselte Melvin nervös. Er versuchte, den Spalt mit seinem Körper zu blockieren und sich gleichzeitig hindurchzuquetschen.

»Mä-hä-hä!«, erklang es drängender, dann knallte etwas von innen gegen die Tür, und eine helle Kugel witschte durch Melvins Beine hindurch. Ehe Robin sich's versah, war sie an ihm vorbeigesaust und verschwand hinter einem Haufen alter Taue.

»Und wer oder was ist das?«, fragte er.

»Mona. Unsere Montilope«, stöhnte Melvin, »wegen des Sturms kann sie seit Tagen nicht auf die Weide. Du musst mir helfen, sie wieder einzufangen.«

Mona hatte jedoch keine Lust, sich einfangen zu lassen. Ihr war mehr nach Spielen. Was aussah wie ein gehörnter, wolliger Medizinball auf vier dürren Beinchen, machte Luftsprünge wie eine Antilope. Jedes Mal, wenn es Melvin und Robin gelang, sie einzukreisen, sprang sie aus dem Stand einfach über ihre Köpfe hinweg.

Ihr ausgelassenes Gemecker hallte vom Gewölbe wider.

Nach etlichen Versuchen gelang es ihnen schließlich, Mona zwischen eine Seemannskiste und eine alte Galionsfigur zu drängen. Im letzten Moment sprang sie wieder über sie hinweg, verfing sich jedoch mit den Hörnern in der Wäscheleine. Die Leine riss und Mona verschwand unter einer Flut von Laken, Handtüchern, Socken und Handschuhen.

Robin und Melvin stürzten sich auf das zappelnde Bündel.

»Halt die Beine fest!«, keuchte Melvin. Das war viel leichter gesagt als getan. Robin wich einem spitzen Horn aus, das gerade mit lautem RATSCH ein Laken durchstieß.

Sie waren in Schweiß gebadet, als sie Mona endlich wieder im Verschlag hatten. Robin sicherte die Tür, während Melvin die Montilope von den Wäschestücken befreite und zu Boden rang. Sowie er sie auf den Rücken gedreht hatte, hörte die Zappelei schlagartig auf, und Monas honigbraune Augen schlossen sich halb.

Melvin schnaufte und stand auf. »Wenn man sie erst mal auf dem Rücken hat … willst du vielleicht?«

»Will ich was?«, fragte Robin.

»Melken.« Melvin grinste: »Versuch's mal«, er wühlte mit den Händen in der Luft herum, »einfach reingreifen, dann merkst du es schon.«

Robin kniete sich neben Mona. Zögernd tauchte er seine Hände in die wollige Kugel. Mona meckerte schläfrig.

Robins Fingerspitzen stießen gegen etwas Festes. Er schloss die Finger darum und zog es heraus. Es war ein Ei. Mit Fell.

Melvin gluckste, als er Robins verblüffte Miene sah.

Sie holten nach und nach zehn Eier aus Monas Unterwolle, schlichen sich auf Zehenspitzen aus dem Stall und schoben den

Riegel vor. Durch die Brettertür konnten sie Mona schnarchen hören.

»Eigentlich mag sie es, gemolken zu werden. Aber jedes Mal macht sie erst ein Riesentheater darum«, sagte Melvin und langte nach der Wäscheleine. Robin griff nach dem anderen Ende.

Sie zogen die Leine an dem Wandhaken stramm und sammelten die verstreuten Wäschestücke ein. Gemeinsam hängten sie sie wieder auf, wobei Robin sich zunehmend wunderte. Weder bei den Socken noch bei den Handschuhen passte irgendwas zusammen.

»Das sind Helens Putztücher«, erklärte Melvin. »Sie schwört darauf.«

Robin nickte nur. Er dachte an all die Socken und Handschuhe, die auf so rätselhafte Weise bei den Menschen verloren gingen. Nun ahnte er, wohin sie in Wirklichkeit verschwanden …

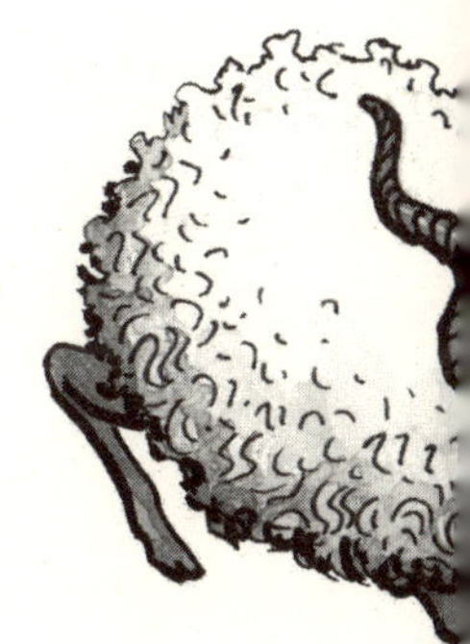

Kapitel 9

Das Phantom

Robin war schon mit einem Bein im Hatchpatch, da hielt Melvin ihn zurück. »Wir nehmen 'ne Abkürzung. Bleib dicht hinter mir.«

Im Sog des Hauspatches ging es wieder nach oben. So muss sich eine Ameise fühlen, die in einen Staubsauger gerät, dachte Robin, dann schoss er hinter Melvin auch schon ins Wohnzimmer der Montgomerys hinein. Melvin ging sogleich mit dem Kohleneimer zum Kamin und machte sich daran zu schaffen.

Wie alle Zimmer im Leuchtturm war auch das Wohnzimmer rund.

Vor dem Kamin standen ein ramponiertes Sofa, auf dem Robins halbe Schulklasse Platz gefunden hätte, und ein Sammelsurium kunterbunt zusammengewürfelter Sessel. Als Tisch diente eine Seemannskiste. Alles in allem sah es ein bisschen aus wie in Blonskys Trödelhalle. Robin fand es urgemütlich.

An der gegenüberliegenden Wand schimmerte etwas in einem

Bücherschrank. Robin trat neugierig näher. *Meisterschaft im Feuerhockey* stand auf einem angelaufenen Silberpokal.

»Feuerhockey?« Fragend drehte er sich zu Melvin um, der gerade zwei Schuppen aneinanderschnippte und auf den Kaminrost warf. Sie hüpften und sprühten Funken, dann zischte es, und im Nu loderte ein prasselndes Feuer auf.

»Paps und seine Brüder spielten alle in der Jugendliga«, erklärte Melvin, während er sich die Hände abwischte. »Bei der Meisterschaft waren sie sogar im selben Team. Das war vor dem Nachtspielverbot. Aus Protest sind sie ausgetreten. Richtig Spaß macht Feuerhockey doch erst im Dunkeln.«

Robin beäugte ein verkohltes Etwas, das mit verrußtem Stacheldraht umwickelt war. »Und was ist das?«

»Der Puck natürlich«, sagte Melvin und nahm ein verblasstes Mannschaftsfoto aus dem Schrank. Zwölf leicht angesengte Spieler jubelten mit hocherhobenen Schlägern und Helmen in die Kamera. Er tippte auf einen schmächtigen Spieler, der von den anderen überragt wurde. »Das da ist Paps. Er war der jüngste Angreifer, den die Liga je hatte. Und der schnellste. Man nannte ihn den Feuerpfeil.«

Robin dachte an Colins Flokatibauch. Das Foto musste schon ziemlich alt sein.

Melvin fuhr fort: »Das hier ist Onkel Melrose. Er wurde im Finale gegen die Panzerfäuste vom Puck geblendet. Seitdem ist er nachtblind. Und der da ist Ruben, der älteste der Brüder. Den hätte ich gern kennengelernt. Er soll der beste Torwart gewesen sein, den die Pelltis United je hatten.« Melvin senkte die Stimme zu einem Wispern: »Später war er in irgendeinen Skandal verwickelt. Ihm drohte das Tribunal, wenn nicht sogar Verbannung. Da ist er abgehauen. In der Familie wird er seitdem totgeschwiegen.«

Robin leuchtete natürlich ein, dass man beim Feuerhockey einen Helm tragen musste. Schade war nur, dass ausgerechnet Onkel Ruben seinen Helm aufbehalten hatte, als das Foto aufgenommen worden war. Es hätte ihn brennend interessiert, wie dieser skandalträchtige Supertorwart ausgesehen hatte. Melvins Finger wanderte zu einem stattlichen Monster am linken Bildrand. »Und das war Onkel Fitzroy.«

»War?«

»Er ist von seiner letzten Mission nicht zurückgekehrt. Helen hat nie wieder geheiratet.«

Robins Blick fiel auf das unterste Fach des Bücherschrankes, wo ein kolossales, ziemlich abgegriffenes Lexikon lag. Eine Mentores Mundi. Zu Hause, im Mistelweg, hatte Robin auch eine Mentores Mundi. Melvin hatte ihm das bebilderte Lexikon der Monsterarten zu Weihnachten geschenkt. Jetzt begriff er, dass es nur eine Taschenausgabe war.

»Wir wollten doch noch nachgucken, ob wir ein Bild von Fledderpocks finden«, sagte Robin und zog an dem gewaltigen Lexikon. Es war dick und schwer wie ein Quaderstein, die Ecken mit Goldblech verstärkt.

»Flodderpocks«, korrigierte Melvin und half Robin, das

Buch auf den Schreibtisch zu wuchten. Sie blätterten durch die Seiten.

»Flagelans, Flapperones, Flecker – da, Flodderpocks!«

Sie steckten die Köpfe über der Seite zusammen. Ein kleineres Bild zeigte ein fledermausähnliches Tier mit Hundeschnauze und Schlappohren. Es war so klein, dass es gerade mal auf eine Handfläche passte. Darunter reihten sich Bilder, die alle einen roten Abendhimmel zeigten, vor dem sich große dunkle Silhouetten abzeichneten: eine Art Riesengeier, eine gigantische Schlange und etwas, das aussah wie ein springender Panther.

Verschiedene Angriffsformationen der Flodderpocks, stand in der Bildlegende. Droht den Flodderpocks Gefahr, schließen sie sich zu einem Schwarm zusammen und bilden Formationen, die Raubtieren ähneln, um potenzielle Angreifer zu vertreiben.

Robin starrte auf das Bild mit der Panthersilhouette. »Wahnsinn. Das sieht ja echt gruselig aus.«

»Eben. Kein Wunder, dass du einen Schreck gekriegt hast.«

»Und das ist nur ein Schwarm Flodderpocks?«

»Ganz schön raffinert, was?«

Als sie das Lexikon wieder ins Regal hievten, ritzte sich Melvin den Finger an einer der Blechecken. Er zuckte zurück, das schwere Buch rutschte aus ihren Händen und knallte auf den Boden, wo es aufgeklappt mit dem Gesicht nach unten liegen blieb.

Melvin lutschte am Finger und gab dem Buch einen Tritt. »Biescht!«

Robin drehte das schwere Buch um – hoffentlich waren die Seiten nicht geknickt – und hielt inne. Nein, Seiten waren nicht geknickt.

Melvin, immer noch am Finger lutschend, spähte über Robins Schulter: »Hey, dasch schieht ja fascht scho ausch … wasch 'n dasch?«

Robin las vor: »Tatzenabdruck eines Parzers, erkennbar an der typischen Form, die an ein Eichenblatt erinnert. Hier nicht zu sehen sind die sieben extrahierbaren Krallen, die dem Parzer sowohl zum Reißen seiner Beute dienten als auch zum Erklimmen von Steilhängen und Gletschern im Hochgebirge.«

Melvin vergaß seinen Finger und beugte sich herunter. »Parzer? Noch nie gehört.«

Unter der Zeichnung ging der Text weiter.

PARZER (LAPISLYNX PARCENSIS)

Der Name Parzer leitet sich vom lateinischen Wort Parzen (=Schicksalsgötter) ab.

Zahlreiche Legenden ranken sich um diese Monsterart. Noch bis ins vorige Jahrhundert galt ihr Erscheinen als Todesomen. Der Parzer wurde beschrieben als luchsähnlicher Beutegreifer mit auffallend großen Tatzen (siehe Zeichnung) und Pinselohren. Der lange Schweif endete in einer großen Quaste und diente vermutlich dem Verwischen der eigenen Spur.

Lebensraum: Gebirgsmassive ab 3000 Meter Höhe, felsiger Untergrund beziehungsweise Schnee und Eis.
Dem Parzer wurde nachgesagt, dass er keinen Eigengeruch hatte und nicht detektierbar war, weswegen man ihm den Beinamen Phantom gab.

»Nicht detektierbar?«, fragte Robin.

»Nicht aufzuspüren. Nicht mal für Schutzmonster. Wir würden noch nicht mal merken, wenn er mit uns im selben Raum wäre.«

Ein Knacken aus dem Kamin ließ sie hochschrecken. Das Feuer warf zuckende Schatten an die Wände. Sie beugten sich wieder über den Text.

Der letzte lebende Parzer wurde vor dreißig Jahren am Mount Jesponas gesichtet. Man vermutet, dass diese Spezies aufgrund ihres stetig schrumpfenden Lebensraumes inzwischen ausgestorben ist.
Weiße Parzer galten als extrem scheu, schwarze Parzer hingegen wurden als gefährlich eingestuft und sollen ein Sekret abgesondert haben, dessen Wirkung nicht hinreichend erforscht werden konnte. Für diese Monsterart gelten immer noch die Sicherheitsbestimmungen nach § 8, Absatz 2 der nationalen Seuchenvorschriften. Bei Verdacht auf Kontakt: Überstellung nach St. Roche.

Eine Weile lang war nur das Knistern des Kaminfeuers zu hören. Robin schob langsam seinen Ärmel hoch. Stumm betrachteten sie abwechselnd die Zeichnung des Tatzenabdrucks im Buch und den Bluterguss auf Robins Arm. Im ruhelosen Feuerschein wirkten die verkrusteten Einstiche schwarz und bedrohlich.

»Aber wenn sie doch ausgestorben sind ...?«, begann Robin zögerlich und hob den Blick. Melvins Fell war blassblau geworden.

»Schon vor dreißig Jahren«, bestätigte er tonlos.

Wieder war es eine ganze Weile still.

Schließlich sprach Robin es als Erster aus: »Und wenn es sie doch noch gibt?«

Melvin sah aus, als ob er in Gedanken Anlauf nähme. Sehr leise sagte er: »Quarantäne auf St. Roche für dich – und für mich das Tribunal.« Er schluckte. »Möglicherweise fiele das Urteil nicht so hart aus, weil ich noch Jungmonster bin ...«, er brach mit einem seltsamen Quietschlaut ab.

Das Tribunal! Robin fiel Melvins Onkel Ruben ein. War der nicht vor ein Tribunal gekommen? Das war so schlimm gewesen, dass er abgehauen war. Oder war er verbannt worden? Und seine Familie sprach nicht mehr über ihn ...

Melvin fuhr heiser fort: »Ich werde es schon irgendwie überleben. Aber die Quarantäne ... so schnell kommt man von St. Roche nicht zurück ...«

Melvins Stimme schien sich zu entfernen. Durch Robins Kopf jagten Bilder von düsteren Gerichtssälen, grimmigen Richtern, finsteren Verliesen und schweren Ketten. Was würde passieren, wenn Melvin verurteilt würde? Würde er dann auch verbannt werden wie sein Onkel Ruben? Oder müsste er dann in ein Gefängnis? Dürfte Robin ihn dort besuchen? Durfte Melvin dann überhaupt noch Schutzmonster sein? Würden sie einander dann noch sehen dürfen?

Wie durch Watte hindurch vernahm er Melvins Stimme: »... Onkel Melrose war mal wegen des Verdachts auf Mottenbrand auf St. Roche. Keiner durfte ihn besuchen. Noch nicht mal schreiben durften wir ihm und auch keine Essenspakete schicken, gar nichts ...«

Robin sah wieder auf seinen Arm. Er konnte das blutunterlaufene Mal mit den schwarzen Einstichen nur kopfüber sehen. Es sah aus wie ein wellenförmiges Etwas. Etwas, das tatsächlich an ein Eichenblatt erinnern mochte. Oder an eine Amöbe. Oder an einen Haufen Froschlaich. Oder an eine Fetzenschnecke. Und je länger er hinsah, desto weniger schien es der Zeichnung im Lexikon zu gleichen. Und nicht nur das. Etwas war anders. Und dann sah er auch, was.

Melvins Stimme, in der mittlerweile ein panischer Unterton mitschwang, drang wieder zu ihm durch. »Als Onkel Melrose nach sechs Wochen wiederkam, wog er zehn Kilo weniger und hatte kahle Stellen ...«

»Melvin! Melvin!« Robin versuchte, ihn zu stoppen. Doch Melvin hörte ihn nicht, sprach atemlos weiter: »Er hat nie ein Wort über die Zeit auf St. Roche verloren, aber jedes Mal, wenn der Name fällt, läuft er senfgelb an und bekommt so ein nervöses Zucken. Dann braucht er ein paar Schnäpse zur Beruhigung …«

»Melvin!« Robin schüttelte seinen Freund, der mit starren Augen zu hecheln begonnen hatte.

»Melvin, sieh mal!« Robin tippte auf das Lexikon: »Wie viele Zehen hat ein Parzer?«

»Was?«, keuchte Melvin. Robin packte Melvins Kopf und drehte ihn zum Lexikon. Er tippte auf die Zeichnung. »Wie viele Zehen sind das?«

»Sieben«, krächzte Melvin.

»Sieben Zehen. Das sind sieben Krallen.« Robin deutete auf seinen Oberarm: »Und wie viele Einstiche sind das?«

»Was?« In Melvins Blick kam wieder Leben. »Eins, zwei, drei, vier, fünf …«

»Sechs!«, sagte Robin, »nicht sieben. Also kann das kein Parzer gewesen sein!«

»Du hast recht!«, rief Melvin und bekam schlagartig wieder Farbe. »Das kann kein Parzer gewesen sein!«

Entschlossen schob Robin den Ärmel herunter. »Wenn es denn diese Parzer überhaupt gibt!« Er schlug das Lexikon vor Melvins Nase zu, als wollte er alle Zweifel damit erschlagen. »Ich finde, diese ganze Parzergeschichte hört sich ganz schön wallawalla an. *Todesomen, Schicksalsgötter, Phantome* … überleg doch mal, hört sich das nicht an wie ein Schauermärchen?«

»Jaaahh«, sagte Melvin langsam und runzelte die Stirn, »aber die Zeichnung im Lexikon … von wem sollte der Abdruck denn sonst stammen?«

Robin zuckte mit den Achseln. »Das könnte auch eine Fälschung sein.«

»Eine Fälschung?«

»Rufus hat mal gesagt, dass auch in der Wissenschaft geschummelt wird. Manche Forscher sind so ehrgeizig und scharf auf Ruhm, dass sie Dinge fälschen oder Geschichten erfinden. Er sagt, eine Legende wird oft erst Wirklichkeit, weil die Menschen an sie glauben. So ähnlich wie Jäger an Wolpertinger oder Bergsteiger an Yetis glauben.«

Melvin, der mit nachdenklich gesenktem Kopf zugehört hatte, hob ihn ruckartig. »Moment mal!«, protestierte er. »Okay, ich weiß zwar nicht, was diese Wolpadinga sind, aber mit dem Yeti liegst du völlig daneben. Die gibt es nämlich sehr wohl!«

Robin sah ihn irritiert an.

Melvin lächelte nachsichtig, als ob er es mit einem kleinen Kind zu tun hätte: »Überleg doch mal … wenn es Yetis gar nicht gibt, dann erklär mir doch bitte mal, wer die Weihnachtsgeschenke bringt?« Siegesgewiss strahlte er ihn an.

Robin öffnete den Mund, schloss ihn aber gleich wieder. Was sollte man dazu sagen?

Kapitel 10
Walschnodder & Warzenpilze

In der darauffolgenden Nacht schlief Robin unruhig. Das Heulen des Windes und das Donnern der Brandung mischten sich mit wirren Traumbildern von Gartengeräten, Tattoos und Tierfährten. Immer wieder schrak er hoch und brauchte einige Sekunden, bis er wieder wusste, wo er war. Erst kurz vor Morgengrauen wichen die Bilder von ihm und er sank in bleiernen Schlaf.

Als er wieder aufwachte, war irgendwas anders. Es war so still. Und so hell. Er stand auf und schaute zum Bullauge hinaus. Die Sonne stand bereits hoch am Himmel, der mit Schäfchenwolken gesprenkelt war. Das Meer kräuselte sich in tiefblauen, unschuldigen Wellen. Nichts deutete darauf hin, dass es sich gestern gebärdet hatte wie ein tollwütiges Ungeheuer.

Der Vorhang zur oberen Koje flog auf. Melvins Fell stand in alle Richtungen ab. Er blinzelte benommen und nuschelte ein müdes »Morgen«. Seine Nacht schien nicht viel besser gewesen zu sein als Robins. Stumm machten sie sich fertig. Beide zog es zurück nach Oaksend. Melvin sehnte sich nach seiner Kammer und Robin wollte den Montgomerys in dem beengten Leuchtturm nicht länger zur Last fallen. Abby hatte am Abend zuvor schon gegiftet, weil sie in der Küche schlafen musste, wo die drei Hausglitsche, Tipp, Topp und Picobello, nachts ausgelassene Pool-Partys im Spülbecken feierten.

Als Melvin und Robin die Küche betraten, waren die anderen Montgomerys schon fort. Colin ging seiner Arbeit im Katasteramt nach, Abby war bei ihrem Schützling Midget Plimbottom, und die Großeltern waren zu ihrer wöchentlichen Bridgepartie bei Freunden gefahren. Nur noch Falanara und Helen saßen am Küchentisch und brüteten über einer Liste. Dutzende Kochbücher und Farbfächer lagen aufgeschlagen vor ihnen.

»Na, ihr Schlafmützen?«, wurden sie von Falanara begrüßt, während Helen aufsprang und zum Herd schwirrte. Durch die Ofentür erspähte Robin eine Auflaufform, aus der etwas hervorquoll, das aussah wie ein gigantischer gelber Pilz.

Melvin sagte mit Blick auf die Kochbücher: »Bekommen wir Besuch?«

»Onkel Melrose hat sich überraschend angekündigt.«

»Onkel Melrose? Ich dachte, der ist beim Tanzmarathon?«

Helen, die mit dem Rücken zu ihnen an der Anrichte stand, gab einen seltsamen Laut von sich.

Falanara erklärte: »Er musste das Turnier abbrechen, weil – nun ja, er hat sich die Hand gebrochen …«

»Beim langsamen Walzer!«, platzte Helen heraus und prustete in ihre Küchenschürze.

Falanara nagte auf ihrer Unterlippe und murmelte vor sich hin: »Keine Ahnung, wo ich ihn auch noch unterbringen soll.«

»Wir wollen heute sowieso zurück nach Oaksend«, sagte Robin.

»Tatsächlich?« Falanara sah auf. In ihrer Miene spiegelte sich zugleich Sorge und Erleichterung. »Ich weiß nicht … fühlst du dich denn wirklich schon fit genug?«

Robin nickte eifrig, und Melvin schob nicht ganz uneigennützig hinterher: »Außerdem haben wir Abbys Zimmer lange genug in Beschlag genommen.«

Falanara strahlte und zog ihn zu sich heran. »So ist er, mein Sohn«, schnurrte sie liebevoll und wuschelte durch sein Fell, »denkt immer zuerst an andere.«

Melvin lief tomatenrot an und huschte auf seinen Platz. Ehe Robin ihm folgen konnte, hielt Falanara ihn zurück und schob seinen Ärmel hoch. »Es heilt gut«, sagte sie und beäugte den Bluterguss. Dann zauberte sie ein großes, weiches Mullpflaster aus einer Felltasche hervor und klebte es auf seinen Arm. »So, das wird die Wunde vor Dreck schützen, egal, wo ihr zwei euch herumtreibt. Es kann sein, dass die Stelle ab und an juckt. Das ist ein gutes Zeichen, denn dann heilt sie. Aber du darfst nicht daran kratzen, hörst du?« Falanara hob mit ihren Samtfingern Robins Kinn an. »Versprichst du mir das?« Bei der Berührung wurde Robin ganz seltsam zumute. Wäre er Melvin gewesen, er hätte vor Wohlbehagen geschnurrt. Er blickte in Falanaras Augen, die die Farbe von sonnengesprenkeltem Moos hatten. »Ehrenwort!«, versprach er, schob den Ärmel hinunter und setzte sich hastig neben Melvin.

Falanara beugte sich wieder über die Kochbücher, während Helen mit zwei Tellern vom Herd zurückkehrte und jedem eine Riesenportion *Biest im Schlafrock* vorsetzte.

Robin hatte sich eigentlich vorgenommen, vor der Reise mit dem Hatchpatch nichts zu essen. Er hatte damit so seine Erfahrungen gemacht. Ihm wurde immer etwas übel, wenn er mit Melvins Hatchpatch unterwegs war. Es war noch schneller als das Hauspatch des Leuchtturms. Doch der Duft, der von seinem Teller aufstieg, war so verlockend, dass er nicht widerstehen konnte.

Falanara beäugte etwas ratlos die ausgebreiteten Streifen des Farbfächers und seufzte: »Zu dumm, dass heute Mittwoch ist. Es ist so schwer, pinkfarbene Zucchini zu bekommen.«

Helen, die gerade die Auflaufform wieder in den Ofen schob, sagte: »Dann färben wir sie halt ein, ich glaube wir haben noch eine Purpurschnecke …«

»Aber Helen!«, sagte Falanara mit gespieltem Entsetzen, »lass das nicht Heloise hören!«

Helen warf alle vier Arme in die Luft. »Die soll sich mal nicht so haben! Die spinnen doch, die vom Festland. Das Essen darf man nicht einfärben, aber das Fell schon, oder was?«

Melvin prustete leise und versprühte ein paar Bröckchen *Biest im Schlafrock.*

»Was? Du glaubst doch nicht etwa …?« Falanara sah fassungslos aus.

Helen sträubte die Federn, fiel mit allen vier quastenähnlichen Händen über einen Kessel her, rubbelte an einem unsichtbaren Fleck und murrte: »Ich will ja nichts gesagt haben … aber wenn dieser Lilastich in ihrem Fell von Natur aus so ist, dann will ich einen Glitsch fressen!«

Aus dem Spülbecken spritzte plötzlich Seifenlauge. Robin sah einen Glitsch panisch über das Becken spähen. Helen schlug sich eine Quaste vor den Mund: »Oh, tut mir leid, Jungs! Tut mir leid … das ist nur eine Redensart!«, und streute Seifenflocken ins Wasser, um die Glitsche wieder zu beruhigen.

Melvin schob den leeren Teller von sich, warf seiner Mutter einen Seitenblick zu und fragte dann beiläufig: »Mom, hast du eigentlich schon mal was von Parzern gehö…?«

»Bist du verrückt?« Helen wirbelte herum. »Du kannst ihren Namen doch nicht einfach so aussprechen!« Sie riss einen Salztiegel vom Küchenbord, rannte um den Tisch herum und streute Salz auf alle. Dabei sagte sie auf:

Parzer, Parzer,
grausamer Schwarzer,
gebannt seist du und die Deinen,
blind und taub für die Kleinen!

Robin und Melvin sahen einander verdutzt an. Doch Falanara schmunzelte und schüttelte das Salz aus dem Haar. »Ach Helen, du und dein Aberglaube. Parzer gibt es doch gar nicht!«

»Still! Gibt es doch! Und wenn man ihren Namen ausspricht, bevor die Sonne untergegangen ist, lockt man sie an und dann ...« Sie brach ab und warf einen nervösen Seitenblick auf Robin und Melvin.

»Was dann?«, fragte Melvin.

Helen flüsterte: »Dann kommen sie vom Mount Jesponas herunter und holen sich wieder ein Kind.«

»Helen!«, mahnte Falanara, »hör auf mit den Gruselgeschichten.«

Und zu Robin und Melvin gewandt: »Hört nicht auf sie.«

Doch Helen eilte zur Spüle und streute auch Salz auf die Glitsche. Dann stellte sie den Salztiegel wieder auf das Bord, zog zwei Schubladen auf und wühlte vierhändig in ihnen herum.

»Von wegen Gruselgeschichten. Ich weiß, was ich weiß.«

RUMSDUMS! Sie knallte die beiden Schubladen zu, öffnete die nächsten und kramte weiter hektisch darin herum.

Falanara verdrehte die Augen und machte eine hilflose Geste. Sie warf Robin und Melvin einen Blick zu, der wohl bedeuten sollte, das Gerede nicht ernst zu nehmen.

Helen zog die nächsten Schubladen auf und suchte mit fliegenden Quasten weiter. Federn stoben durch die Luft. »Kannst du dich noch an die Thakerays erinnern? Der Parzer hat ihre kleine Tochter geholt. Sie war erst sieben.«

Falanara stöhnte leise: »Aber nein, sie starb an der spanischen Grippe …«

»Pah! Und die Heartwoods? Ihr Sohn Seth war erst drei Jahre alt, als er verschwand.«

»Er ist nicht verschwunden. Er hatte irgendwas mit der Lunge und wuchs deshalb in den Bergen bei seinem Großvater auf.«

Helen winkte nur ab und fing an, die Dosen auf dem Küchenbord zu durchsuchen. »Und dann war da noch die Tochter von Jackson Crane – ach, wie hieß sie noch …?«

»Crane? Du meinst doch nicht etwa Bonni Crane? Moment mal, die lebt doch noch …«

»Ja, in der Klapse! Du kannst sie dir in Honeys Farm ja mal ansehen. Völlig gaga. Das arme Kind!«

Helen schüttelte vier Dosen gleichzeitig. In einer klapperte es laut.

»Ha! Da sind ja noch welche … ohne das geht ihr mir nicht aus dem Haus.« Und ehe Robin und Melvin sich's versahen, hatte sie ihnen zwei Lederbänder übergestreift, an denen braune Klumpen hingen, die sehr seltsam rochen.

»Gepökelte Warzenpilze«, verkündete sie, »schützt euch vor dem bösen Blick … wartet mal, irgendwo hatte ich doch noch …« Sie eilte wieder zum Küchenbord.

Falanara flüsterte Robin und Melvin rasch zu: »Geht jetzt besser, bevor sie euch noch ihren getrockneten Walschnodder andreht. Und lasst euch gesagt sein: An den Geschichten ist absolut nichts dran! Es gibt keine Parzer! Los jetzt! Ich lenke sie ab. Passt gut auf euch auf!«

Sie schnappte sich Farbfächer und Kochbuch und eilte zu Helen. Übertrieben laut sagte sie: »Helen, sieh mal, was ich gefunden habe, ein Rezept für ein Trifle mit Zucchini in Himbeersahne. Ist das nicht toll? Das löst doch schon mal das Problem mit der Vorspeise …«

Kapitel 11

Jarveralarm!

Robin und Melvin huschten zur Küchenwand und sprangen in das Hauspatch, das sie Sekunden später in die Garderobe beförderte. Sofort befreiten sie sich von Helens gepökelten Warzenpilzen, die nach fauligen Zwiebeln rochen. Melvin stopfte sie in die Tasche eines rosafarbenen Friesennerzes. »Lieber lass ich mich vom Parzer holen«, er schüttelte sich. »Gepökelte Warzenpilze, uäh!«

»Ich will gar nicht erst wissen, wie getrockneter Walschnodder riecht«, sagte Robin mit einer Erleichterung, die nicht nur daher rührte, dass er das stinkende Amulett loswurde. Die leisen Zweifel, die ihn seit gestern insgeheim geplagt hatten, waren wie weggeblasen. Helens überdrehter Aberglaube hatte ihn restlos davon überzeugt, dass Parzer reine Hirngespinste waren.

»Der Walschnodder geht ja noch. Richtig eklig sind die Schrumpfköpfe – aus Vampirfischen«, durchbrach Melvin seine Gedanken. Er zerrte sein Hatchpatch aus einer seiner Felltaschen, schüttelte eine Distel ab, die sich in dem Stoff verhakt hatte, und warf es an eine freie Stelle zwischen Schirmständer und Garderobentischchen. Sowie der Stoff die Wand berührte, saugte es sich mit einem schmatzenden Geräusch fest, breitete sich aus und öffnete sich. Sie stiegen durch das Loch in die Schleusenkammer, die kaum größer war als Robins begehbarer Kleiderschrank. Ein paar Lampions spendeten Licht. Im bunten Halbdämmer zeichnete sich allerlei Gerümpel ab und in den Wänden ringsum zahlreiche Nischen und Schubladen. Robin zog eine der Schubladen auf, sie war leer.

»Wo sind die Lakritzschnecken?«, fragte er.

Melvin runzelte die Stirn und fingerte in der Schublade herum. »Komisch, letzte Woche waren doch noch welche da …?«

Sein Blick glitt über das Gerümpel, als ob sich die Lakritzen dort versteckt hielten. »Warte mal«, murmelte er und fing an, sein Fell abzutasten. »Irgendwo hatte ich noch eine …«

Er suchte eine Felltasche nach der anderen ab. Eine Vielzahl an Dingen kam zutage: Wäscheklammern, eine Rattenfalle, eine Chilischote, seine Francis-Dell-Tapferkeitsmedaille, eine halb leere Tüte Chips, Maiskörner, eine Dose Thunfisch …

Einen unförmigen Klumpen stopfte er hastig in die nächstbeste Schublade. Robin glaubte, das Erdnussbuttersandwich erkannt zu haben, das Melvin vor zwei Wochen vermisst hatte. Aus einer anderen Tasche beförderte er etwas zutage, das Ähnlichkeit mit dem Gewölle einer Eule hatte. »Na bitte!«, rief Melvin und befreite eine Lakritzschnecke, die sich in dem grauen Knäuel aus Federn, Knöchelchen und Haaren verfangen hatte.

Robin sagte tapfer: »Weißt du was? Ich versuche es mal ohne Lakritzen. Ich bin jetzt schon so oft mit dem Hatchpatch gefahren. Vielleicht wird mir gar nicht mehr schlecht?«

»Steck sie trotzdem ein, nur zur Sicherheit. Falls dir doch kollerig wird … es wäre schon eine ziemliche Sauerei bei dem Tempo.«

»Keine Sorge.« Robin schob die fusselige Rolle mit spitzen Fingern in seine Hosentasche und trat dann dicht hinter Melvin, der die Augen schloss, um sich auf sein Ziel zu konzentrieren.

»Fertig?«

»Fertig!«

Urplötzlich gab der Boden unter ihnen nach und sie stürzten in die Tiefe des Hatchpatchs. Nach den ersten Kurven stellte Robin erfreut fest, dass ihm kein bisschen schlecht wurde. Doch dann dämmerte ihm, dass das nicht an ihm lag, sondern am Hatchpatch. Es war langsamer geworden. Glich die Reise sonst einer irren Achterbahnfahrt, gondelten sie jetzt geradezu gemütlich im dämmrigen Tunnel dahin.

»Was ist mit dem Hatchpatch los?«, fragte Robin.

»Keine Ahnung«, rief Melvin über die Schulter, »vielleicht hat es ein Loch abgekriegt?«

Robin dachte an die Distel, da tauchte vor ihnen ein Lichtpunkt auf, der ganz allmählich größer wurde. Sie waren gleich da.

Bei normalen Fahrten hatte Melvin immer beide Fersen regelrecht gegen den Boden stemmen müssen, um rechtzeitig zu bremsen und nicht in hohem Bogen aus dem Hatchpatch herausgeschleudert zu werden. Doch diesmal genügte schon ein Druck mit den Fußsohlen und das Hatchpatch kam sanft zum Halt.

Melvin rutschte voran in die Schleusenkammer. Robin rutschte hinterher und streifte den dreibeinigen Fußschemel, den Melvin vor geraumer Zeit in Blonskys Trödelhalle aufgegabelt hatte. Ein Stapel weiteren Trödels – alte Magazine, ein kaputter Mixer und ein Vogelkäfig – neigte sich bedrohlich zur Seite. Robins Hände schossen vor und konnten den wackligen Turm gerade noch vor dem Einsturz bewahren. »Vielleicht ist es gar kein Loch«, überlegte er laut, »vielleicht ist das Hatchpatch einfach zu schwer geworden?«

Melvin winkte heftig ab. »Kanngarnichsein«, nuschelte er, gab Robin ein Handzeichen, sich still zu verhalten, und horchte am Durchlass. Er reckte den Daumen, um anzuzeigen, dass die Luft rein war, und stieg durch das Loch. Robin folgte ihm.

Sie waren wieder zu Hause im Mistelweg. In der Küche herrschte immer noch die Unordnung vom Jarverüberfall. Ohne sich abgesprochen zu haben, gingen sie in den Garten hinaus und zum Brunnenhaus. Robin sah zum verwilderten Kürbisbeet hinüber. Melvin war seinem Blick gefolgt. »Komisch. Wo sind die Vögel geblieben?« Seine Hörner schienen ganz schwach zu pulsieren und dann spürte Robin das Echolon. Es fühlte sich fast so an, als ob die Luft kribbeln würde. Melvin tastete die Gegend ab.

»Siehst du was?«, fragte Robin.

Melvin schüttelte den Kopf: »Nichts Gefährliches. Nur ein paar Igel.« Er ging weiter zum Brunnenhaus. Im Halbdunkel des kleinen Häuschens sahen sie sich um. Die Gartenkralle lag quer auf dem Boden. Ihre Zinken waren spitz wie Dolche und dunkel von etwas, das aussah wie getrocknetes Blut. Eine Spitze war abgebrochen. Robin fand sie unter einigen verdorrten Blättern, die der Wind ins Häuschen geweht hatte.

Melvin blickte über den Rand des Brunnens, während Robin etwas aus der Hosentasche kramte. Es war sein Noogle, auch Nachtauge genannt. Dabei handelte es sich um eine dicke Linse, mit der man im Dunkeln sehen konnte. Die Linse war eingefasst von einem fein ziselierten drehbaren Messingring zum Heranzoomen. Doch selbst mit dem Noogle konnte Robin kaum etwas in dem finsteren Schlund erkennen. Die Innenwände des Brunnens waren mit gelbgrünen schleimigen Algenzotteln bewachsen, die sich schon nach wenigen Metern im pechschwarzen Nichts verloren. Melvin strich über den glitschigen Algenfilz und sagte nachdenklich: »Dieser Schacht ist eine senkrechte Rutschbahn. Kein Tier, kein Mensch, kein Monster kann hier hochklettern, da können die Krallen noch so lang sein.«

Robin nickte. Melvin hatte recht. Der Schacht war eine glitschige Falle. Mochte sein, dass etwas hineinkam, aber auf keinen Fall kam es wieder heraus. Es sei denn …

Plötzlich spitzte Melvin die Ohren. Die Brunnenkette erzitterte, quietschte leise und dann … dann drang aus der Tiefe des

Brunnens ein seltsames Geräusch. Ein Rauschen, wie von einem Wasserfall.

Aber Wasser floss nicht nach oben.

»Raus hier!«, rief Melvin, und sie stolperten Hals über Kopf aus dem Brunnenhaus. Im nächsten Augenblick schoss eine dunkle Wolke über sie hinweg. Robin hechtete bäuchlings ins Gras und barg den Kopf unter den Händen.

Melvin lachte: »Flodderpocks! Sieh mal!«

Robin hob vorsichtig den Kopf. Der Schwarm flog empor, verharrte über dem Hausdach und bildete eine seltsame Formation. Für die Dauer eines Wimpernschlages glaubte Robin die Silhouette einer riesigen Katze am Himmel zu sehen. Dann war es auch schon wieder vorbei. Der Schwarm stob davon und verschwand Richtung Wald. Robins Herzschlag beruhigte sich nur langsam.

Melvin fischte etwas aus dem Gras und streckte seinen Arm aus. Auf seiner Handfläche saß ein fledermausähnliches Geschöpf mit einer Hundeschnauze und Schlappohren. Benommen blickte der Flodderpock hoch und flappte hilflos mit den Flügeln, die sich ineinander verhakt hatten. Melvin schnurrte leise und entwirrte das Durcheinander. Der kleine Flodderpock fiepte erleichtert und hob ab. In leichtem Torkelflug flatterte er seinem Schwarm Richtung Wald hinterher.

»Ich weiß, dass sie harmlos sind«, sagte Robin, »aber müssen sie einen jedes Mal so erschrecken, wenn sie auftauchen?«

»Sie sind nur in Panik geraten«, beruhigte ihn Melvin.

Robin fragte sich wovor. Vor ihm und Melvin? Oder vor was ganz anderem? Er sah zum Brunnenhaus. Konnte es sein, dass etwas im Brunnen lauerte? Ratten? Aber dann hätte Melvin doch etwas gespürt? Ein Gedanke schoss ihm durch den Kopf. »Melvin?« Er sah zu seinem Freund. Doch der blickte mit starren Augen und offenem Mund über Robins Schulter hinweg in den Nachbargarten, als ob er einen Geist sähe. Robin wirbelte herum und gefror zu Eis. Was er sah, war tausendmal schlimmer als ein Geist.

Kapitel 12

Barker Bates

Mrs Stickforths Hortensienbüsche waren zerrupft und zerzaust, zahlreiche Zweige geknickt. Abgerissene Blüten lagen überall auf der Erde herum.

»Sie wird mich umbringen!«, japste Robin.

Melvin sagte nichts. Er durchquerte den Garten und stieg über den Zaun. Robin folgte ihm wie betäubt. Im Geiste sah er schon die Mündung von Mrs Stickforths doppelläufiger Schrotflinte auf sich gerichtet. Seine Knie fühlten sich an, als seien sie geschmolzen. Melvin half ihm über den Zaun. Von Nahem offenbarte sich das wahre Ausmaß der Katastrophe. Hatten hier Wildschweine gewütet? Robin taumelte und stieß mit dem Fuß gegen etwas. KLONGELONG! Eine große Dose rollte unter einem Hortensienbusch hervor. Melvin hob sie auf und schnupperte daran. »Keksdose«, stellte er fest. »Schokoladenkekse mit Macadamianüssen und Rosinen.« Er nickte grimmig. »Das waren Jarver. Sieht so aus, als ob sie sich um die Beute gestritten hätten.«

Robin stöhnte. »Warum mussten die das denn ausgerechnet hier tun?«

»Wenn Jarver im Zuckerrausch sind, vergessen sie alles um sich herum.« Melvin beugte sich hinunter und untersuchte das Durcheinander von Pfotenabdrücken. »Es waren mindestens vier, vielleicht sogar fünf.« Er rieb sich nachdenklich das Kinn. »Seltsam. Jarver sind eigentlich Einzelgänger und brauchen große Reviere. Normalerweise ziehen sie weiter, wenn sie satt sind, und achten darauf, ein Gebiet nicht vollständig auszurauben, damit es nicht auffällt.« Er richtete sich auf und spähte umher. »Also warum tauchen sie hier in Oaksend plötzlich im Rudel auf?«

Robin waren die Lebensgewohnheiten von Jarvern gerade furchtbar egal. Sein Problem waren die Hortensien. Was sollte er nur tun? Was konnte er überhaupt tun? Fieberhaft überlegte er. Vielleicht konnte man die abgerissenen Blüten wieder ankleben? Und die geknickten Zweige schienen? Wenn man Verbandmull darum wickelte, würden die Zweige vielleicht wieder heilen? Knochenbrüche heilten ja auch … Robin hob eine Blüte an, die schlaff an einem geknickten Zweig baumelte. »Kannst du sie nicht reparieren? Irgendwie zurechtschnurren?«, fragte er und blickte hoffnungsvoll zu Melvin. »So wie du es damals auch mit meinem verknacksten Fuß gemacht hast?«

»Hmm, rein theoretisch ist es dasselbe Prinzip«, sagte Melvin und schloss die Augen, um sich besser konzentrieren zu können. Er holte Luft und schnurrte leise los. Die Blütendolde regte sich und richtete sich tatsächlich etwas auf. Doch dann durchlief sie ein heftiges Zittern, und in der nächsten Sekunde explodierte sie in einem Schauer von Blütenblättern, die zu Boden regneten.

Für einen langen Moment blieb es sehr still. Beide starrten stumm auf das nackte Gerippe der Dolde.

»War wohl die falsche Tonlage«, sagte Melvin zerknirscht, »ich versuche es in einer anderen …«

»Lieber nicht«, sagte Robin schnell.

»Pflanzen ticken wohl doch etwas anders als Menschen.«

Offensichtlich, dachte Robin.

»Man müsste ein Digger sein. Die kennen sich mit Botanik besser aus.«

»Digger?«

»Gartenmonster …«

»Rory Gilligan!«, rief Robin, »der ist doch Gärtner. Vielleicht kann er uns helfen?« Er drehte sich auf dem Absatz um, stürmte um das Haus herum und weiter den Mistelweg hinunter. Melvin bluffte und lief ihm nach.

Keuchend erreichten sie den Marktplatz. Sie hatten Glück. Sie fanden Rory vor dem Hotel Majestic, wo er in ein Gespräch mit Tess, Mr Boon, Monsieur Pané und dem alten Otis Pound vertieft war. Ihre Mienen waren ernst und entschlossen. Nur Emma, das Huhn, gluckte in Otis' Armbeuge wonnig vor sich hin. Um ihren Hals baumelte eine Motorradbrille im Puppenformat.

Im Näherkommen schnappte Robin ein paar Satzfetzen auf.

»Verdammter Räuber …«

»Jetzt reicht's …«

»… alles kaputtgemacht …«

»… völlig außer Rand und Band …«

Robin zupfte Rory Gilligan am Ärmel. »Äh, Mr Gilligan?«

Rory blickte hinunter. »Robin, ich hab jetzt gerade keine Zeit …« Er sah auf seine Uhr und spähte über den Marktplatz zur Grahamstraße hinüber.

»Mr Gilligan. Bitte, es ist ziemlich dringend …« Robin zog ihn ein paar Schritte von den anderen weg.

Rory beugte sich widerstrebend hinunter. »Also bitte … was ist denn so dringend?«

Robin senkte die Stimme: »Also … ich … äh … was kann man tun, wenn eine Pflanze schlappmacht?«

»Düngen!«, sagte Rory, »aber es muss der richtige Dünger sein, sonst wird sie erst recht krank. Manche Pflanzen sind da ziemlich heikel. Was für eine Pflanze ist es denn?«

»Hortensie«, flüsterte Robin.

»Hortensie?« Rory richtete sich abrupt auf. »Was willst du mit Hortensien? Das ist doch ein Altweibergewächs, zickig wie eine Diva. Vergiss es! Ich sag dir was, Junge: Reiß sie am besten mit Stumpf und Stiel aus und hol dir was Vernünftiges, zum Beispiel Petunien! Petunien sind das einzig Wahre. Komm doch morgen rüber in die Gärtnerei. Ich habe da eine ganz neue Züchtung ausprobiert. Ein Rot, sag ich dir, da tränen die Augen … ich habe sie *Bloody Mary* getauft …«

»Oh, da kommt er ja!«, rief Tess, und Rory vergaß augenblicklich seine Bloody Mary und auch Robin. Alle sahen in die Richtung, in die Tess schaute. Sie riss den Arm hoch und wedelte mit der Hand.

Ein grauer Kastenwagen bog in den Lindenring ein, umrundete den Marktplatz und blieb vor dem Majestic stehen.

Ein Mann stieg aus. Es war rein äußerlich nichts Ungewöhnliches an ihm. Er war weder besonders groß noch besonders klein, weder besonders hässlich noch gut aussehend. Er war so unauffällig, dass Robin ihn wahrscheinlich gleich wieder vergessen hätte – wenn dieser Mann nicht etwas ausgestrahlt hätte, das Robin nicht benennen konnte und das doch ein vages Unbehagen in ihm auslöste.

»Sie haben mich gerufen?«, sagte der Mann und nickte knapp in die Runde. Die anderen umringten ihn und redeten gestikulierend auf ihn ein. Robin trat ein paar Schritte zurück und spähte in den Kastenwagen.

Das Auto war eine fahrende Müllhalde. Leere Getränkedosen, Chipstüten und Fast-Food-Verpackungen sammelten sich im Fußraum, auf dem Beifahrersitz lagen achtlos hingeworfene Zeitungsblätter. Achtlos? Oder sollten sie etwas verdecken? Robin kniff die Augen halb zusammen. Unter einer Ecke ragten die Spitze eines Jagdmessers und eine gescheckte Fellmütze hervor. Robins Unbehagen wuchs. Und dann bemerkte er die kleine hellgraue Aufschrift auf der Fahrertür, die sich kaum vom übrigen Grau des Wagens abhob.

BARKER BATES
ENTSORGUNG BESONDERER ARTEN
KAMMERJÄGER & TIERFÄNGER

Was hatte ein Tierfänger in Oaksend verloren? Robins Blick glitt unwillkürlich über den Platz, am Kiosk vorbei, der inzwischen repariert worden war, und zum Brunnendenkmal, wo aus den Schnäbeln der steinernen Eulen zu St. Octavians Füßen Wasserbögen sprudelten. Plötzlich nahm Robin eine Bewegung wahr, die nicht vom Wasser herrührte. Er sah genauer hin. Imogen lugte über den Brunnenrand und winkte.

Meinte sie Robin?

Imogen winkte noch hektischer.

Was wollte sie von ihm?

Robin schlenderte unauffällig über den Marktplatz und auf die andere Seite des Brunnens. Imogen hockte auf den Stufen und zog ihn sofort zu sich herunter. Die Augen hinter den Brillengläsern wirkten noch größer als sonst. Sie trug eine zottelige Strickjacke aus Mohairwolle, was ihr ein wenig das Aussehen eines aufgeplusterten Brillenkauzes verlieh.

»Du musst uns helfen! Sie wollen ihn einfangen«, sagte sie mit Verzweiflung im Blick und hielt ihren Beutel umklammert, der praller wirkte als sonst. Robin konnte sehen, wie sich Stilton darin bewegte.

»Was hat er angestellt?«, fragte Robin, »Mr Boons Käsetheke überfallen?«

»Das war er nicht. Er ist unschuldig!« Imogen legte ihre Hand schützend auf den Beutel. »Niemals würde er so etwas tun. Und schon gar nicht würde er eine Konditorei verwüsten …«

»Er soll die Konditorei verwüstet haben?«, rief Robin ungläubig.

»Dabei mag er doch gar nichts Süßes!«

Robin beschlich eine Ahnung. Das mit der Konditorei klang ganz nach den Jarvern. Und in Mr Boons Laden gab es nicht nur Käse, sondern auch jede Menge Kekse. Auch die besonderen. Die teuren. Die mit Schokolade und Macadamianüssen …

Offensichtlich hatten die Jarver in Oaksend nicht nur am Mistelweg ihr Unwesen getrieben. Aber wie um Himmels willen war der Verdacht auf Imogens Schildkröte gefallen?

Er deutete auf den Beutel. »Wie kommen sie darauf, dass er es war?«

Imogen sagte zerknirscht: »Tess hat ihn erwischt, als er ein Steak aus ihrer Küche geklaut hat. Rory und Monsieur Pané haben es auch gesehen, und jetzt glauben alle, dass er auch alles andere angestellt hat. Das ist so unfair!«

»Er hat ein Steak gemopst? Was will er mit einem Steak?«

»Na ja, ich schätze, er hatte Hunger.«

»Er isst Fleisch?«

»Was denn sonst?«

Robin blinzelte verwirrt. Er war es gewohnt, dass Gespräche mit Imogen immer etwas anders verliefen als mit normalen Leuten. Aber dieses hier geriet selbst für Imogens Verhältnisse außer Kontrolle.

»Bitte, Robin, du musst uns helfen. Ich kann ihn nicht mit nach Hause nehmen. Mein Vater hat doch eine Allergie. Du bist der Einzige, dem ich vertrauen kann. Du musst ihn bei dir verstecken. Sonst schnappt ihn der Tierfänger und bringt ihn weg und … und …«, sie schluchzte auf, »und macht aus ihm eine Mütze.«

Eine Mütze? Robin griff sich an den Kopf. »Imogen, von wem reden wir hier eigentlich?«

Imogen schniefte erstaunt: »Von wem redest du denn die ganze Zeit?«

Robin wies auf den Beutel. »Von Stilton natürlich, von wem sonst?«

»Oh! Aber nein …« Imogen nestelte am Strick des Beutels, in dem es wieder zappelte. Vorsichtig zog sie die Öffnung ein wenig auseinander. Ein schiefes Maul kam zum Vorschein, Schnurrhaare und ein Paar neongelbe Augen. Punchkiss sah Robin kläglich an.

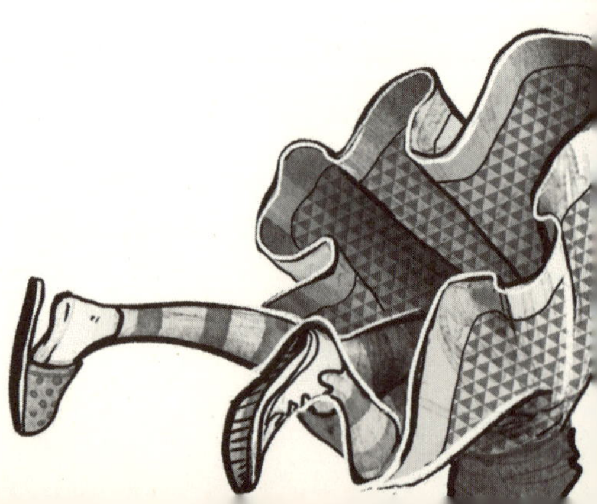

Kapitel 13

Sherman-Spezial

Imogen schnürte den Beutel wieder zu. Robin lugte über den Brunnenrand. Rory, Tess, Monsieur Pané, Otis Pound und der Tierfänger standen immer noch vor dem Hotel Majestic und diskutierten. Die Gesten wurden wilder, die Stimmen lauter.

»Fünfhundert?!«, rief Tess und warf die Arme in die Luft.

Rory stemmte die Fäuste in die Seiten: »Guter Mann, das ist ein stolzer Preis.«

Monsieur Panés Schnurrbartspitzen bebten. »Sie sollen ja keinen Elefanten fangen.«

Barker Bates verzog keine Miene. Die Hände in den Hosentaschen, betrachtete er seelenruhig eine Wolke am Himmel. »Ich brauch den Job hier nich'. Hab genug andere Aufträge … wenn Se nich' wolln …« Er zuckte mit den Schultern und wandte sich zum Kastenwagen um.

Rory hielt ihn hastig zurück. »Nein, nein, ist ja gut …«, sagte er zähneknirschend. »Also, wie wollen Sie es denn anstellen …?«

Barker Bates wandte sich den anderen wieder zu und fing an,

leise zu erklären. Die anderen traten näher, neigten die Köpfe und hörten zu.

»Jetzt!«, sagte Robin und nickte Imogen zu.

Sie traten hinter dem Brunnen hervor und gingen in großem Abstand zum Majestic über den Marktplatz, wobei sie die anderen nicht aus den Augen ließen. Sie zwangen sich dazu, langsam zu gehen und keine plötzlichen Bewegungen zu machen, um die Aufmerksamkeit nicht auf sich zu ziehen. Robin gab Imogen mit seinem Körper Deckung. Die drückte nervös den Beutel an ihre Seite. Punchkiss miaute gepresst.

»Sch-sch!«, machte Imogen und beschleunigte das Tempo.

Sie schafften es unbehelligt in die Kastanienallee und wechselten sich auf dem Weg zu Rufus' Haus mit dem schweren Beutel ab. Punchkiss protestierte mit zunehmend ärgerlichem Maunzen gegen sein wabbliges Gefängnis.

»Wie hast du ihn überhaupt einfangen können?«, wunderte sich Robin.

»Er war in einem Schirmständer eingeklemmt. Ich musste nur noch den Beutel darüberstülpen und den Ständer umkippen. Da ist er herausgeplumpst, wie ein Gugelhupf aus der Form.«

»Was für ein Schirmständer?«

»In Blonskys Trödelhalle. Eigentlich hatte ich Stilton gesucht. Er findet die Trödelhalle genauso klasse wie ich, verläuft sich aber ständig. Ich darf den Blonskys beim Sortieren der alten Sachen helfen. Sie haben so viel zu erzählen! Letzte Woche hatte ich es mit einem alten Bergsteigerrucksack zu tun. Guck mal, was er mir geschenkt hat.«

Sie zog etwas aus ihrer Hosentasche. Robin warf einen kurzen Blick auf die zerschrammte Dose mit der Aufschrift *Snuff Royal: Bester Schnupftabak. Gletscherprise.*

»Schnupftabak?«

»Aber nein! Da ist kein Schnupftabak drin, schau doch …« Imogen öffnete den Deckel und hielt ihm die Dose unter die Nase.

Robin wich vor den Krümeln zurück, die aussahen wie vertrockneter Schneckenschiss und genauso rochen.

»Nasturtium alpinus, echte Bergquellkresse! Damit kann man Leuchtkäfer anlocken.«

»Aha«, sagte Robin nur und blickte sich unauffällig um. Sie waren zu Hause angekommen. Wo steckte eigentlich Melvin? Er stieg die Verandatreppe hoch und ging ins Haus. Im Flur ließ Imogen den Beutel zu Boden. Robin vergewisserte sich, dass die Verandatür in der Küche geschlossen war.

»Okay, du kannst ihn jetzt freilassen«, sagte er, als er in den Flur zurückkam.

Imogen kniete sich hin. »Alles wird gut, Punchkiss. Hier bist du in Sicherheit«, sagte sie und fummelte an der Schnur, die den Beutel zusammenhielt. Punchkiss zappelte ungeduldig und drängte von innen dagegen. »Nicht so hastig. Ich hab's ja glei… AAAHHH!«

Der Kater schoss fauchend aus dem Beutel und blindlings

durch die erstbeste Tür. Unglücklicherweise war es die Tür zu Rufus' Arbeitszimmer, die einen Spalt offen stand.

»Nein!«, rief Robin und setzte ihm nach, »komm wieder raus da, du blödes …«

»Nicht schimpfen! Er hat doch nur Angst!«, rief Imogen und trat hinter Robin ins Zimmer. Vom Kater fehlte jede Spur. Gemeinsam suchten sie das vollgestopfte Zimmer ab, das sich von der Vorderseite über die gesamte Länge des Hauses bis zur hinteren Veranda zog.

Das Chaos von Aktenschränken und Bücherregalen bot ideale Verstecke für den Kater. Auf jeder freien Fläche stapelten sich Bücher, Fachmagazine, Manuskripte, Papiere und Notizen. Dazwischen lagen, standen oder hingen fremdartige Fetische, Statuetten und Masken, die sie argwöhnisch zu beobachten schienen. Robin war nicht gern in Rufus' Zimmer – nicht nur, weil der es ihm verboten hatte.

Imogen kroch auf dem Boden herum, äugte unter und hinter die Möbel und lockte Punchkiss mit gurrenden Lauten und der Aussicht auf frittierte Schokoriegel.

In der Mitte des Zimmers stand ein gewaltiger Tisch, auf dem Dutzende Landkarten ausgebreitet waren. Sie wölbten sich wie Tischtücher über die Kanten. Robin beugte sich herunter und hob den Zipfel einer Karte von Ozeanien an. Der Kater schoss hervor, flutschte durch seine Beine hindurch und brachte ihn zu Fall. Robin landete hart auf dem Hosenboden. Der Kater floh in panischem Zickzack durchs Zimmer. Er sprang über Stühle,

Tische und Aktenschränke und fegte Papiere und Statuetten hinweg. Eine Holzmaske fiel von der Wand, krachte mit dem spitzen Kinn auf den Aktenschrank darunter und fiel vornüber aufs Gesicht.

Imogen lief zur Tür und öffnete sie sperrangelweit. Der Kater schoss in den Flur, schlitterte über die Fliesen um die Ecke und peste die Treppe hoch. Galoppierende Tritte verklangen irgendwo im oberen Stockwerk.

Imogen erklärte: »Er muss sich wohl erst an die neue Umgebung gewöhnen. Weißt du, es ist schwer für ihn. Alles riecht anders. Das stresst ihn.«

Robin rieb sich das Steißbein und fragte sich, wer hier wirklich gestresst war.

»Er wird sich schnell einleben«, sagte Imogen munter, »du wirst sehen, ihr werdet noch die besten Freunde …« Sie brach ab, als sie seine Miene sah. »Soll ich dir beim Aufräumen helfen?«, fragte sie und langte eifrig nach einer Statuette, die am Boden lag. Dabei fiel ihr die Brille von der Nase. Nach ihr tastend stieß sie hinterrücks gegen einen Stuhl, auf dem Rufus Fachmagazine gestapelt hatte. Dutzende Ausgaben *Tontafel aktuell* ergossen sich fächerartig über den verschlissenen Perserteppich.

»Oh, tut mir leid«, sagte Imogen, klemmte die Statuette unter einen Arm und beugte sich erneut hinunter, um die Magazine aufzusammeln, wobei die überlangen Beine der Figur einen Stapel Notizen auf dem Kartentisch hinter ihr nur um Haaresbreite verfehlten.

Hastig zog Robin die Statuette aus ihrer Armbeuge und brachte sie außer Reichweite. »Danke, Imogen, ich mach das schon.«

»Bist du sicher? Ich helfe dir gern …«

»Nein, nein. Ist schon gut.« Robin schob sie aus dem Arbeitszimmer. »Geh du mal lieber Stilton suchen.«

Imogen nagte auf der Unterlippe, hin- und hergerissen zwischen der Sorge um den Kater und die Schildkröte.

Robin versicherte: »Punchkiss kann jetzt nichts mehr passieren. Keine Sorge. Wir kommen schon klar.«

Das schien den Ausschlag zu geben. Imogen lächelte: »Ja, auf euch kann man sich wirklich verlassen. Euch würde ich sogar Stilton anvertrauen.«

Robin nuschelte etwas Unverständliches, vergewisserte sich mit einem Schulterblick, dass der Kater nicht in der Nähe lauerte, und öffnete die Haustür einen Spaltbreit. Imogen schlüpfte hindurch, rief noch ein »Danke« und hüpfte den Mistelweg hinunter. Robin schloss die Haustür und wunderte sich mal wieder über Imogens wirre Gedankengänge. Sie würde Punchkiss ihre Schildkröte anvertrauen? Robin würde den gefräßigen Kater nicht mal für fünf Sekunden mit einer versiegelten Dose Thunfisch alleine lassen. Oder hatte sie sich nur versprochen? Er schüttelte den Gedanken ab. Egal. Er hatte ganz andere Sorgen.

Er drehte sich um und rief: »Melvin?«

Keine Antwort. Wo steckte er nur?

Robin ging zurück ins Arbeitszimmer, um das Chaos aufzuräumen, das Punchkiss und Imogen hinterlassen hatten. Er sammelte Magazine und Notizen ein, stellte die Figuren und Statuetten wieder an ihren Platz und hoffte, dass alles so aussah wie vorher. Zum Schluss stieg er auf einen Hocker und von da aus auf die Reihe von Aktenschränken. Dort, wo die Maske mit dem spitzen Kinn aufgeschlagen war, befand sich eine Beule im Metall.

Robin drehte die schwere Maske um. Aus riesigen Augenhöhlen starrte ihn das grotesk verzerrte Gesicht an, der Mund war aufgerissen wie zu einem stummen Schrei. Ein buschiger Kranz aus Bast und zerzausten Vogelfedern umgab die Fratze wie eine Löwenmähne. Robin wandte das Gesicht ab und hielt den Atem an, als er die Maske hochhob. Der Kopfschmuck müffelte wie alte Socken und raschelte und wisperte, als ob die Fratze ihm etwas zuflüsterte. Robin lief ein eiskalter Schauer über den Rücken, fast rutschte ihm die Maske aus den Händen. Ächzend hängte er sie wieder an den Wandhaken. Vorsichtig löste er seinen Griff. Hatte er den Haken richtig erwischt? Blieb die Maske oben? Von irgendwoher strich ein Hauch über seine Wange, und einen verrückten Augenblick lang dachte Robin, die Maske hätte geseufzt.

Aus dem oberen Stockwerk drang das Geräusch schneller Schritte zu Robin hinunter, und Melvin rief: »Ich hab ihn! Jetzt kann er uns nicht mehr entwischen.«

Robins Starre löste sich. Etwas wackelig kletterte er von den

Aktenschränken herunter, lief aus dem Zimmer und schlug die Flügeltüren zu.

Melvin blieb auf halber Treppe stehen. »Was ist denn mit dir los? Du siehst aus, als hättest du einen Zombie gesehen.«

»Nichts«, murmelte Robin und verbarg die Hände in den Hosentaschen. Sie zitterten. »Gar nichts«, wiederholte er und ging den Flur entlang in die Küche. »Wo ist Punchkiss?«, fragte er, schnappte sich einen Besen und fing an, den Boden zu kehren, als ob er das soeben Erlebte wegwischen könnte.

Melvin war ihm gefolgt: »Ich hab Punchkiss in meine Kammer eingesperrt. Da ist er erst mal in Sicherheit. Sag mal, ist wirklich alles in Ordnung mit dir?«

Robin spürte Melvins Blick auf sich ruhen und schwang den Besen noch energischer. Ausweichend sagte er: »Wir müssen uns was einfallen lassen. Wir können Punchkiss ja nicht ewig verstecken. Wenn die Keksklauerei aufhört, zieht sicher auch der Tierfänger wieder ab. Also müssen wir die Jarver irgendwie aufhalten oder vertreiben. Oder wenigstens herausfinden, was sie in Oaksend suchen. Vielleicht hat es ja einen ganz anderen Grund, dass sie hier sind. Wenn wir ihnen geben, was sie wollen … Wir müssten einen Jarver einfangen und fragen.«

»Puh! Einen Jarver fangen?« Melvin kraulte nachdenklich sein Brustfell. »Weißt du, was man über sie sagt? Genauso gut könne man versuchen den Wind einzufangen. Jarver sind irrsinnig flink und gerissen. Die Falle, mit der man einen Jarver fangen könnte, muss erst noch erfunden werden.« Grübelnd sah er in den Garten hinaus.

Robin hielt im Kehren inne. »Was ist mit Big Ben? Der kennt sich doch mit Fallen aus, oder?« Er stellte den Besen beiseite. »Und er kennt sich mit Botanik aus. Vielleicht weiß er sogar, wie wir die Hortensien retten können?«

»Gute Idee! Wieso bin ich nicht darauf gekommen? Dann nichts wie los!« Melvin zog das Hatchpatch aus der Tasche. »Was für ein Stress«, murmelte er, »erst dein Unfall im Brunnenhaus, dann die Hortensienkatastrophe, und jetzt müssen wir auch noch einen Jarver fangen, um Punchkiss zu retten. Mannomonster, unter sturmfreier Bude hatte ich mir wirklich etwas anderes vorgestellt.«

Beim Einstieg in die Schleusenkammer stieß Robin beinahe wieder gegen den Stapel alten Gerümpels. »Mensch, Melvin, man kann sich ja kaum noch hier drin bewegen …« Er schlängelte sich an einer Kleiderpuppe vorbei, die eine Taucherbrille mit Schnorchel trug.

»Jajaja«, winkte Melvin ab und stellte sich startbereit auf.

»Fertig?«

»Fertig!«, sagte Robin, trat hinter Melvin und hielt sich an ihm fest. Eine Sekunde später stürzten sie ins Bodenlose.

Ungeduldig, wie Robin war, kam ihm die Fahrt noch langsamer vor als die Fahrt vom Leuchtturm nach Hause. Einerseits hatte das natürlich den Vorteil, dass ihm nicht schlecht wurde. Sie hatten keine Zeit gehabt, Lakritzen gegen das Schlingerfieber zu besorgen. Andererseits machte diese Bummelei lange nicht so viel Spaß wie die kurvigen Schussfahrten, die das Hatchpatch sonst immer hinlegte. Warum es wohl immer langsamer wurde? Ob das wirklich nur ein Loch war, wie Melvin vermutete? Robin hatte nach wie vor einen anderen Verdacht. Er beugte sich über Melvins Schulter: »Und du meinst wirklich nicht, das Hatchpatch könnte zu schwer gewor…?«

»Nee!«, beteuerte Melvin, »auf keinen Fall! Das muss an was anderem liegen.«

Robin wollte nicht auf dem Thema herumreiten. Doch als endlich der kleine Lichtpunkt vor ihnen auftauchte, der zunehmend größer wurde und das Ende der Fahrt ankündigte, war er sich sicher, dass sie zu Fuß fast schneller gewesen wären.

Sie stiegen aus dem Hatchpatch und fanden sich etliche Meter von Big Bens Eisenbahnwaggon wieder – und dicht neben einem Eibenbusch. Robin wich den Dornen aus.

Melvin kratzte sich am Kopf: »Ups, da habe ich aber schlecht gezielt.«

Robin dachte sich wieder seinen Teil, sprach es aber nicht aus. Außerdem kannte er sich mit Hatchpatchen lange nicht so gut aus wie Melvin und wollte sich nicht mit stümperhaften Bemerkungen blamieren.

Melvin verstaute das Hatchpatch in einer seiner Taschen und bluffte sich weg. Sie schlichen zum Waggon. Von der anderen Seite her drang das Stimmengewirr der Tramps an ihr Ohr, die rund um ein Lagerfeuer saßen und Karten spielten.

Robin klopfte an die Waggontür. Big Ben öffnete, und als er ihn sah, zog er ihn hastig herein und schloss die Tür.

»Was machst du hier? Du solltest nicht herkommen«, sagte er mürrisch.

»Keine Sorge, niemand hat uns gesehen.« Robin machte eine Handbewegung Richtung Fenster. Der Lichtschein des Lagerfeuers spiegelte sich in der Scheibe.

»Denen ist das egal. Aber wenn die Leute aus Oaksend davon Wind bekommen, dass du bei uns Tramps ein und aus gehst, kriegen wir Ärger!«

Da erschien Melvin an Robins Seite und machte Kulleraugen. »Aber es ist wichtig.«

»Lass die Bambi-Nummer!«, brummte Big Ben und winkte sie unwirsch zum Sofa. »Ich helfe euch ja – wenn ich kann. Also, was ist das Problem?«

Robin und Melvin setzten sich auf das Sofa, das fast nur aus Flicken bestand, und fingen an zu erzählen. Big Ben stellte einen Kessel mit Wasser auf den Kanonenofen und hörte ihnen zu, ohne sie zu unterbrechen. Als der verbeulte Kupferkessel anfing zu pfeifen, hatten Robin und Melvin die ganze Geschichte erzählt und sahen Big Ben erwartungsvoll an. Der sagte zunächst nichts, sondern brühte in aller Ruhe den Tee auf und stellte die Kanne mit drei angeschlagenen Tassen auf den Tisch. Dazu gesellte sich eine Dose Motoröl, die Big Ben als Zuckerdose diente und aus der er fünf Esslöffel voll in seine Tasse häufte. Robin griff nach seiner Tasse. Der Tee war dunkel wie Rübensirup.

»Hmm«, machte Big Ben und rührte in seiner Tasse, »einen Jarver müsst ihr also fangen. Schwer. Sehr schwer. Jarver sind gerissen und kennen alle Tricks. Wisst ihr, was man über sie sagt? Genauso gut könne man versuchen den Wind einzufangen.«

Er legte den Löffel beiseite, schlürfte einen Schluck Tee und sah grüblerisch zum Fenster hinaus. »Hmm«, machte er wieder und strich sich durch den verfilzten Bart. Ein toter Käfer fiel heraus und landete in seinem Tee.

Robin sank in sich zusammen. Wenn schon Big Ben sagte, es sei schwer …

Plötzlich erhellte sich Big Bens Miene: »Aber es ist nicht unmöglich«, sagte er, stellte die Tasse ab und wandte sich ihnen zu. »Dazu braucht ihr zwei Dinge: eine raffinierte Falle und einen noch raffinierteren Köder. Die Falle kann ich euch bauen, aber für den Köder müsst ihr sorgen.«

Robin setzte sich auf: »Klar, machen wir. Was für einen Köder brauchst du denn?«

Da klatschte sich Melvin an die Stirn: »Kekse! Natürlich! Ich backe fette Holymolys. Denen können sie garantiert nicht widerstehen. Helen hat letztes Jahr welche gebacken, von denen Onkel Melrose ohnmächtig wurde …«

»Zu schwach«, entgegnete Big Ben.

Melvin schaute ungläubig. »Holymolys – zu schwach!?«

Big Ben nickte ernst: »Was ihr braucht, ist ein Sherman-Spezial.«

»Einen Sherman-Spezial? Gibt es den wirklich?«, fragte Melvin verdutzt.

»Was ist ein Sherman-Spezial?«, wollte Robin wissen.

Big Ben erklärte: »Ein Sherman-Spezial ist ein ganz besonderer Köder. Früher war er sehr populär. Dann hat eine Bande Unsinn mit ihm angestellt. Der Sherman-Spezial kam in Verruf und stand für Jahre sogar auf der Liste der verbotenen Substanzen. Inzwischen ist er in Vergessenheit geraten. Kaum einer weiß überhaupt noch, wie man ihn herstellt.«

»Und wo sollen wir ihn dann herkriegen?«

»Ihr müsst in die Mall. Bei Crampshell & Potts arbeitet ein alter Digger. Grubbs heißt er ...« Big Ben schnappte sich eine Eichel und ritzte mit einem Taschenmesser ein seltsames Zeichen in die Schale.

»Gebt ihm das hier ... dann weiß er Bescheid.«

Er schnippte die Eichel über den Tisch. Melvin fing sie auf und verstaute sie sorgfältig in einer seiner Taschen.

»Dieser Sherman-Spezial ... wie viel kostet der eigentlich?«, fragte Robin besorgt und befühlte die wenigen Münzen in seiner Hosentasche.

»Nichts«, brummte Big Ben. »Grubbs ist mir noch einen Gefallen schuldig.«

Kapitel 14

Die Monstermall

Am nächsten Morgen brachen sie nach einigen Schwierigkeiten zur Mall auf. Die Schwierigkeiten bestanden in heftigen Auseinandersetzungen in Melvins Kammer. Punchkiss zeigte sich nämlich wenig dankbar, dass sie ihn vor Barker Bates gerettet hatten. Im Gegenteil. Er versuchte mit allen Tricks, aus der Kammer zu entkommen, und als ihm das nicht gelang, rächte er sich auf seine Weise. Als Erstes kaperte er die Hängematte. Als Melvin ihn verscheuchen wollte, kassierte er einen saftigen Schmiss quer über die Nase. Melvin musste mit dem Plüschsessel vorliebnehmen, wo er eine unruhige Nacht verbrachte, weil Punchkiss zu fortgeschrittener Stunde immer munterer wurde. Sein angestauter Bewegungsdrang entlud sich in plötzlichen Anfällen, bei denen er minutenlang durch die Kammer fegte und so laut miaute, dass sogar Robin, der ein Stockwerk tiefer in seinem Zimmer schlief, immer wieder hochschreckte. Und am Morgen, als Robin sein Lumpenmonsterkostüm aus dem Überseekoffer holte, attackierte der Kater seine Füße und verbiss sich in einen Schuh. Robin blieb nichts anderes übrig, als seine Schuhe samt Kater von den Füßen zu schütteln. Auf Socken war er aus der Kammer geflüchtet.

Die Fahrt zur Mall schien Ewigkeiten zu dauern. Im Hatchpatch wurde es immer kälter. Nun war Robin froh, dass er in seinem dicken Lumpenmonsterkostüm vom letzten Halloween steckte.

Melvin hatte erklärt, dass Robin nicht einfach so als Mensch in der Mall auftauchen könne. Einige Monster gerieten beim Anblick von Menschen immer noch in Panik. Auch wenn das schon ewig her war, hatte man nicht vergessen, dass die Menschen die Monster um ein Haar ausgerottet hatten. Und während Robin das noch dachte, fiel ihm ein, dass er vergessen hatte, Big Ben nach einem Mittel zu fragen, mit dem Mrs Stickforths Hortensien gerettet werden konnten. Er musste das gleich nach ihrer Rückkehr aus der Mall nachholen.

Melvin sagte unvermittelt: »Was das wohl für ein Gefallen ist, den dieser Grubbs Big Ben schuldet?«

Das hatte sich Robin auch schon gefragt. Und auch, warum Big Ben sie in die Mall schickte. Zwar hatte er gesagt, dass er in der Zwischenzeit das Material für die Falle zusammensuchen würde, doch Robin und Melvin waren sich sicher, dass das nur ein vorgeschobener Grund gewesen war. Warum konnte er nicht selbst diesen Grubbs aufsuchen, den er doch offensichtlich schon lange kannte? Wieso schickte er Robin und Melvin mit einem geheimnisvollen Erkennungszeichen zu ihm?

Big Ben war ihnen ein Rätsel. Warum lebte ein Monster als Mensch getarnt unter Tramps? Einmal hatte Melvin gewagt, zu fragen, woraufhin Big Ben sie kurzerhand aus seinem Waggon geschmissen hatte.

Seitdem hüteten sie sich, ihm allzu persönliche Fragen zu stellen. Doch insgeheim brannten sie vor Neugier und spekulierten oft und mit wohligem Grusel über Big Ben. Hatte sich der wortkarge Hüne in der Monsterwelt etwas zuschulden kommen lassen? War er gar den berüchtigten Kolonien entkommen und versteckte sich hier in Oaksend? Oder war es ganz anders? War er womöglich ein Agent der sagenhaften MOE, der Monster-Observierungseinheit, und arbeitete in Oaksend? Undercover?

Robin fröstelte. Es wurde immer kälter. An den Wänden des Hatchpatchs hatte sich eine glitzernde Schicht gebildet. Robin streckte den Finger aus und zuckte zurück. Das war Raureif. Wo zum Teufel befand sich diese Mall? In der Arktis? Sibirien?

In dem Moment sah er über Melvins Schulter hinweg am Ende des Tunnels einen Punkt aufleuchten, der allmählich größer wurde. Sie waren bald da. Er zog sich die Maske über den Kopf und zupfte daran herum, bis die Schlitze für Augen, Nase und Mund da saßen, wo sie sitzen sollten. Das Hatchpatch war so lahm geworden, dass sie zum Halt kamen, kaum dass Melvins Fersen den Tunnelboden berührt hatten. Die letzten Meter in die Schleusenkammer krabbelten sie auf allen vieren.

Robin sagte vorsichtig: »Melvin, das Hatchpatch … äh, meinst du nicht, es könnte doch zu schw…?«

»Nee, nee«, fiel ihm Melvin ins Wort, »bei Kälte werden Hatchpatche immer etwas langsamer.«

Etwas langsamer? Robin seufzte und stieg hinter Melvin aus der Kammer ins Freie. Eine eisige Bö erfasste ihn und warf ihn fast um. Melvins Fell flatterte im Wind. Er stampfte auf: »Das gibt's doch nicht!«, schimpfte er, »wieder daneben!«

Robin blinzelte die Tränen weg, die die Kälte in seine Augen trieb. Kies knirschte unter seinen Sohlen. Sie befanden sich auf einem kleinen Strand. Vor ihnen erstreckte sich das nahezu schwarze, aufgewühlte Meer. Hinter ihnen ragten steile Klippen auf, deren zerklüftete Ausläufer zu beiden Seiten der sichelförmigen Bucht ins Meer hinausliefen. Haushohe Felsbrocken trotzten den Wellen.

Melvin schirmte die Augen ab und spähte nach rechts und links. »Ah, da ist sie ja!«, rief er und stapfte los. Er hielt auf ein Ende des Strandes zu, wo sich durch Seenebel und Gischtschwaden hindurch der Rumpf eines Schiffswracks abzeichnete. Salzluft, Witterung und viele, viele Jahre hatten den Ozeanriesen genauso grau werden lassen wie die Klippen, die seinen Untergang herbeigeführt hatten.

Robin legte den Kopf in den Nacken. Am Bug war noch der Name des Schiffes zu erahnen. ST. AMALLIA. Der erste Buchstabe und die letzten drei Buchstaben waren kaum noch zu entziffern, sodass man auf den ersten Blick nur MALL las.

Melvin sagte: »Nicht schlecht, oder? Der größte Handelsposten der nördlichen Hemisphäre. Hier kriegt man alles, was man sich nur wünschen kann – vom Austernbrecher bis zur Zündschnur.«

Robin schniefte und wünschte sich zunächst nur ein simples Taschentuch.

Sie kraxelten über die scharfkantigen Felsen und umrundeten den Bug. Dort, im stählernen Bauch des Ozeanriesen, gähnte ein gezacktes Loch, durch das bequem ein Lastwagen gepasst hätte. Eine Rampe führte von dort hinunter zu einem riesigen Loch, das sich zwischen den Felsen auftat.

»WOW!«, rief Melvin gegen den Wind an und deutete auf das Loch. »Ein Mammut-BC. Ein Schwerlast-Hatchpatch. Das größte, das je gebaut wurde«, fügte er mit Kennermiene hinzu.

Dutzende Monster wuselten herum, riefen sich derbe Bemerkungen zu, lachten rau und schienen aus ihrer schweren Arbeit eine Art Wettstreit zu machen. Sie fingen Ballen, Kisten, Körbe und Kartons auf, die von unten heraufgeflogen kamen, und schleppten die Waren über die Rampe ins Innere des Wracks.

Robin bestaunte ein Schildpattmonster, das ihm kaum bis zur Hüfte reichte und auf seinem Buckel ein Fass trug, das dreimal so groß war wie es selbst. Ein anderes Monster, das mindestens so groß und breit war wie Rory Gilligan – und der passte schon kaum durch eine normale Tür –, trug dagegen nur ein kleines Säckchen auf der Pranke, das es mit der anderen Pranke abschirmte. Dabei rief es fortwährend: »Vorsicht, zerbrechliche Meeresaugen!«

Robin und Melvin schlängelten sich durch die Kolonne aus

Monstern und Material zur Rampe. Der Frachtraum des Schiffes war groß und hoch wie eine Kirche und vollgestopft mit Waren. Noch mehr Monster wuselten hier herum, dirigiert von einem dicken rostroten Quastler, der auf einer Holzkiste stand, Kommandos krähte und mit zwei Händen herumfuchtelte, während er mit den anderen Händen eine Liste auf einem Klemmbrett abhakte.

Robin staunte über die vielen Waren. Einiges schien von Menschenhand zu stammen. Er sah Kisten mit altmodischem Porzellan, gebrauchtem Küchengerät, Sofakissen, Gardinen, Handschuhen und Socken. Er sah aber auch Dinge, auf die er sich keinen Reim machen konnte. Zum Beispiel einen Gitterkorb, in dem sich etwas stapelte, das aussah wie bunte Kokosnüsse.

»Das sind Mobbits, Monsterhasen«, erklärte Melvin »Sie schlüpfen bald.«

»Vorsicht!«, erklang es hinter ihnen. Sie sprangen zur Seite und ließen ein Monster vorbei, das einen rollbaren Bretterverschlag vor sich herschob, aus dem es vielfach blökte. Zwischen den Ritzen der Bretter quoll da und dort helle Wolle hervor. Montilopen.

Melvin lotste Robin zu einem Aufzugschacht, der sich am anderen Ende des Frachtraums befand. Kaum hatte er auf den Knopf gedrückt, machte es PLING! Ein verschnörkeltes Messinggitter glitt rasselnd zur Seite, dann öffnete sich die Aufzugtür, und eine Stimme leierte: »Deck eins: Lieferanten- und Wareneingang.«

Die Stimme gehörte einem Glitsch, der an der Bedienleiste des Aufzugs auf einem Barhocker kauerte. Er trug eine violette Liftboylivree und eine winzige Pagenmütze, die ihm über seine Augen gerutscht war.

»In die Haupthalle bitte«, sagte Melvin.

Der Glitsch schob die Pagenmütze hoch. Vier seiner Augen verschwanden, dafür bildete sich seitlich ein Arm und langte teleskopartig an einen Knopf der langen Leiste.

»Sehr wohl. Deck sechs: Haupthalle. Ankunft und Abfahrt, Hausrat, Gartenzubehör, Putz-, Wasch- und Poliermittel, Eisenwaren, Werkzeuge, Lästlingsbekämpfung.« Die Aufzugtür glitt zu und sie ruckelten nach oben. Melvin betrachtete den Glitsch neugierig: »Ist das nicht eine seltsame Berufswahl für einen Glitsch? Ich dachte, ihr mögt es lieber feucht?«, fragte er.

Der Glitsch entgegnete mit Leidensmiene: »Wasserallergie.«

Melvin murmelte eine Entschuldigung, trat verlegen einen Schritt zurück, und Robin sah rasch zu Boden, um ein Grinsen zu verbergen.

Auf Deck vier stieg eine vierköpfige Monsterfamilie ein und verlangte Deck zehn. »Sehr wohl«, sagte der Glitsch und schob die Mütze erneut nach oben. »Deck zehn: Porzellan, Bücher, Kurzwaren, Spielzeuge.«

Robin musterte die Familie aus dem Augenwinkel. Sie waren Fellartige, wie Melvin, doch ihr Fell war gelockt wie bei Pudeln und schillerte blauschwarz. Die Kleinste der Familie war offensichtlich ein Mädchen. Zwischen ihren kleinen, noch stumpfen

Hörnern prangte eine lila Glitzerschleife. Verträumt lutschte sie an einem Lakritzlolli und presste ihr Nuckeltuch an sich. Eine Frotteesocke.

In seinem Lumpenkostüm wurde es Robin warm und es fing an zu jucken.

Er kratzte sich verstohlen und begegnete dem Blick des Sohnes, der rasch die Augen niederschlug. Er mochte kaum älter sein als Robin und zupfte am Handgelenk seiner Mutter. Die beugte sich herunter. Der Junge flüsterte ihr etwas ins Ohr.

Die Mutter warf einen Seitenblick auf Robin, schüttelte den Kopf, legte den Finger auf die Lippen und richtete sich wortlos wieder auf. Die Kleinste merkte auf und starrte Robin über ihren Lolli hinweg mit großen Augen an. Plötzlich krähte sie los: »Bist du in der Flauser? Mama sagt, es ist unanständig, sich in der Flauser zu zeigen.«

Melvin sagte schnell: »Er ist nicht in der Flauser. Er ist ein Lumpenmonster.«

PLING!

»Deck sechs: Haupthalle. Ankunft und Abfahrt, Hausrat, Gartenzubehör, Putz-, Wasch- und Poliermittel, Eisenwaren, Werkzeuge, Lästlingsbekämpfung«, leierte der Glitsch und schob die Mütze von den Augen.

Melvin und Robin traten aus dem Aufzug, und kurz bevor die Türen ganz zuglitten, hörten sie noch die Stimme der Mutter: »Lumpenmonster? Die Ausrede kannte ich noch nicht.«

»Gibt es Lumpenmonster tatsächlich?«, fragte Robin.

»Klar, was dachtest du denn? Sind komische Käuze. Bettelarm und blind wie Maulwürfe. Aber manche behaupten, sie hätten das zweite Gesicht …«

Doch Robin, der seiner Umgebung gewahr wurde, hörte nicht mehr richtig hin. Mit offenem Mund sah er sich um. Das Äußere des Wracks ließ nichts von der Pracht in seinem Inneren erahnen. Die Mahagonitäfelung mit den üppigen Schnitzereien war auf Hochglanz poliert, genauso wie die vielen Messingleuchter, Relings und das geschwungene Geländer einer kolossalen Freitreppe, die sich über fünf Etagen hinweg zu den Emporen und Galerien verzweigte. Gekrönt wurde die Halle von einer Glaskuppel mit bunten Mosaiken. Ein Kristallleuchter zauberte mit seinen Abertausenden Facetten funkelnde Lichter auf die Besucher.

An der gegenüberliegenden Seite der Halle verkündeten Goldbuchstaben: *Rezeption*. Doch statt einer Empfangstheke sah man einen mit roter Samtkordel abgeteilten Bereich für die An- und Abreise. Unablässig taten sich in der Wand Löcher auf. Kunterbuntes Monstervolk stieg mit prall gefüllten Einkaufstaschen in Hatchpatche ein, während andere ausstiegen, ihre Einkaufslisten zückten und durch das Gewühl in der Halle den abgehenden Gängen zustrebten, wo sich die Geschäfte befanden.

Nicht alle Monster schienen ihr Hatchpatch so gut zu beherrschen wie Melvin. Eine pummelige Puffhornmonsterdame hatte den Bremsweg offensichtlich falsch eingeschätzt. Sie schoss aus ihrem Hatchpatch heraus, riss es glatt mit und verhedderte sich in der Samtkordel der Absperrung. Ein baumlanges Harthornmonster half ihr auf und reichte ihr hilfsbereit ihr Hatchpatch, das mit einer Spitzenbordüre verziert war. Peinlich berührt raffte sie es zusammen und eilte hastig davon.

Melvin zog Robin mit sich in einen der Gänge, die von der Halle fortführten. Links bot sich ihnen durch Panoramafenster der Anblick der kabbeligen See, rechts reihten sich die Geschäfte.

Robin konnte sich gar nicht sattsehen an den vielen verschiedenen Monsterarten, die den Gang bevölkerten. Einmal glaubte er, sogar einen Shrokk zu sehen, der in einer Kajüte verschwand, aus der Funken stoben und das Kreischen einer Schleifhexe erklang. Über der Tür verkündete ein blau-weiß-rot geringeltes Schild:

Express-Schleiferei Blitzblank
Hörner, Schuppen, Panzer, Krallen
(Giftstachel nur nach Voranmeldung)

Daneben warb eine Imbissbude mit Erfrischungen:

Lenis Delis
Monsterburger, Hotrats,
Guacamilch, Kokomole

Etwas, das aussah wie ein zweibeiniger Riesenbobtail, trat gerade aus der Bude heraus. Aus dem dichten Fell fuhr ein Rüssel heraus, tauchte in einen Pappbecher, der kaum kleiner war als ein Papierkorb, und sog an einer Kokomole. Bunte Blasen stiegen auf.

Robin fiel ein kleines, zotteliges Monster auf, das einen verbeulten Zylinder trug und einen Bauchladen umgeschnallt hatte. Obschon es ein Doppelnoogle trug, dessen Linsen dick und groß wie halbierte Tennisbälle waren, schien es nicht gut zu sehen. Unsicher tastete es sich vorwärts, stieß auf den Riesenbobtail und sprach ihn scheu an. Doch der scheuchte es sofort ärgerlich hinfort.

Melvin, der die Szene auch beobachtet hatte, erklärte: »Das da war übrigens ein Lumpenmonster. Wahrscheinlich versucht es, Horoskope zu verkaufen. Komm, hier geht es lang …«

Crampshell & Potts – 1000 Dinge für Haus und Hof befand sich ein paar Meter weiter. In den Schaufenstern türmten sich Haus- und Gartengeräte, Werkzeuge, Messer, Scheren und Bürsten.

Sie betraten das Geschäft und schlängelten sich zwischen Fässern, hüfthohen Korbflaschen, Destilliergeräten und Säcken voller Bronferschuppen und Klompermist zur Theke durch. Der Verkäufer, ein zaundürres karottenrotes Monster mit Segelohren und Hasenzähnen, demonstrierte einem kaukasischen Spitzhorn gerade die Funktion eines schlichten schwarzen Kastens.

»… also hier kommt der Köder rein, dann die Sprungfedern nach oben legen und die Scharniere arretieren.«

»Und das funktioniert?«, fragte der Kunde zweifelnd.

»Todsicher«, sagte der Verkäufer, holte unter der Theke ein

paar Kettenhandschuhe hervor und zog sie über. Sie reichten ihm bis an die Ellenbogen. Er nahm ein Holzscheit und stupste damit gegen die Falle, worauf die mit lautem Knall zuschnappte und den dicken Scheit einsog, als sei er nur ein Zahnstocher. Die Falle ratterte auf der Theke herum wie ein wild gewordenes eisernes Gebiss und spie feinstes Sägemehl aus. Robin und Melvin zuckten zurück, der Kunde brachte sich mit einem Sprung hinter ein Teerfass in Sicherheit.

Der Verkäufer fing die Falle ein, die über die Thekenkante zu fallen drohte. Dabei fiel sein Blick auf Robin und Melvin: »Ja bitte?«, rief er über den Lärm hinweg und legte einen Hebel um, woraufhin der Kasten sofort stillstand.

Ohne die Falle aus den Augen zu lassen, fragte Melvin: »Ist … äh, Mr Grubbs da?«

Der Rothaarige rief über die Schulter: »Grubbs, für dich!«, und wandte sich wieder seinem Kunden zu, der vorsichtig hinter dem Teerfass hervorschaute.

»Sie können es natürlich auch erst mit einer Säurefalle versuchen«, fuhr der Verkäufer ungerührt fort, »die ist leiser – aber bei Panzertermiten würde ich auf Nummer sicher gehen …«

Aus einer Tür hinter der Theke, die ins Warenlager führen mochte, drang das Geräusch schlurfender Schritte, und kurz darauf schob sich Grubbs schwerfällig durch den Türrahmen.

Melvin und Robin rückten instinktiv näher zusammen. Der Digger sah furchterregend aus. Er war bucklig und krumm und bewegte sich, als hätte ihn etwas zerbrochen. Seine dicke Hornhaut, von der Farbe getrockneten Blutes, war fleckig und rissig wie ausgedörrte Erdplacken. Doch am schlimmsten war das Gesicht – das eigentlich keins mehr war. Durch eine tiefe, breite Narbe wirkte es, als sei es in zwei Stücke gehauen worden, die schief wieder zusammengesetzt worden waren. Robin mochte sich gar nicht vorstellen, welche Waffe eine solche Narbe hinterlassen konnte.

»Was gibt's denn?«, knarzte Grubbs mit einer Stimme, die sich anhörte, als schliffe Eisen gegen Eisen.

Melvin hatte es die Sprache verschlagen. Steif wie ein Roboter reichte er Grubbs die Eichel, unfähig, die Augen von dem zerstörten Gesicht des Diggers abzuwenden.

Grubbs nahm sie ihm aus der Hand, und Robin wurde klar, warum diese Monsterart die Bezeichnung *Digger* bekommen hatte: Eine Hand sah normal aus. Die andere erinnerte an eine kleine Baggerschaufel. Grubbs' tief liegende Augen verengten sich, als er das Zeichen entdeckte. Unwillig knarzte er: »Was will er diesmal?«

»Ein … ein … einen Sherman-Spezial«, stammelte Melvin.

Die Augen des Diggers wurden zu schmalen Schlitzen, dann drehte er sich wortlos um und schlurfte zurück ins Lager.

Robin und Melvin tauschten einen Blick. Hatten sie etwas falsch gemacht? Würde der Digger wiederkommen? Sie waren sich nicht sicher, ob sie das wollten. Ein verrückter Drang wegzulaufen überkam Robin. Melvin trat nervös von einem Bein aufs andere, während Robins Blick unruhig im Laden herumwanderte.

An der Wand hinter der Theke standen in Regalen dicht an dicht große Blechdosen. *Herbstkleie*, las er, *Laubtöter, Stachlerdung, Klomperhorn, Gollywoog-Eier* … plötzlich hatte er eine Idee. Er neigte sich zu Melvin und flüsterte: »Grubbs ist doch ein Digger. Sagtest du nicht, Digger sind Gartenmonster und kennen sich mit Botanik aus? Ob er ein Mittel kennt, mit dem wir Mrs Stickforths Hortensien retten können?«

Melvin schüttelte unmerklich den Kopf und betrachtete seine Füße.

»Was? Du glaubst nicht, dass er etwas weiß?«, bohrte Robin nach.

Melvin raunte aus dem Mundwinkel: »Nein. Ich glaub nicht, dass ich mich trau …«

In dem Moment kam Grubbs wieder aus dem Lager geschlurft und stellte ein versiegeltes Döschen auf die Theke, das kaum größer war als ein Fingerhut. »Sherman-Spezial«, sagte er knapp, »und denkt dran: Auf keinen Fall im Haus öffnen!« Er beugte sich vor und setzte knurrend nach: »Und sagt Big Ben, dass wir nun endgültig quitt sind!« Brüsk wandte er sich ab, da hörte sich Robin sagen: »Bitte, äh … Sir, haben sie zufällig etwas, mit dem man zermatschte Hortensien retten kann?«

Grubbs drehte sich ruckartig wieder um. Er schnaubte, sichtlich am Ende seiner Geduld angelangt. Die zerfurchte Visage wurde noch finsterer. Robin war sich sicher, dass man mit so einem Gesicht Panzer aufhalten könnte. Melvin gab einen gequetschten Laut von sich und griff nach Robins Arm.

»Hortensien?«, knirschte Grubbs, »was willst du mit Hortensien? Das sind doch Altweibergewächse, empfindlich wie Mimosen. Wenn's die nur ein bisschen durchschüttelt, lassen sie gleich alle Blätter hängen. Das kriegt kein Mittel auf der Welt wieder hin. Da hilft nur radikal beschneiden und bis zum nächsten Frühling warten. Wenn du Glück hast, treiben sie neu aus.«

Nächsten Frühling?! Mrs Stickforth kam nächsten Sonntag zurück!

Grubbs schüttelte den hässlichen Kopf, drehte ihnen den Rücken zu und schlurfte wieder ins Lager, wobei er leise knurrte: »Reiß sie am besten mit Stumpf und Stiel aus und hol dir was Vernünftiges … zum Beispiel Disteln. Die sind pflegeleicht, verlässlich und nützlich …« Seine Stimme verlor sich in der geheimnisvollen Tiefe des Lagers.

Robin hatte das sichere Gefühl, dass der Digger diesmal nicht wieder aus dem Lager herauskommen würde. Der andere Kunde hatte sich inzwischen die Falle als Geschenk einpacken lassen und verließ den Laden, das Paket auf Armeslänge vor sich hertragend, wie eine tickende Bombe. Robin und Melvin traten hinter ihm auf den Gang hinaus.

Melvin schimpfte sich die Anspannung vom Leib. »Puh, was für ein Monster! Ein echter Sonnenschein, was? Big Ben hat ja schöne Freunde.«

»Vielleicht hätten wir ihn nicht so anstarren sollen.«

»Wie willst du das machen … bei so einer Visage? Big Ben hätte uns ruhig warnen können.«

»Was haben nur alle Leute gegen Hortensien?«, sagte Robin mit hängenden Schultern.

»Na ja, Grubbs hat schon recht: Disteln sind praktischer. Man kann sie als Taschenalarm verwenden, oder zum Zähneputzen …«

»Ich fürchte Mrs Stickforth sieht das anders … Verdammt, es muss doch irgendetwas geben, das die Hortensien retten kann? Was soll ich nur Mrs Stickforth erzählen, wenn sie wiederkommt? Wie soll ich ihr die Verwüstung erklären?«

»Hmm, du könntest sagen … warte mal … ein Tornado hätte in Oaksend gewütet?«

»Ein Tornado?!«

»So ein ganz kleiner, der sich unglücklicherweise auf ihren Garten beschränkt hat … sozusagen ein Punkttornado, ein ganz seltenes Wetterphänomen …«

»Gibt es das?«

»Oder Elefanten!«, rief Melvin, »eine Horde hungriger Elefanten ist aus dem Wald gerast und über die Hortensien hergefallen.«

»Elefanten? In Oaksend?«

»Zirkuselefanten?«

»Da kann ich ihr genauso gut erzählen, dass Jarver ihren Garten verwüstet haben.« Robin griff sich an den Kopf. Es kam eigentlich gar nicht darauf an, was er Mrs Stickforth erzählte. Sie hasste ihn und würde alles für eine Lüge halten, was aus seinem Mund kam. Es blieb ihm nur eine Chance: dass Mrs Stickforth nämlich beim Anblick der verwüsteten Hortensien vor Schreck tot umfiele. Aber irgendwas sagte ihm, dass sie ihm diesen Gefallen nicht tun würde. Jemand, der die spanische Grippe, zwei Weltkriege und eine schwere Tuberkulose überlebt hatte, war über Ohnmachtsanfälle hinaus. So jemand griff eher nach der Schrotflinte.

Er stöhnte: »Egal, was ich sage, sie wird mich erschießen, skalpieren, häuten, entbeinen, vierteilen …«

»Sag mal, du redest geradeso, als ob ich gar nicht da wäre.«

»Was?«

»Wer bin ich?«

»Äh … Melvin natürlich.«

»Und was bin ich?«

»Ein Monster –«

»Dein Schutzmonster, du Dödel, schon vergessen? Bleib locker! Das Problem mit den Jarvern haben wir so gut wie gelöst. Also werden wir das Problem mit den Hortensien auch lö… oioioioi!« Melvin riss die Augen auf. Er schob Robin zur Seite, der vor dem Schaufenster stand, und drückte sich die Nase an der Scheibe platt. »Hey, das wäre das richtige Geschenk für Mom und Tante Helen!«

Robin drehte sich um. Im Schaufenster von Crampshell & Potts prangte eine seltsame Apparatur, bestehend aus glänzenden Messingballons, Schläuchen und Dutzenden bunten Glaskolben. Ein Schild verkündete: *Neu! Der Farbwandler 2000+. Garantiert lebensmittelecht.*

Kapitel 15

Das Omen

Statt in die Haupthalle zurückzugehen, wandte sich Melvin nach rechts und steuerte ein Geschäft namens *Hastings* an, das laut Ladenschild auf Hatchpatche spezialisiert war. Als Robin hinter Melvin eintrat, fiel ihm vor Staunen die Kinnlade herunter.

Er hatte ja keine Ahnung gehabt …

Melvins Hatchpatch war ein schlichter dunkler Stofflappen, nicht größer als ein Fladen. Doch jetzt offenbarte sich ihm, dass es Hatchpatche in zahllosen Ausführungen gab. Sortiert nach Größen, Geschwindigkeiten, Material und Farben hingen sie dicht gedrängt auf Bügeln an zahlreichen Kleiderkarussells.

Und das waren nur die einfachen.

Die aufwendiger gefertigten Hatchpatche waren in Vitrinen ausgestellt und protzten mit Zier- und Spitzenborten, Stickereien, groovigen Fransen oder zackigen Rallyestreifen. Robin staunte über ein Hatchpatch aus weinrotem Samt, das mit glitzerndem

Strass verziert war. *Reisen mit Stil*, pries ein Schild an, das *Hatchpatch Royal TS mit eingebautem Teesalon*.

Melvin schnaubte abfällig: »Alles Schnickschnack! Nur was für Angeber. Die Dinger sind lahm wie tote Enten.«

Er zog Robin zu einer Vitrine, die zusätzlich mit Gitterstäben geschützt war. Auf einem schneeweißen Samtpolster ruhte ein unauffälliges Hatchpatch, das nicht größer war als ein Topflappen. Es war tiefschwarz bis auf einen feinen Silberfaden, der den Rand mit winzigen Kreuzstichen einfasste.

Melvin bekam glänzende Augen: »Die schwarze Witwe«, hauchte er, »die Diva unter den Hatchpatchen. Sie ist launisch, bissig und sturer als ein Böfflamon.« Er seufzte. »Aber sie bringt es angeblich auf 500 Batwoms. Das fetzt dir glatt das Fell vom Leib.«

»Wieso angeblich?«

»Bisher ist es noch keinem gelungen, sie zu zähmen. Dem Letzten, der es versucht hat, mussten sie ein Bein amputieren.«

Neben den Hatchpatchen gab es bei Hastings allerlei nützliches Zubehör für die Reise: Tuning-Kits, Beschleuniger-Spray, Flickzeug, Ohrenschützer, Hornwärmer, Verbandszeug, Schutzbrillen, Feuerlöscher, Sicherheitsgurte, Reisekocher, Notproviant, Thermoskannen, Kreiselkompasse, Logbücher und Duftbäumchen in zwölf natürlichen Fruchtaromen.

Melvin schnappte sich einen Beutel Reise-Lakritzen, extrastark, und eine Schachtel *Flitzbits* aus einem Regal. Als er Robins fragenden Blick sah, schüttelte er die Schachtel und sagte:

Cracker für das Hatchpatch. Meins ist ganz scharf auf die mit Anchovisgeschmack.«

Melvin brachte die Sachen zum Tresen, wo gerade ein Verkäufer frei geworden war. Er hatte kurze schwarze Borsten, einen Kugelbauch und sehr dünne Arme und Beine, was ihm etwas Spinnenartiges verlieh. »Ist das alles?«, fragte er.

»Moment ...« Melvin zog das Hatchpatch aus der Tasche und legte es vor den Verkäufer auf den Tresen. »Könnten Sie mal einen Blick drauf werfen?«

»Was fehlt ihm denn?«, fragte der Verkäufer und griff rasch nach dem Hatchpatch, das sich schon in Richtung Crackerschachtel langmachte. Melvin sagte: »Es ist ein bisschen träge geworden und trifft nicht mehr genau.«

»Hört sich an wie ein Loch.« Der Verkäufer klemmte sich eine Uhrmacherlupe in die borstige Augenmuschel.

Melvin sagte: »Möglich. Ich hatte es aus Versehen in eine Tasche gesteckt, in der Disteln waren.«

Der Verkäufer rieb den Stoff prüfend zwischen seinen Spinnenfingern und hielt ihn dann gegen das Licht einer Lampe. »Hmm, nix zu sehen ... klatsch es mal da drüben an die Wand. Ich muss es mir mal genauer anschauen.« Er schnallte sich eine Stirnlampe um den Kopf und griff sich ein Stethoskop.

Melvin schupfte das Hatchpatch an die Wand. Der Verkäufer tauchte kopfüber hinein. Es schepperte und rumpelte, dann kam er schimpfend wieder zum Vorschein. »Junge, das ist kein Hatchpatch mehr, sondern ein Müllpatch! Kein Wunder, dass ihm die Puste ausgeht. Was für ein Saustall! Ich wette, dein Hatchpatch hat schon Tunnelläuse!«

Melvin wurde blauviolett und stammelte: »Kanndochgarnichsein!«

»Da hilft nur eins: Hatchpatch gründlich entrümpeln und dann …« Der Verkäufer griff nach einer Spraydose. »Das hier …«

Auf dem Etikett schrien ihnen giftgrüne Buchstaben entgegen: *Turbo-Exterminator.*

Mit zusammengekniffenen Lippen bezahlte Melvin, stopfte alles in seine Taschen und stürmte wortlos aus dem Laden, den Gang zur Halle zurück und zum Aufzug. Robin konnte ihm kaum folgen. Vor dem Aufzug wartete schon eine Gruppe Monster mit der Statur von Feuerhockeyspielern, die offensichtlich in Feierlaune waren. Der Aufzug kam und Melvin und Robin quetschten sich noch mit hinein. Die Monster grölten Schlachtlieder und übertönten damit die Ansagen des Liftglitsches.

Melvin starrte zu Boden. Robin warf ihm einen Seitenblick zu.

Melvin explodierte: »Jajajaja … du hattest ja recht!«

»Was? Ich hab doch gar nichts gesa…«

PLING! Die Aufzugtüren öffneten sich und sie wurden von der lärmenden Monstergruppe hinausgeschwemmt. Im Gewühl verlor Robin Melvin aus den Augen. Als es ihm gelang, sich wieder zum Aufzug zurückzukämpfen, hatte sich das Messinggitter bereits geschlossen, und die Kabine glitt nach oben. Robin sah sich hektisch um.

In dem belebten Gang konnte er Melvin nirgendwo entdecken. War der schon im Aufzug wieder nach oben gefahren?

Robin hämmerte auf den Rufknopf. Er musste Melvin finden. Wie sollte er sonst wieder nach Oaksend zurückkommen?

Der Pfeil auf der Anzeige über dem Messinggitter bewegte sich quälend langsam von Deck sechs weiter nach oben zu Deck sieben.

Nervös sah sich Robin in dem Schummerlicht um. Offensichtlich war er auf einem der unteren Decks gelandet. Hier war es nicht ganz so prächtig wie oben. Statt poliertem Mahagoni, Messing und Kristallleuchtern gab es hier unten nur kahle Eisenwände. Der graue Lack war fleckig und übersät mit Rostpocken. Es roch nach Diesel, altem Backfisch und schalem Bier. Aus Vergnügungslokalen, Spielhöllen und Bars drang Gelächter und Gejohle. Leuchtreklamen warfen bunte Lichter auf die schmierigen Bodenplanken.

Robin hämmerte auf den Rufknopf. Unbeeindruckt bewegte sich der Pfeil der Anzeige langsam auf die Acht zu. Robin trat von einem Bein aufs andere. Ohne nachzudenken, kratzte er sich am Oberarm – und zuckte zusammen, als sich ein jäher Schmerz meldete. Er hatte die Wunde vollkommen vergessen. Falanara hatte ihn doch gewarnt, nicht daran zu kratzen.

Aus einer Bar schräg gegenüber – der Roten Lola – drang plötzlich Gebrüll: »Lumpenpack! Lass dich hier bloß nicht mehr blicken. Deine Horoskope kannst du dir sonst wohin stecken!«

Zwei stachelige Pranken erschienen im Türrahmen und warfen ein Bündel hinaus. Es landete auf den schmierigen Planken, schlitterte über den Gang und knallte gegen die Wand direkt neben Robin. Das Eisen dröhnte. Ein Bauchladen wirbelte hinterher. Dutzende knallbunte Glückskekse segelten durch die Luft.

Das Bündel stöhnte und rappelte sich halb auf. Robin erkannte das Lumpenmonster aus der Eingangshalle wieder. Hilflos tastete es auf dem Boden herum. Robin klaubte das Doppelnoogle auf, das ihm vor die Füße geschlittert war. »Hier.«

Das Lumpenmonster blinzelte aus zusammengekniffenen Augen zu ihm hoch, ohne etwas erkennen zu können. Robin drückte ihm das Doppelnoogle in die Hand. Das Lumpenmonster setzte es auf die Nase, was die plinkernden Augenschlitze jedoch nicht weitete, sondern nur riesenhaft vergrößerte. Die Pupillen dahinter waren dunkel wie Brombeeren.

»Danke!«, sagte es mit heller Stimme, und Robin begriff, dass es sich um ein Lumpenmonstermädchen handelte. Sie lächelte scheu, stand auf und musterte die Trümmer ihres Bauchladens und die Glückskekse, die im Dreck lagen. »Willst du einen Glückskeks haben?«, fragte sie verzagt.

»Ähm … nein danke«, sagte Robin und schielte nach der Anzeige des Aufzugs. Der Zeiger bewegte sich weiter nach oben auf die Neun zu.

»Dachte ich mir«, seufzte sie, »so ein Mist. Ich hätte mir denken können, dass mit diesen Glückskeksen etwas nicht stimmt. Sie waren so günstig … jetzt weiß ich warum. Sie müssen verdorben sein. Sie bringen nur Unglück.«

Robin legte den Kopf schief und las einen der Zettel, der aus einem zerbrochenen Keks ragte: Meide Freitage. An diesem Wochentag wirst du sterben.

»Ich sollte bei meinen Pfannkuchenorakeln bleiben.«

»Pfannkuchenorakel?«, fragte Robin.

Sie merkte auf: »Soll ich dir eins machen? Du kriegst es umsonst, weil du mir geholfen hast.«

»Ich weiß nicht …« Robin schielte erneut auf die Anzeige über dem Lift. Der Zeiger ruckelte auf die Zehn zu. Verdammt, wie viele Decks hatte die Mall noch?

»Meine Kajüte ist gleich dahinten.« Das Lumpenmonstermädchen deutete mit der Hand nach links, plinkerte verwirrt und zeigte dann nach rechts. »Nein, da … Der Teig ist schon fertig. Geht ganz schnell. Ich habe natürlich kein Druidenauge, aber eine Kupferpfanne. Sie stammt noch von meiner Großmutter und ist ziemlich zuverlässig.« Sie kam so nah an Robin heran, dass der sich in dem Doppelnoogle gespiegelt sah.

»Ich sehe doch, dass du Probleme hast«, setzte sie nach. »Mein Pfannkuchenorakel kann dir helfen, sie zu lösen. Es kennt alle Antworten. Es kennt sogar einige Fragen … zum Beispiel, was gegen matschige Hortensien hilft.«

»Was?« Robin starrte sie an. »Woher weißt du …?«

Sie zuckte mit den Schultern: »Keine Ahnung, manchmal spür ich einen Stich, und dann ploppen Bilder in meinem Kopf auf.« Sie griff nach seinem Arm. »Wie heißt du eigentlich?«

»Äh … Robin.«

»Du kommst nicht von hier, oder? Ich auch nicht. Ich heiße übrigens Calliope.«

Verdattert ließ sich Robin mitziehen zu einem verbeulten Schott. Calliope schloss es auf, musste sich jedoch mit der Schulter dagegenwerfen, um die verklemmte Tür zu öffnen. In der kleinen fensterlosen Kabine war es eng, warm und schummrig. In einer Eisenschale unter einem Dreibein glühten Kohlen und tauchten die Kabine in rötliches Licht. Die Wände waren mit merkwürdigen Symbolen bemalt, von der Decke hingen Büschel mit Federn, getrocknetem Tang und Algen und eine mit Wasser gefüllte Ballonflasche voller Seegras und Anemonen. Aus dem Seegras krabbelte eine kleine Boxerkrabbe und richtete die Stielaugen neugierig auf das Geschehen unter ihr.

Calliope drückte Robin auf einen Schemel und setzte sich ihm gegenüber in einen löchrigen Korbsessel, dessen ausladendes Kopfteil an ein Pfauenrad erinnerte. Sie stellte eine arg zerbeulte Kupferpfanne auf das Dreibein, griff unter den Korbstuhl und beförderte eine große Schüssel mit blubberndem Teig ans Licht. Dann nahm sie ihren Zylinder vom Kopf und zauberte daraus einen angeschlagenen Kaffeebecher hervor. Mit einer Kelle schöpfte sie eine Portion Blubberteig in den Becher und hielt ihn unter Robins Nase. »Spucken!«, forderte sie ihn auf.

Robin tat wie ihm geheißen, woraufhin Calliope konzentriert mit dem Finger im Becher herumrührte. Siebenmal ging es linksherum, siebenmal rechtsherum, dann wieder siebenmal linksherum, bevor sie den Teig in die Pfanne fließen ließ. Es zischte und spritzte. Der Teig brutzelte, wölbte sich und warf Blasen. Dampfwölkchen stiegen auf. Ganz allmählich wurde der Pfannkuchen fest. Calliope rüttelte am Pfannenstiel und mit gekonntem Schwung wendete sie den Pfannkuchen in der Luft. Die Krabbe griff sich zwei plüschige Anemonen und wedelte mit ihnen herum wie ein Cheerleader.

»Jetzt wird es spannend«, sagte Calliope und beugte sich über den Pfannkuchen, der nicht anders aussah als jeder andere gewöhnliche Pfannkuchen auch. Doch Calliope schien in den knusprig gebratenen braunen Stellen mehr zu sehen. In ihre Betrachtung versunken murmelte sie undeutlich vor sich hin.

Plötzlich sagte sie: »Ui, du lässt aber auch nichts aus, oder?« Sie sah zu ihm auf und Robin zuckte zusammen. Auf einmal waren Calliopes Augen weit geöffnet und ihre Pupillen leuchtend türkis wie Meerwasser.

»W… was … wieso?«, stammelte er.

»Da ist jemand mächtig sauer auf dich. Hattest du kürzlich Ärger mit einer großen Katze?«

Robin dachte an Punchkiss. »Na ja … heute Morgen …«

Doch Calliope hatte den Blick schon wieder gesenkt. Aufgeregt fuhren ihre Finger über die dunklen Stellen des Pfannkuchens. »Aber da ist auch jemand, der dich beschützt. Er hat Fell und – irgendwas stimmt nicht mit seinen Augen …« Calliope rüttelte an der Pfanne. »Sieht aus, als ob er blind ist oder schielt?«

»Die Hortensien!«, unterbrach Robin sie, »was ist mit den Hortensien?«

»Ach ja, die Hortensien … warte mal … da!« Ihr Zeigefinger kreiste über einem gekrümmten kleinen Fleck. Sie legte den Kopf schräg. »Hmm, da ist was … sieht aus wie ein Gewürz, Kümmel oder so.«

»Kümmel?«

»Es hat eine lange Reise hinter sich. Es kommt nicht von hier.«

»Und das hilft? Wo kann ich es finden?«

»Ja, so sieht's jedenfalls aus. Und … es ist … es ist in einem großen Behälter mit gelben Ecken. Vielleicht einer Kiste oder ein Ko…«

»Wo? Wo finde ich diese Kiste?«

Calliope beugte sich noch tiefer über den Pfannkuchen. »Keine Ahnung, wo das sein soll, da sieht's ziemlich chaotisch aus … könnte eine Abstellkammer sein oder so. Hmm, mal sehen, was die andere Seite zeigt.« Erneut wendete sie den Pfannkuchen.

»Huch, was soll denn das sein?«, rief sie, richtete sich stocksteif auf und betrachtete verdutzt die Zeichnung des Pfannkuchens. »Ein Omen? So ein Zeichen hab ich ja noch nie gesehen!«

Die Krabbe huschte zurück ins Seegras.

Robin starrte auf den Pfannkuchen. In seinen Ohren brauste es. Im Gegensatz zu Calliope hatte er so ein Zeichen schon einmal gesehen.

In einem Lexikon. Der Mentores Mundi. Unter P.

Es war der Tatzenabdruck eines Parzers.

Kapitel 16

Honeys Farm

Robin floh Hals über Kopf aus Calliopes Kajüte und hetzte den Gang entlang. Er bahnte sich seinen Weg durch den kunterbunten Besucherstrom: Touristen, denen man ansah, dass allein der Blick in die halbseidenen Lokale ein Erlebnis für sie war, feuchtfröhliche Zecher, die offensichtlich einen Kneipenrekord brechen wollten, und Glücksritter, die mit hungrigen Augen dem nächsten Abenteuer entgegenfieberten. Im Schatten zwischen den grellen Leuchtreklamen bewegten sich verhüllte Gestalten, die erahnen ließen, wer die wahren Herrscher dieses zwielichtigen Unterdecks waren. Endlich gelangte Robin an die Fahrstuhltür. Er presste den Rufknopf bis zum Anschlag durch.

PLING! Das Messinggitter rasselte zur Seite, die Aufzugtüren glitten auf. Blindlings stürmte Robin in die Kabine – und prallte gegen Melvin. »Da bist du ja!«, rief der erleichtert, »ich hab mir schon …«

»Wohin möchten die Herrschaften?«, unterbrach der Liftglitsch und schob seine Mütze hoch.

»Haupthalle«, sagte Melvin.

»Sehr wohl«, leierte der Glitsch. »Deck sechs: Haupthalle. Ankunft und Abfahrt, Hausrat, Gartenzubehör …«

Melvin sah Robin aus den Augenwinkeln an. Seine Ohren zuckten. »Tut mir leid, dass ich dich eben so angepflaumt hab …«, begann er kleinlaut, »du hattest ja recht … ich kann verstehen, wenn du jetzt sauer bist.«

»Bin ich nicht«, sagte Robin, ohne ihn anzusehen.

»Echt nicht?«

Robin zögerte und fragte dann: »Glaubst du an Orakel?«

Melvin sagte ausweichend: »Na ja … eine Menge Monster schwören jedenfalls darauf, für die ist es fast so eine Art Sport. Es gibt einen Haufen Orakel, aber nicht alle sind seriös. Hühnerknochen kannst du vergessen, Pendel sind Oberquatsch, genauso wie Katzenstreu, Vogelschisse, Wasserdampf …«

PLING! Die Aufzugtüren öffneten sich und sie betraten die geschäftige Haupthalle. Sie stellten sich an der Schlange zur Abfahrt an. »… Blätterrauschen, Pottasche, Knoblauchzehen, Tonscherben, Kaffeesatz, Teeblätter …«, nahm Melvin den Faden wieder auf.

»Oder Pfannkuchenorakel?«, warf Robin beiläufig ein.

»Gibt's auch!« Melvin wedelte mit der Hand in der Luft und schnalzte mit der Zunge. »Aber es kommt darauf an, womit sie gebacken werden. Tongefäße sind schwerhörig, Teflonpfannen sehen alles durch eine rosarote Brille, Eisenpfannen neigen zur Schwarzseherei. Echte Kupferpfannen sind okay, aber selten und teuer. Heutzutage bestehen die meisten Kupferpfannen gar nicht aus purem Kupfer, sondern es wird Zinn beigemischt. Das sieht man der Pfanne von außen nicht an. Ein Orakel aus einer solchen Billigpfanne ist mit Vorsicht zu genießen: Es schwindelt dir glatt das Blaue vom Himmel runter oder macht aus allem ein Rätsel – und wenn du die Zeichen des Pfannkuchens nicht richtig deutest, kann das ziemlich übel ausgehen. Zum sechsten Geburtstag hat mir Helen ein Pfannkuchenorakel gebacken und einen glänzenden Schulstart vorhergesagt. Am nächsten Tag bin ich auf der frisch gebohnerten Aulatreppe ausgerutscht und habe mir drei Rippen gebrochen.«

»Also glaubst du an Orakel?«

Melvin wiegte den Kopf hin und her. »Na ja … also vor einem Pfannkuchenorakel, das in einem Druidenauge gebacken wurde, hätte ich schon Respekt. Aber wer hat schon eins? Soweit ich weiß, wurden fast alle Druidenaugen damals während der dunklen Epoche beschlagnahmt und eingeschmolzen. Aber sag mal, wie kommst du überhaupt darauf?«

»Ach, nur so …« Robin zuckte mit den Schultern und musterte die schimmernden Mahagoniplanken zu seinen Füßen. Er rang mit sich. Sollte er Melvin von Calliopes Pfannkuchenorakel erzählen? Und von dem Hinweis auf die mysteriöse Hortensienwundermedizin? Einen Kümmel, der sich in einer Kiste mit gelben Ecken verbarg, die in irgendeiner Abstellkammer weiß Gott wo stand? Puh, das klang schon ziemlich abgedreht … Wenn es stimmte, was Melvin sagte, dass Kupferpfannen gerne schwindelten, würde er riskieren, sich vor seinem besten Freund zu blamieren. Und wenn er das Risiko einging und von dem Orakel erzählte und Melvin es tatsächlich ernst nahm, was dann? So wie er ihn kannte, würde der nicht lockerlassen, bis Robin mit der ganzen Wahrheit rausrückte. Und dann müsste Robin ihm erzählen, was die Rückseite des Pfannkuchens gezeigt hatte. Melvin würde in Panik geraten, so wie damals im Leuchtturm, als er die Fälschung des angeblichen Parzerabdrucks im Lexikon gesehen hatte …

Inzwischen waren sie in der Reihe vorgerückt und Melvins Aufmerksamkeit wurde zum Glück abgelenkt. Bei dem Monster, das gerade prall gefüllte Einkaufstüten in ihr spitzenbesetztes Hatchpatch stopfte, obschon es ihr aus der Schleusenkammer entgegenquoll, handelte es sich um dieselbe Puffhornmonsterdame, die sich bei ihrer Ankunft in der Samtkordel verheddert hatte.

Melvin schüttelte den Kopf: »Ts, ts … sieh dir das an. Die braucht bestimmt Tage bis nach Hause – so vollgestopft, wie ihr Hatchpatch ist.« Er seufzte theatralisch, trat vor und half der dicken Monsterdame in ihr Hatchpatch hinein, was recht undamenhaft vonstattenging und nur mit beherztem Schieben und Drücken gelang. Als auch der letzte Spitzenbesatz von der Wand verschluckt worden war, warf Melvin sein eigenes Hatchpatch an die freie Stelle, und sie stiegen in die Schleusenkammer.

Melvin gab Robin eine Handvoll Reiselakritzen und füllte den Rest in die dafür reservierte Schublade. Eine weitere Handvoll Anchovis-Cracker ließ er in eine Schublade über der kaminartigen Einbuchtung fallen und schloss sie hastig. Kurz darauf ertönte ein dumpfer Laut, der einem Rülpsen erstaunlich nahekam. Die Schachtel mit den Anchovis-Crackern verstaute Melvin wiederum in einer anderen Schublade, in sicherem Abstand zum Kaminsims.

Er schob noch die Kleiderpuppe davor und hängte einen löchrigen Schottenrock darüber.

Dann stellte er sich startbereit hin. Robin, den Mund voller Lakritzen, trat hinter ihn und hielt sich fest. Seine Gedanken kreisten noch immer um Calliopes Pfannkuchenorakel. Er merkte nicht, dass Melvin die Dose Turbo-Exterminator aus der Tasche zog, bis er ihn laut rufen hörte: »Tod den Tunnelläusen!«

»Melvin, ni…« Weiter kam Robin nicht.

Augenblicklich füllte eine giftgrüne, stinkende Wolke die Schleusenkammer aus. Sie husteten und kniffen die Augen zu. Blindlings tasteten sie in dem beißenden Nebel umher, warfen Gerümpel um, stießen gegeneinander – und stürzten kopfüber in die Tiefe.

Robin spürte, wie er im Tunnel herumtrudelte und immer wieder gegen Melvin stieß. Seine Augen brannten wie Feuer. Er presste die Handballen auf die Augenlider, der Hustenkrampf raubte ihm den Atem. Er meinte, Melvin winseln zu hören. Irgendwann flogen sie aus dem Tunnel heraus. Zweige knackten, Laub raschelte. Robins Wunde meldete sich wieder mit pochendem Schmerz.

Sie würgten und husteten und sogen die frische Luft ein.

Robin rieb sich die Augen. Durch einen Tränenschleier hindurch sah er, dass sie in das höhlenartige Innere eines riesigen Rhododendronbusches gekracht waren.

Melvin schüttelte sich, schniefte und schimpfte: »Himmel, ist das Zeug scharf. Also eins ist mal sicher, das überlebt keine Tunnellaus.«

»Auch kein Mensch«, keuchte Robin. »Ich weiß ja nicht, was du heute noch vorhast, aber ich gehe jetzt zu Fuß nach Hause.« Er riss sich das Lumpenmonsterkostüm vom Leib und schmiss es ins Hatchpatch.

Plötzlich hauchte eine Stimme hinter ihnen: »Katze!«

Robin und Melvin schnellten auf dem Hosenboden herum.

Kaum einen Meter weit entfernt fand die seltsamste Teegesellschaft statt, die sie je gesehen hatten. Ein einohriger Stoffhase und eine schüttere Lumpenmarie saßen vor einem Baumstumpf, der mit angeschlagenen Untertassen, Dosendeckeln, Senfgläsern, Eier- und Zahnputzbechern gedeckt war. Am wunderlichsten war jedoch die Frau, die zwischen ihnen kauerte. Sie war gekleidet wie eine Fee. Wallende weiße Gewänder und Schals hüllten sie von Kopf bis Fuß ein, konnten jedoch nicht verbergen, wie dünn sie war. Ihre Haut war blass und durchscheinend wie Porzellan. Glattes Haar fiel ihr bis auf die Hüften und verbarg die Hälfte ihres schmalen Gesichtes. Wasserblaue Augen blickten wie zwischen einem halb geschlossenen rotblonden Vorhang hervor und beäugten die Überraschungsgäste und ganz besonders Melvin. Robin wagte kaum auszuatmen, aus Angst, der Luftzug könnte die Frau glatt wegpusten.

Ihre Arme hingen mitten in der Luft. Offensichtlich hatte sie gerade dem Stoffhasen aus einer Schnabeltasse etwas in seinen Eierbecher eingießen wollen. Ihr Mund lächelte. Doch ihre großen Augen blickten unendlich traurig und verstört, als ob sie etwas Wichtiges verloren und vergessen hätte, was es war.

»Katze!«, hauchte sie erneut, stellte die Schnabeltasse ab und beugte sich vor. »Feine Katze!« Ehrfürchtig strich sie Melvin über das Fell. Der war so überrascht, dass er vollkommen vergaß zu bluffen.

»Du bist nicht schwarz«, stellte sie fest, »du bist blau! Und wie hübsch deine Tupfen sind! Bunte Katzen sind gut!« Ihr Blick wurde unruhig. »Nicht so wie schwarze Katzen. Die sind böse. Sie kommen vom Berg runter und stehlen Kinder … sie machen, dass in ihren Köpfen immer Nacht ist, auch tagsüber …« Sie brach ab und griff sich an den Hals. Der Seidenschal rutschte herunter und Robin erstarrte. Unterhalb des rechten Ohrs hatte sie ein Feuermal. Die Form erinnerte an ein kleines Eichenblatt.

Ihm fiel der Morgen im Leuchtturm ein. Hatte Helen damals nicht ein kleines Mädchen erwähnt, das angeblich vom Parzer geholt und darüber verrückt geworden war? Wie hatte sie noch geheißen? Penny? Dotty? Conny?

»Wollt ihr auch eine Tasse Gänseblümchentee? Mr Babbit und Marylou haben Butterkekse mitgebracht.« Sie reichte dem verdutzten Melvin einen schmuddeligen Pappteller, auf dem Löwenzahnblüten lagen.

Plötzlich wehte eine Stimme zu ihnen herüber: »Bonnie? Bonnie, wo bist du? Dein Besuch kommt gleich.«

Genau, dachte Robin, Bonnie hatte das Mädchen geheißen. Nur, dass es kein Mädchen mehr war, sondern eine erwachsene Frau.

Bonnie schrak bei dem Klang der Stimme zusammen und spähte durch die Zweige des Rhododendronbusches. »Oh, nein, der weiße Drache!«, stieß sie aus.

Melvin und Robin folgten ihrem Blick. Ein weitläufiger Park, eingerahmt von einer hohen Mauer, stieg sanft zu einer kleinen Anhöhe an, mit einer Terrasse, die sich an der Rückseite eines großen, dreistöckigen Hauses erstreckte. Mit den verspielten Erkern, Türmchen, Tür- und Fensterbogen sah es aus wie ein kleines Schloss.

Auf der Terrasse wandelten einige Frauen und Männer ziellos umher, als ob sie träumten oder sich verlaufen hätten. Ein Mann trug ein Damenbettjäckchen über einer Nadelstreifenhose, eine Frau ein umgestülptes Salatsieb auf dem Kopf. Ein Gewirr an Drähten ragte daraus hervor, an denen Lametta flatterte.

Ganz vorne stand eine Frau, die ganz und gar nicht verträumt aussah. Sie war vollkommen in Weiß gekleidet, doch sie hatte nichts Feenhaftes an sich. Mit ihrer fassförmigen Figur und den raspelkurzen, eisengrauen Haaren, deren Ansatz tief in die Stirn reichte, erweckte sie den Eindruck eines streitlustigen Igels. »Bonnie? Komm jetzt. Wir wollen doch einen guten Eindruck machen!«, rief sie und ließ ihre flinken Knopfaugen durch den Park wandern.

Bonnie sah Robin und Melvin flehentlich an und presste einen Finger auf die Lippen. In wilder Hast häufte sie Blätter und Zweige auf sie und die Teegesellschaft.

»Bonnie!«, rief die Igelfrau nochmals und stemmte ihre recht kurzen, aber sehr muskulös aussehenden Arme in die Seiten.

In dem Moment kam die Frau mit dem Salatsieb zu ihr gelaufen. »Fang mich, ich bin ein Weihnachtself!«, kicherte sie, hopste um die Igelfrau herum und bewarf sie mit Lametta, was dieser kurzzeitig die Sicht nahm. Während die Igelfrau blindlings nach dem ausgelassenen Weihnachtself haschte, nutze Bonnie die Gelegenheit. Sie krabbelte aus dem Rhododendron heraus und huschte hinter den dicken Stamm einer Rotbuche ein paar Meter weit weg von ihrem Geheimplatz.

Inzwischen hatte der Weihnachtself auf der Terrasse beschlossen, dass auch die Topfpflanzen mit Lametta beglückt werden mussten, und ließ von der Igelfrau ab. Die strich sich die Silberfäden aus dem Gesicht und sah sich wieder suchend im Park um. Ihr Blick blieb an dem Rhododendron hängen.

Da tänzelte Bonnie mit Unschuldsmiene hinter der Rotbuche hervor und wirbelte Pirouetten drehend über den Rasen auf die Terrasse zu, wo die Igelfrau sie in Empfang nahm und energisch ins Haus führte.

Melvin schüttelte sich die Blätter aus dem Fell. »Blaue Katze? Ist ja verrückt!«

»Du sagst es.« Robin klaubte sich Zweige aus dem Haar.

»Was?«

»Wir müssen in Honeys Farm gelandet sein.«

Als er Melvins Blick sah, schob er nach: »Honeys Farm – die Klapse. Hier werden die Verrückten eingesperrt.«

»Ihr sperrt sie ein?«

Irgendwas an Melvins Tonfall ließ Robin vorsichtig werden. »Na ja, es ist ja nur zu ihrem eigenen Schutz. Sie könnten sich da draußen … ähm … wehtun … oder anderen.«

Melvin guckte geschockt. »So ein Quatsch! Die sind voll cool. Es sind Erleuchtete. Die haben so was wie den sechsten Sinn. Wir Monster verehren sie. Ihr solltet sie nicht wegsperren. Sie haben 'ne Menge zu bieten.«

Robin sah nochmals zur Terrasse hinüber. Der Mann mit dem Bettjäckchen verbeugte sich gerade galant vor einer mit Lametta glitzernden Topfpflanze und gab einem ihrer Blätter einen Handkuss.

Robin seufzte und beschloss das Thema jetzt nicht weiter zu vertiefen. »Lass uns abhauen, bevor uns jemand entdeckt.«

Melvin schnüffelte am Hatchpatch. »Puh! Es stinkt immer noch. Wir werden wohl laufen müssen.«

Da sah Robin das Tor schräg hinter dem Haus aufgehen. Eine schwarze Limousine glitt über die Kieseinfahrt und verschwand außer Sicht auf der Vorderseite des Hauses.

Das Tor schloss sich automatisch und sehr gemächlich. Wenn sie sich beeilten, konnten sie gerade noch durchwitschen.

»Los, komm!«, zischte Robin und sprintete los. Melvin raffte das Hatchpatch zusammen, bluffte und rannte hinterher. Robin sauste von einer Deckung zur anderen, von Baumstamm zu Baumstamm, von Busch zu Busch, quer durch einen Laubengang, um die Hausecke herum – und blieb so plötzlich stehen, dass Melvin gegen ihn knallte und er fast vornüber in den Kies des Vorplatzes gerutscht wäre.

»Sch-sch!« Hastig griff Robin hinter sich ins Leere und erwischte ein Stück Fell. Er zwang Melvin, sich mit ihm hinter eine pompöse Ziersäule zu ducken, auf der eine Steinamphore thronte, aus der ein gigantischer Farn wucherte. Er linste zwischen den Wedeln hindurch.

Der schwarzen Limousine entstiegen ein Mann und ein Junge im feinen dunklen Sonntagsstaat. Der Mann fingerte nervös an seinem perfekt sitzenden Krawattenknoten. Die Arme des Jungen hingen schlaff herab, genauso wie der Rucksack, der von einer Schulter baumelte. Hoffnungsvoll blickte der Mann die Eingangstreppe hoch. Der Junge rührte sich nicht. Er starrte auf die Kiesel zu seinen Füßen, als wünschte er sich nichts sehnlicher, als durch einen spontanen Schrumpfzauber so klein zu werden, dass er sich unter einem von ihnen verstecken konnte.

»Ich werd verrückt!«, hauchte Melvin atemlos. »Was macht der denn hier?«

Das fragte sich Robin auch gerade.

Was hatte Frederick Blueford in Honeys Farm verloren?

Da trat die Igelfrau aus dem Haus und führte Bonnie am Arm die Treppen hinunter.

»Guten Tag, Professor Honeywell«, sagte der Mann zu der Igelfrau, ohne den Blick von Bonnie abzuwenden.

Professor Honeywell verkündete forschfröhlich: »Oh, Mr Blueford, wir haben im letzten Monat große Fortschritte gemacht – nicht wahr, Bonnie?« Sie wandte sich an ihre Patientin, in deren Augen ein Funke Furcht aufglomm.

Professor Honeywells Griff um Bonnies Arm wurde fester. »Sieh doch mal, Bonnie, wer da ist. Dein Mann und dein kleiner Junge.« Sie sprach langsam und überdeutlich, als wollte sie Bonnie ein Stichwort geben zu einem Text, den sie mit ihr mühselig auswendig gelernt hatte.

Urplötzlich begriff Robin, was Freddy hier verloren hatte.

Vielmehr wen: seine Mutter.

Freddys Vater machte einen zögerlichen Schritt auf Bonnie zu. Die wich zurück und nun flackerte echte Panik in ihrem Blick auf. Ihre Lippen bewegten sich, formten zischende Laute, zunächst kaum hörbar, dann immer deutlicher: »Katzen. Katzen. Schwarze Katzen. Böse Pratzen. Katzentatzen. Töten, rauben, hetzen, kratzen …«

Ihre Stimme wurde immer schriller. Sie riss sich los und stürmte ins Haus. Professor Honeywell und Mr Blueford hasteten ihr nach.

Ihr Rufen und das Klappern ihrer Schritte auf dem Marmorboden hallten nach. Freddy blieb eisern stehen, sah nicht einmal hoch, kniff nur die Lippen zusammen und kickte in den Kies. Ein Stein schoss durch die Farnwedel hindurch und traf Melvin. »AH!«

Robin bekam einen unsichtbaren Schlag ab, als Melvin die Arme hochriss, und knallte gegen die Ziersäule, die samt Amphore vornüberkippte und auf den Kies donnerte.

Freddy stolperte vor Schreck zurück – und erstarrte, als er sah, wer sich hinter der Säule verborgen hatte.

In Sekundenschnelle durchlief seine Gesichtsfarbe sämtliche Schattierungen von Weiß über Pink zu Karminrot. »DU!«, schleuderte er Robin entgegen, ließ den Rucksack fallen und ballte die Fäuste. »DU!«, wiederholte er atemlos. Er zitterte vor Wut und brachte die nächsten Worte nur stoßweise hervor. »Ein-Wort-zu-irgendjemand-und-du-bist-tot-Miller!«

Robin hörte Melvin leise knurren. »Nicht!«, raunte Robin aus dem Mundwinkel heraus und schüttelte kaum merklich den Kopf. Natürlich hatte er eine Heidenangst vor Freddy. Aber gleichzeitig spürte er auch die Angst, die sich hinter Freddys Wut verbarg und die größer war als seine eigene.

Die Welt schien sich auf den Kopf zu drehen.

Seit Robin denken konnte, hatte Freddy ihn gepiesackt und verhöhnt, ohne dass Robin je gegen ihn angekommen war. Erst mit Melvins Auftauchen hatte sich die Situation gebessert, auch wenn ab und an immer noch der hämische Singsang an sein Ohr drang: *Robin Miller Käsefratze kriegt später mal 'ne fiese Glatze, ist winzig wie ein Rattenfloh und wohnt in Opas Katzenklo.*

Und nun musste Robin feststellen, dass ihn mit seinem ärgsten Feind ein ähnliches Schicksal verband. Freddy hatte zwar noch seinen Vater, doch seine Mutter …

Er fragte sich, was schlimmer war. Eine Mutter, die gestorben war? Oder eine Mutter, die verrückt war, die ihren eigenen Sohn nicht erkannte, ihn in ihrem Wahn für eine schwarze böse Katze hielt und panisch vor ihm floh?

»Es tut mir leid«, hörte er sich mit rauer Stimme sagen.

Freddys Kiefer mahlten. Hasserfüllt spie er aus: »Leid? LEID?« Es schüttelte ihn geradezu vor Wut. Gleich würde er sich auf Robin stürzen …

Da erregte etwas in Robins Augenwinkel seine Aufmerksamkeit. Hatte sich Freddys Rucksack eben bewegt? Und während er das noch dachte, wehte ein Geruch zu ihm herüber, der ihm vertraut vorkam. Ein Hauch von altem Camembert! Hatte Freddy etwa …?

Robins Mitgefühl für Freddy verflog augenblicklich. »Rück ihn sofort raus!«

»Was?« Freddys Blick huschte zum Rucksack.

»Tu nicht so! Du hast Stilton geklaut!«

»Wer soll das sein?«, schoss Freddy zurück, doch er rieb sich unwillkürlich die Stelle zwischen Daumen und Zeigefinger, wo sich die Narbe befand, die ihm Stilton verpasst hatte, als er Imogens Beutel geklaut und ahnungslos hineingelangt hatte.

Offensichtlich hatte Freddy Imogen die Geschichte mit den Schnappdisteln nicht abgekauft. Er hatte ihr nachspioniert und herausgefunden, was sich wirklich in dem Beutel befand. Und nun hatte er aus Rache Imogens heiß geliebte Schildkröte gekidnappt.

Oh, wie gemein!

Robin hasste sich dafür, aber er musste den Trumpf ausspielen, den ihm Freddy unfreiwillig überlassen hatte. Und ein ganz kleines bisschen genoss er es auch. Zum ersten Mal war er Freddy überlegen. Er straffte die Schultern, ging auf Freddy zu und hob die geballten Fäuste, als ob er auf ihn losgehen wollte. Freddy ging ebenfalls in Angriffsstellung und holte zu einem Schwinger aus.

Blitzschnell tauchte Robin unter dem Arm hinweg, schnappte sich den Rucksack und holte Stilton heraus. Er schien unverletzt zu sein.

Robin sah Freddy fest in die Augen und sagte sehr leise: »Wenn Imogen oder Stilton jemals etwas passiert, wirst du einen Zettel am Schwarzen Brett in der Schule finden. Alle werden ihn lesen, alle werden es wissen: Freddy Blueford Käsefratze hat 'ne Mutter in der Klapse …«

Kapitel 17

Kümmel & Königinnen

An den Stamm einer Trauerweide gelehnt, saßen Robin und Melvin etwas abseits der Straße, die sich von Norden her und an Honeys Farm vorbei den Hügel hinab ins Tal schlängelte. Von hier oben hatte man eine schöne Aussicht auf Oaksend, das wie ein Nest im Schutz der umliegenden fünf Hügel lag. In der Ferne konnte man den Druidenschlupf erkennen. So nannte man die kleine Höhle hoch oben an der Flanke des Chanthill, wo sich einst Druiden versteckt haben sollen.

Eine noch ältere Legende besagte, dass die fünf Hügel – Chanthill, Fulton, Glaisten, Kinnar und Tarrock – aus fünf Eiern entstanden waren. Ein Drachenweibchen soll sie hier vergraben haben, bevor sie auf ihrer Flucht vor Gregor, dem Greulichen, so schwer verletzt wurde, dass sie in den Schlund des Mount Jesponas stürzte, der damals noch ein Vulkan gewesen war.

Diese Legende und die schöne Aussicht konnten Robin und Melvin im Moment kaum gleichgültiger sein. Sie rieben sich die schmerzenden Füße. Der Weg von Honeys Farm nach Oaksend war viel länger, als sie gedacht hatten. Und nun schien sich auch noch ein Gewitter zusammenzubrauen. Schwere, dunkle Wolken wälzten sich über den Himmel auf Oaksend zu. Doch es blieb ihnen nichts anderes übrig, als den langen Fußmarsch in Kauf zu nehmen. Das Hatchpatch dünstete immer noch giftgrüne beißende Schwaden aus.

Schon seit einer Stunde waren sie unterwegs, doch sie hatten in der Zeit kaum miteinander gesprochen. Jeder hing seinen eigenen Gedanken nach.

Robin ging Freddy nicht aus dem Kopf, und Melvin …

»Wahnsinn, das mit Freddy«, sagte der just in dem Augenblick und nickte anerkennend. »Du hast ja vorhin schnell geschaltet. Ich hatte zuerst gar nicht überrissen, dass die Buschfrau seine Mom ist. Und wie du ihn dann mundtot gemacht hast«, Melvin schnitt mit der Handkante durch die Luft. »Zack! Eiskalt abserviert. Auf die Idee wäre ich gar nicht so schnell gekommen. Hast du gesehen, wie der geguckt hat?«

Robin zuckte unschlüssig mit den Schultern. So richtig konnte er seinen Triumph nicht genießen. Leise Gewissensbisse regten sich in ihm. War das wirklich fair gewesen? Robin hatte mit dem Finger in einer Wunde gebohrt, für die Freddy absolut nichts konnte. War es fair, jemandes schwächsten Punkt so auszunutzen?

Andererseits, es handelte sich hier um Freddy. Hatte der jemals Skrupel gehabt, jemals Gnade gezeigt? Und überhaupt: Verdiente jemand, der Haustiere kidnappte, Fairness? Nein, dachte

Robin entschieden und schüttelte seine Zweifel ab. Manche Menschen brauchten anscheinend die ganz harte Nummer, bis sie merkten, dass ihre Mitmenschen keine Fußabtreter waren.

Melvin hob plötzlich den Kopf. »Hey, da kommt jemand.«

Er bluffte sich weg. Robin horchte. Bis auf das Geräusch des Windes, der durch die Blätter der Trauerweide strich, war nichts zu hören. Seit die Autobahn vor ein paar Jahren gebaut worden war, nutzte kaum noch jemand die holprige, enge Landstraße, die sich durch die sanfte Hügellandschaft der Oakys schlängelte und die früher sogar die einzige Verbindung nach Dullcliff gewesen war, das jenseits des Mount Jesponas hoch oben im rauen Norden lag. Außer vielleicht die Blonskys, weil ihre Karre für die Autobahn viel zu langsam war, dachte Robin, und in derselben Sekunde hörte er das ferne Knallen einer Fehlzündung, gefolgt von dem gequetschten Trompetenstoß der Hupe, mit der Theo Blonsky vor Kurven Alarm gab.

Die Kakofonie aus Hupen, Fehlzündungen und dem Quietschen verschlissener Stoßdämpfer schwoll an, dann schaukelte das vorsintflutliche Vehikel um die Kurve. Es wurde langsamer. Bremsen knirschten, dann kam der schwarze Milchwagen mit der Aufschrift »Blonsky & Blonsky« stotternd zum Halt, genau auf Höhe der Trauerweide. Theo Blonsky sprang bei laufendem Motor aus dem Führerhaus und hastete, ohne nach rechts oder links zu sehen, ins Gebüsch, um auszutreten.

Robin grinste und flüsterte: »Taxi gefällig?«

»Immer!«, kam es zurück.

Robin flitzte geduckt los und probierte die Klinke der Tür zum Laderaum. Sie war nicht abgeschlossen. »Melvin …?«

»Direkt hinter dir!«, erklang Melvins Stimme.

Hastig kletterten sie in den dunklen Laderaum des Milchwagens und schlossen die Türen. Keine Sekunde zu spät. Theo Blonsky kehrte erleichtert pfeifend aus dem Gebüsch zurück, die Fahrertür schlug zu, ein Gang krachte, es ruckte, und schon gondelten sie los. Jede Unebenheit der alten Straße versetzte den Milchwagen in abenteuerliche Schaukelbewegungen. Robin und Melvin schwankten Halt suchend zwischen der schlingernden Fracht, die nur als undeutlicher Schemen zu erkennen war. Da bekam Robin einen massiven Metallbügel zu fassen. Melvin stolperte gegen ihn und krallte sich an ihm fest: »Ob das so eine gute Idee war?« Seine Worte gingen in einem krachenden Donnern unter. Eine Sekunde später prasselte ein Wolkenbruch gegen die Karosserie und machte jedes weitere Gespräch unmöglich.

Irgendwann spürten sie, dass die Straße ebener und glatter wurde, und wussten, sie waren im Tal angekommen. Theo karriolte durch Oaksend, bog dann irgendwo ab, wendete und kam schließlich zum Halt. Sie hörten die Fahrertür schlagen, und Theo fluchte: »Sauwetter …«

Leos Stimme rief: »Theo, lass die Karre erst einmal auf dem Hof stehen. Wir laden später aus.«

Sie hörten Theos patschende Schritte, als er über den Hof eilte.

Melvin öffnete die Tür eine Handbreit und linste vorsichtig

hinaus. In dem grauen Lichtschein, der in den Laderaum drang, erkannte Robin, dass es sich bei dem Metallbügel, an den sie sich die ganze Zeit geklammert hatten, um einen der Tragegriffe eines Sarges handelte. Er stolperte vor Schreck zurück und stieß gegen Melvin, der das Gleichgewicht verlor. Sie stürzten aus dem Milchwagen und landeten auf dem Pflaster des Hofes, der sich bei dem strömenden Regen in einen flachen See verwandelt hatte. Melvin bluffte und rannte Robin hinterher, durch das geöffnete Scheunentor in die Trödelhalle hinein.

Hier sah es nicht viel anders aus als auf dem Dachboden am Mistelweg – nur war die Halle ungefähr zehnmal größer und voller. Um die Übersicht zu behalten, hatten die Blonskys Schilder aufgestellt, die den Weg durch diese Miniaturstadt aus Trödel wiesen: Klamottenstraße, Koffergasse, Möbelallee, Porzellanplatz, Hausratchaussee, Büchertunnel, Briefmarkenpfad, Schallplattenecke …

Melvin schüttelte sich trocken, dass es nur so spritzte. Robin war nun nicht nur feucht, sondern klatschnass. Stilton hatte die ganze Zeit in einer von Melvins Felltaschen gepennt. Jetzt steckte er plötzlich den Kopf heraus, als ob er etwas witterte. Robin zog ihn ganz heraus, bevor jemand sah, dass mitten in der Luft ein Schildkrötenkopf schwebte.

Melvin entwich ein leiser Juchzer. Robin spürte noch den Luftzug, den er verursachte, als er lossprintete. Er brauchte Melvin nicht zu sehen, um zu wissen, wo der hinsteuerte. Natürlich in die Schallplattenecke.

Gedämpft drangen die Stimmen der Blonsky-Brüder aus der Porzellangasse. Offensichtlich hatten es sich die beiden mit einer Tasse Tee gemütlich gemacht und warteten darauf, dass der Regen nachließ, um mit dem Ausladen beginnen zu können.

Robin musste Stilton inzwischen mit beiden Händen festhalten. Die Schildkröte strampelte mit allen vieren wild in der Luft herum. Aus der Koffergasse drang plötzlich ein Poltern und eine Staubwolke stob zur Hallendecke.

»Imogen? Alles in Ordnung?«, erscholl Leos Stimme vom Porzellanplatz her.

»Nichts passiert!«, rief Imogen aus der Koffergasse zurück. Ihre Stimme klang etwas gepresst.

Theo rief: »Mach mal eine Pause, Kleines. Komm rüber und trink einen Tee mit uns. Deine Schildkröte taucht schon wieder auf. Manchmal finden sich die Dinge schneller, wenn man nicht nach ihnen sucht.«

Hustend kam Imogen aus der Koffergasse heraus und blieb wie vom Donner gerührt stehen, als sie Robin mit dem strampelnden Stilton sah. »Du hast ihn gefunden!«, stieß sie aus.

Tränen schossen ihr in die Augen, als sie die Schildkröte in Empfang nahm, die sofort aufhörte zu strampeln und Imogen vor Freude die Nasenspitze ableckte. Imogen war so selig, dass sie gar nicht auf den Gedanken kam, Robin zu fragen, wo er Stilton gefunden hatte. Stattdessen überfiel sie ihn mit einer tränennassen Umarmung. Robin hatte keine Chance, er stand stocksteif in der Umklammerung da und betete, Melvin möge nicht ausgerechnet jetzt aus der Schallplattenecke zurückkommen. Aber es kam noch schlimmer: Ehe er sich's versah, schmatzte es laut, und seine Wange fühlte sich plötzlich sehr feucht an.

Robin hätte in diesem Moment seinen rechten Arm dafür gegeben, nur für eine Sekunde bluffen zu können wie Melvin.

Später am Abend, in Melvins Kammer, sagte Melvin verschmitzt: »Sie mag dich!«

Robin warf ihm einen vernichtenden Blick zu.

»Sie mag dich wirklich! Sie hat dich geküsst!«, kicherte Melvin.

Natürlich war Melvin genau in dem Augenblick aus der Schallplattenecke zurückgekommen, als Imogen … Allein schon bei der Erinnerung daran spürte Robin, wie seine Wangen heiß und rot wurden.

Melvin bohrte nach: »Wie fühlt sich so ein Menschenkuss eigentlich an – so ganz ohne Fell?«

»Ich will nicht darüber reden«, grollte Robin und würgte die Musiktruhe ab, aus der gerade die ersten Takte von *Kann denn Liebe Sünde sein?* erklangen.

Melvin gluckste und warf das Hatchpatch an die Wand. Aus dem Loch drangen immer noch blassgrüne, übel riechende Schwaden vom Turbo-Exterminator-Spray – nun auch noch angereichert mit dem Geruch der Flitzbits-Cracker. Das strenge Anchovis-Aroma drang selbst durch die geschlossene Schublade, in der Melvin die Schachtel verstaut hatte. Punchkiss linste schiefmäulig über den Rand der Hängematte und stieß ein übel gelauntes Fauchen aus.

Melvin stülpte sich eine Taucherbrille über, schnappte sich einen Schlauch und eine Ballonflasche voll Luft. »Nöd, nass nir nur eine Nauchernille naben«, näselte er. »Na, nann, nis näter ...!« Er winkte und tauchte im Hatchpatch ab.

Robin fand es überhaupt nicht blöd, dass sie nur eine Taucherbrille hatten. Er riss sich nicht darum, mit dem verseuchten Hatchpatch zu Big Ben zu fahren, um die Jarverfalle zu holen.

Er öffnete den Überseekoffer, um sein Lumpenkostüm hineinzulegen – und hielt inne. Calliopes Pfannkuchenorakel fiel ihm wieder ein: *... es sieht aus wie ein Gewürz, Kümmel oder so ... und es hat eine lange Reise hinter sich. Es kommt nicht von hier ... es ist ... es ist in einem großen Behälter mit gelben Ecken. Vielleicht einer Kiste oder* ... einem Koffer!, schoss es Robin durch den Kopf. Er starrte den Überseekoffer seiner Mutter an, dessen Ecken mit mattgoldenen Messingkappen verstärkt waren. Überseekoffer nahm man auf weiten Reisen mit sich. Und Rose hatte sehr weite Reisen gemacht. Rufus hatte sie als Kind auf Expeditionen mitgenommen. Sie war praktisch im Dschungel aufgewachsen.

War es möglich, dass an Calliopes Pfannkuchenorakel doch etwas dran war? Dass es eine Hortensienwundermedizin gab? Und dass sie ausgerechnet in Roses Koffer war?

Mit fliegenden Händen holte Robin allen möglichen Plunder

aus dem Koffer und breitete ihn auf dem Boden aus. Punchkiss sah ihm aus der Hängematte zu.

Robin warf einen einäugigen Teddybären über die Schulter, einen Seidenschal, einen schäbigen Fellbeutel, der unappetitlich roch … Punchkiss sprang aus der Hängematte und stürzte sich auf den Beutel, als sei er eine Maus. Er schlenzte die vermeintliche Beute spielerisch zu Robin, der sie achtlos zurückschlenzte und weiter im Koffer wühlte.

Er zog ein Notizbuch hervor – und zögerte. Er schlug es auf, obwohl er wusste, dass es sinnlos war. Seine Mutter Rose hatte es nie benutzt. Aber es hatte ihr gehört. Der Geruch nach Papier, Staub und einem Hauch von Sandelholz umwehte Robin. Seine Fingerspitzen strichen über die vergilbten Seiten.

Punchkiss spielte hinter seinem Rücken mit dem Beutel Katz und Maus und tollte durch die Kammer. Er warf die Nachttischlampe um, die krachend auf den Dielen landete. Schlagartig wurde es dunkel, bis auf einen Streifen Mondlicht, der durch das kleine runde Giebelfenster fiel.

Robin, der schon einen saftigen Fluch auf den Lippen gehabt hatte, stockte der Atem. Punchkiss raunzte frustriert und hangelte mit einer Pfote frenetisch nach dem Beutel, der außer Reichweite unter den Sessel geschlittert war.

Robin nahm es nicht wahr. Er starrte auf das Notizbuch.

Auf den eben noch leeren Seiten, beschienen vom silbrigen Mondlicht, bildeten sich Buchstaben und Wörter heraus und formten Sätze …

Nun sind Walter und ich also doch in den Mistelweg gezogen. Wer hätte gedacht, dass ich jemals an meinen Geburtsort, jemals nach Oaksend zurückkehren würde? Das alte Haus gleicht einem Mausoleum. Wir werden hier tüchtig ausmisten müssen. Das hübsche Erkerzimmer soll das Kinderzimmer werden.

Die düsteren, schweren Möbel sind deprimierend, allen voran dieses Monster von Kleiderschrank mit seinen absurden Schnitzereien von Weintrauben, Ranken und fetten Waldgeistern oder was immer das sein soll. Der ovale Spiegel glotzt einen an wie ein böses Auge.

Walter hat Rory Gilligan gebeten, ihm zu helfen, dieses Ungetüm auf den Dachboden zu schaffen.

Die Nachbarin, Mrs Stickforth, ist etwas sonderlich. Als ich mich ihr letzte Woche als neue Nachbarin vorgestellt habe, hat sie nur einen scheelen Blick auf meinen dicken Bauch geworfen, etwas von Blagenpack gemurmelt und mir die Tür vor der Nase zugeknallt.

Ich glaube, Mrs Stickforth mag Kinder nicht besonders. Das kann ja lustig werden, wenn Robin erst einmal da ist.

Zum Glück ist Mrs Stickforth gestern verreist. Das gibt mir Gelegenheit, die Brombeerstaude, die *neben dem Haus vor sich hin kümmert, mit dem Dschungelkümmel zu behandeln, den ich noch aus dem Amazonas habe. Wenn Mrs Stickforth in drei Wochen zurückkommt, müsste die Brombeere bereits so groß sein, dass sie uns vor den allzu neugierigen Blicken des alten Drachens …*

In der Kammer wurde es plötzlich dunkel. Eine Wolkenwand hatte sich vor den Mond geschoben. Robin tastete fahrig nach der Nachttischlampe, hob sie auf und knipste sie an. Er neigte das aufgeschlagene Notizbuch in den Lichtschein. Nichts. Die Seiten waren wieder leer. Robin schüttelte das Buch, die Seiten raschelten, doch sie blieben blank. Robin sank auf die Knie, den Blick ins Leere gerichtet. Was ging hier vor? War das ein Trick? War das Zauberei? Gab es Bücher, die bluffen konnten? Oder hatte er sich das alles nur eingebildet?

Was auch immer es war, er wollte es wiederhaben. Die wenigen Zeilen seiner Mutter ließen ihn von einer Wärme durchströmen, wie er es zuvor noch nie erlebt hatte. Er schlang die Arme um das Notizbuch und drückte es an seine Brust. Mit geschlossenen Augen versuchte er, sich das Gefühl einzuprägen, es festzuhalten …

Er war erst zwei Jahre alt gewesen, als seine Eltern starben, und er hatte keine Erinnerung an sie. Doch nun schien Rose aus der Vergangenheit zu ihm vorzudringen, durch das Notizbuch gleichsam zu ihm zu sprechen. Er stellte sich ihre Stimme vor. Sanft und ruhig – so ähnlich wie die von Melvins Mom. Eine Stimme, die sich schützend um einen legte, wie ein warmer Mantel an einem stürmischen, kalten Herbsttag.

Er war so überwältigt von diesem vollkommen neuen Gefühl, dass er fast vergaß, was er eigentlich gelesen hatte.

Irgendwas von dem Monsterschrank und von Mrs Stickforth, die verreist war, und dass Rose etwas mit einer kränklichen Brombeerstaude angestellt hatte, sie mit irgendetwas behandelt hatte, damit sie gesund wurde und schnell wuchs … Wie hatte das Zeug geheißen? Dschungelkümmel? Plötzlich vermeinte er, wieder Calliopes Stimme zu hören: … *es sieht aus wie ein Gewürz, Kümmel oder so …*

Robin legte das Notizbuch zur Seite und durchwühlte mit fahrigen Händen die noch im Koffer befindlichen Sachen. Dschungelkümmel. Wenn es tatsächlich im Koffer war, wie mochte es aussehen? Worin war es aufgehoben? In einer Dose? In einer Schachtel? In einem Schraubglas? In einem …

In dem Moment ertönte vom Sessel her ein triumphierendes Miauen. Punchkiss hatte es doch noch geschafft, den Beutel unter dem Sessel hervorzufischen, und gab ihm mit der Kralle einen Hieb.

Der Beutel schlitterte auf Robin zu, eine Spur von etwas hinterlassend, das aussah wie Mäusekötel, und kam an seiner Fußspitze zum Halt. Robin sah auf den Beutel herunter, dann zu Punchkiss.

Der Kater pflanzte sich auf sein Hinterteil und fixierte Robin mit seinem neongelben Blick.

»Das … ist das … Dschungelkümmel?«, sagte Robin mehr zu sich selbst. Für eine Sekunde sah es fast so aus, als verdrehte Punchkiss die Augen, dann wandte er Robin den Rücken zu und fing an, sich ausgiebig zu putzen.

Robin schnappte sich den Beutel und war schon mit einem Bein im Durchlass zum Monsterschrank, da lief er nochmals zurück und holte das Notizbuch. Er rannte aus der Kammer, schlängelte sich durch das Gerümpel des Dachbodens und zur Bodenluke. Er polterte die Geheimtreppe hinunter in seinen begehbaren Kleiderschrank. In seinem Zimmer stoppte er, sah sich um und stopfte das Notizbuch kurzerhand unter seine Matratze.

Mr Moon, der im Erker lümmelte, schielte fragend zu ihm herüber, doch Robin hatte beschlossen, Melvin vorerst nichts von dem Notizbuch zu erzählen. Ein Gefühl sagte ihm, dass es selbst für Monster ungewöhnlich war, wenn Geisterschriften herumspukten.

Er rannte mit dem Beutel nach unten in die Küche, stürmte auf die Veranda und quer durch den Garten zu Mrs Stickforths Grundstück. Er hechtete über den Zaun und kam auf Knien schlitternd vor den Hortensienbüschen zum Halt.

Wenn es sich bei den Mäuseköteln wirklich um Dschungelkümmel handelte, war er gerettet. Er zögerte. Und wenn nicht? Er warf einen Blick hinüber auf den Brombeerstrauch, dessen dichtes Geschlinge fast bis ans Dach von Rufus' Haus reichte, dann wieder auf die zermatschten Hortensien vor sich. Viel schlimmer konnte es eigentlich nicht werden, oder?

Er mischte den Mäuseköteldschungelkümmel mit der Erde rund um die Hortensienbüsche und drückte alles sorgfältig fest. Dann stand er auf und wischte sich die Erde von den Händen.

Was hatten Rory und Grubbs über Hortensien gesagt? Es seien Altweibergewächse. Insgeheim gab Robin ihnen recht. Mit ihren plüschigen Blüten erinnerten sie tatsächlich ein wenig an dicke, alte, umständliche Tanten – die Sorte, die andauernd in Ohnmacht fiel, Spitzentaschentücher benutzte und beim Teetrinken geziert den kleinen Finger abspreizte.

Vielleicht waren Hortensien aber ganz anders? Vielleicht tat alle Welt ihnen unrecht? Und vielleicht waren Hortensien genau deshalb so zickig – weil sie spürten, wie abfällig alle über sie dachten?

Quatsch, rief sich Robin zur Ordnung. Pflanzen hatten doch keine Gefühle. Oder doch?

Er schürzte nachdenklich die Lippen und schaute sich um.

Keiner konnte ihn sehen, niemand würde es je erfahren.

Er beugte sich vor und flüsterte den Hortensien zu: »Ich finde nicht, dass ihr ausseht wie alte Weiber. Ich finde, ihr seht … sehr schön aus … wunderschön … wie Königinnen!«

Kapitel 18

Holymolys

Am nächsten Morgen standen Robin und Melvin recht mitgenommen im verwilderten Kürbisbeet hinter der Garage und betrachteten Big Bens Falle – Robin mit Zweifeln und Melvin mit verquollenen, geröteten Augen. Trotz Taucherbrille und Luftflasche hatte ihm die Fahrt zu Big Ben mit dem verseuchten Hatchpatch sichtlich zugesetzt. Nun hing es zum Auslüften an der Wand in Melvins Kammer, aus der beide gestern Abend nur mit Mühe und Not hatten entkommen können. Punchkiss hatte mal wieder einen Kammerkoller bekommen und sie aus heiterem Himmel attackiert, als sie ihm Futter brachten. Um den Kater zu besänftigen, hatte Robin das Geld angebrochen, das Rufus ihm dagelassen hatte, und in Mr Boons Laden feinste Gänseleberpastete gekauft. Doch Punchkiss warf nur einen verächtlichen Blick auf die Delikatesse, schmetterte den Napf mit der Tatze quer durch die Kammer und ging zum Angriff über. Mit Gänseleberpastete in Haar und Fell ergriffen Robin und Melvin die Flucht. Als sie dann schwer atmend mit dem

Rücken gegen den Durchlass zur Kammer im Monsterschrank sanken, vernahmen sie durch das Holz hindurch ein Geräusch, als ob Krallen mutwillig über Schallplatten fuhren. Melvin hatte sich in stummer Qual an die Brust gefasst. Sie hatten sich nicht mehr in die Kammer getraut, um das Hatchpatch zu holen.

Robin, dessen Wange frische Kratzspuren zierten, sagte nun mit Blick auf die Falle, die an eine wabblige Rieseneistüte erinnerte: »Das ist also eine Jarverfalle?«

Melvin wackelte mit dem einen Ohr, das andere hing auf halb acht und wies seit Punchkiss' Attacke eine kesse Sägezahnkante auf.

»Hmm. Jetzt fehlt nur noch der Köder.«

Robin drehte den Deckel von dem fingerhutartigen Döschen ab, das Grubbs ihnen gegeben hatte. Er hatte einen durchdringenden Geruch erwartet, doch der Sherman-Spezial roch – nach gar nichts.

»Nur zu! Der Köder muss ganz in die Spitze«, sagte Melvin und hielt mit beiden Händen den Trichter aus geflochtenem Schilfgras hoch.

Robin langte mit dem Arm bis zur Schulter hinein und schob den Köder so tief wie möglich in den Trichter. Zur Spitze hin wurde die Falle so eng, dass Robin den Köder nur noch mit dem Zeigefinger weiterstupsen konnte. Als er endlich festsaß, wollte Robin den Arm wieder aus der Falle ziehen – doch die gab ihn nicht mehr frei. Im Gegenteil. Je mehr er zog, desto fester schnürte sich das Geflecht des Trichters um seinen Arm. »Hey!«, rief er in einem Anflug von Panik.

Melvin prustete vor Lachen. »Raffiniert, was? Rein geht's, aber raus nicht mehr. Warte, ich zeig dir den Trick. Hör mal auf zu ziehen … halt still!« Er hielt das spitze Ende der Falle mit einer Hand fest. Mit der anderen Hand griff er an den Rand der Öffnung und schob den Trichter leicht zusammen wie eine Ziehharmonika. Sofort löste sich das fesselartige Geflecht und Robins Arm war wieder frei. »Genial«, staunte er.

Sie befestigten noch ein Glöckchen an der Spitze des Trichters, das sie von Harrisons Brustbein genommen hatten, und verbargen die Falle im Blattgeschlinge zwischen den verwilderten Kürbissen.

»Und jetzt?«, fragte Robin.

»Abwarten und Kekse backen«, sagte Melvin.

Gegen Mittag wurde der wolkenverhangene Himmel immer dunkler und es fing wieder an zu regnen. Robin kam nass und schwer beladen vom Marktplatz nach Hause und wuchtete die Einkaufsbeutel auf den Küchentisch.

Er griff sich ein Handtuch und rubbelte sich trocken, während Melvin die Einkäufe auspackte und auf dem Tisch ausbreitete: drei Dutzend Eier, ein Kiloklotz Butter, sechs Kilo Mehl und Zucker, zwölf Päckchen Hefe, vier Kilo Mandeln, Brausepulver, Himbeersirup, Rote Bete, zehn Familienpackungen Marshmallows, ein Zweilitereimer *Filomenas supersahnecremiger Frischkäse* …

»Wo sind die kandierten Kirschen?«, fragte Melvin und zog den zweiten prall gefüllten Einkaufsbeutel zu sich heran.

»Kandierte Kirschen waren ausverkauft.«

»Ausverkauft?« Melvin hielt im Auspacken inne und sah auf.

»Halb Oaksend backt zurzeit«, erklärte Robin und warf das Handtuch zur Seite, »alle wollen am Backwettbewerb teilnehmen. Am Wochenende findet die Preisverleihung statt.«

»Aber die kandierten Kirschen sind der Clou an den Holymolys!«, rief Melvin bestürzt.

»Maraschinokirschen waren noch da.« Robin deutete auf den halb ausgepackten Einkaufsbeutel.

»Mara-was?« Melvin holte zehn Schraubgläser aus dem Beutel heraus und musterte argwöhnisch den dunklen Inhalt. »Die sehen aber umpfig aus – wie Jarverkötel!«, maulte er.

»Ich war froh, überhaupt noch etwas zu bekommen«, verteidigte sich Robin. »In Mr Boons Laden sind die Regale halb leer, und er musste dazwischengehen, als sich Mrs Greengrove und Tess um die letzte Schachtel gezuckerte Rosenblätter geprügelt haben.«

Melvin öffnete mit spitzen Fingern ein Schraubglas, ließ eine Kralle rausschnappen und spießte eine Kirsche auf. Er beäugte sie, als handelte es sich um ein bösartiges Furunkel. »Maraschoni-Kirsche …?«, schnaubte er und hob zweifelnd eine Augenbraue. Widerwillig schnupperte er daran, streckte die Zunge heraus und berührte die Kirsche vorsichtig mit der Zungenspitze. Doch dann wechselte sein Fell schlagartig von Blaugrau zu einem wonnigen Orange. »BOAH! Die sind ja 'ne Wucht! Maraschoni, sagtest du? Die sind ja viel leckerer als kandierte Kirschen!« Er schüttete sich das halbe Glas in den Mund.

»Nicht!«, rief Robin. »Das waren die letzten Gläser, die Mr Boon noch hatte!«

Melvin verschluckte sich fast, würgte und spuckte die Kirschen zurück ins Glas. »Warum ist von allem, was richtig lecker ist, immer viel zu wenig da?«, klagte er, schraubte das Glas wieder zu und griff nach der Rührschüssel. »Lies mal das Rezept vor!«

Robin schnappte sich den Zettel, den Melvin ihm hinschob.

Nur widerstrebend hatte Helen ihnen die Zutaten aufgeschrieben und gestern durch das Hatchpatch geschickt – zum Glück kurz bevor Punchkiss seinen Kammerkoller bekommen und sie sich nicht mehr getraut hatten hineinzugehen.

Helen hatte Melvin schwören lassen, das Familienrezept für Holymolys absolut geheim zu halten und den Zettel gleich nach Gebrauch zu verbrennen. Letzteres erübrigte sich eigentlich, denn Helens Schrift war so krakelig, dass man sie ohnehin kaum entziffern konnte. Robin scheiterte schon an der ersten Zeile: »Erstens: *Man nähme fier Kilo Helm* ... Hä?«

»Mehl heißt das«, sagte Melvin, »Quastler haben es nicht so mit dem Schreiben. Lies weiter, das kriegen wir schon auseinandergedröselt.«

»Okay ... Zweitens: *Schwallole tswantsischier schwammig* ...«

»Zwanzig Eier schaumig aufschlagen«, übersetzte Melvin, griff sich mit jeder Hand drei Eier, zerquetschte sie alle auf einmal über einer Rührschüssel und sah zu, wie der ganze Schmodder hineinplatschte.

Robin versuchte die nächste Zeile zu entziffern: »*Puttrapflocken tszuffen und dtsumechen …?*«

»Kein Problem!«, sagte Melvin munter, schlug die letzten Eier in die Schüssel und griff nach der Butter. Er ließ die Krallen rausschnappen und verwandelte den Kiloklotz Butter sekundenschnell in feinste Flocken. Nachdem sie die *Anteln gehält und gemallt* (Mandeln geschält und gemahlen), die *Rottbetten gelocht und gebrisst* (Rote Bete gekocht und ausgepresst) und die *Effe mebezupp brassulf gezitzt* hatten (Hefe mit Himbeersirup und Brause angesetzt), kam eine Stelle, bei der auch Melvin zunächst ratlos war: *arschlohs nit grandischa toffen*? Doch dann klatschte er sich an die Stirn: »Marshmallows mit kandierten Kirschen stopfen!«

Wie sich herausstellte, war das die eigentliche Arbeit.

In der Küche, in der es während der Zubereitung des Teigs noch laut und albern hergegangen war, herrschte nun angespannte Stille, nur unterbrochen von unterdrückten Flüchen, wenn …

FLUPP!

»Verflixt und zugenäht!« Wieder war Robin eine Maraschinokirsche aus einem Marshmallow geflutscht und gegenüber an die Wand geschossen. Zum Glück hatte die Küchentapete ein Muster aus Obst und Beerenranken, sodass die unzähligen

Abdrücke entsprungener Maraschinokirschen als Himbeeren durchgehen mochten.

Auch Melvin fluchte leise vor sich hin, obschon er es mit seinen Krallen eigentlich leichter haben musste. Die Zunge zwischen den Lippen, sagte er gepresst: »Das ist ja noch schwieriger, als einen Glitsch festzuhalt…«

FLUPP!

»Kein Wunder, dass Helen diese Holymolys nur zu besonderen Anlässen macht«, knurrte er leise und zwang eine neue Kirsche in das geschlitzte Marshmallow hinein.

FLUPP!

Robin wischte sich mit von Puderzucker und Kirschsaft verschmierter Hand über die verschwitzte Stirn. »Marshmallows und Kirschen passen einfach nicht zusammen«, stöhnte er, griff wacker nach dem nächsten Marshmallow und bohrte mit dem kleinen Messer in der gummiartigen, widerspenstigen Masse herum. »Dieses Rezept sollte verboten werden«, murrte er, »das ist ja Sklavenarbeit!«

In dem Moment klingelte es an der Haustür. Robin fuhr hoch und ließ vor Schreck das Messer fallen. Es schlitterte über den von Mehl zugestaubten Küchenboden.

»Wer kann das sein?«, flüsterte er und schaute erschrocken zu Melvin. Doch der hatte sich schon weggeblufft, kaum war die Türglocke verklungen.

Robin wischte sich die zuckrig-klebrigen Finger am T-Shirt ab, lief durch den Flur zur Haustür und öffnete sie einen Spalt.

»Hi!«, zwitscherte Imogen fröhlich, doch augenblicklich wechselte ihre Miene zu Bestürzung. »Oh, das sieht ja furchtbar aus!« In ihrem rot-weiß getupften Regenponcho sah sie aus wie ein gigantischer Fliegenpilz. Sie drängte sich an Robin vorbei in den Flur und fügte hinzu: »Das muss dringend verarztet werden! Wo ist euer Erste-Hilfe-Kasten? Bestimmt in der Küche, oder?«

Robin war zu perplex, um etwas zu sagen, und hastete Imogen hinterher durch den Flur. Im Garderobenspiegel erhaschte er einen Blick auf sich selbst. Kirschsaft, Schweiß, Zucker- und Mehlstaub waren zu einer dicken Kruste auf seiner Stirn zusammengebacken. Es sah tatsächlich so aus, als hätte ihn jemand skalpieren wollen.

»Imogen, das ist nicht …«

»Achsoooohh!«, rief Imogen, als sie die Küche enterte. »Du willst auch beim Backwettbewerb mitmachen …« Neugierig wanderte ihr Blick über das Chaos, das in der Küche herrschte, und blieb schließlich an einer Stelle am Küchenboden hängen. »Das ist ja süß«, kiekste sie, »so eine Ausstechform habe ich ja noch nie gesehen! Backst du Bärentatzen?«

»Was?«

Imogen deutete auf eine Stelle auf dem Küchenboden. Dort im verstreuten Mehl zeichnete sich ganz klar und deutlich der Abdruck von Melvins linkem Fuß ab.

Robin stockte der Atem. Flugs trat er zwischen Imogen und den Fußabdruck, schnappte sich die Schüssel mit der mageren Ausbeute gefüllter Marshmallows und hielt sie Imogen unter die

Nase: »Willst du eines?«, fragte er hastig, während er hinterrücks mit dem Fuß den Abdruck im Mehl verwischte.

Imogen ließ sich zum Glück ablenken, griff zu und biss in ein Marshmallow. »Mblmbl!«, brachte sie heraus, langte erneut zu und nahm sich diesmal gleich eine ganze Handvoll. Robins Herz blutete. Eine Stunde Arbeit löste sich im Nullkommanichts in Imogens Mund auf.

»Fieht aba nach fiel Arfeit auf«, nuschelte Imogen mit vollem Mund.

»Tatsächlich?«, krächzte Robin und brachte die Schüssel in Sicherheit.

Imogen schluckte den Rest herunter und sah von den Marshmallows zu den Maraschinokirschen, zum Messer und dann wieder zu Robin. »Hast du denn kein Gummi?«

Und als Robin nur verwirrt blinzelte, stellte sie ihren Beutel zwischen Mehl- und Zuckertüten auf dem Tisch ab, öffnete ihn und fing an darin herumzukramen. »Stilton, geh mal zur Seite …« Sie holte die Schildkröte aus dem Beutel, setzte sie auf den Tisch und wühlte weiter. »Ah, da ist es ja!«, rief sie und zog ein Einmachgummi heraus. Robin sah verständnislos zu, wie sie zehn Marshmallows gegen die Kacheln hinter dem Spülbecken aufreihte. Dann trat sie einige Schritte zurück, spannte das Gummiband zwischen Daumen und Zeigefinger und schnappte sich eine Kirsche. Sie legte an, zielte und – TSCHACK! Die Kirsche schoss in das Marshmallow.

Robins Unterkiefer sackte herunter.

TSCHACK! Das nächste Marshmallow wurde mit einer Kirsche gekillt.

TSCHACK, TSCHACK, TSCHACK … Imogen sammelte die perfekt gefüllten Marshmallows ein und warf sie in die Schüssel. »So geht es doch viel schneller oder?«, sagte sie und drückte dem fassungslosen Robin das Einmachgummi in die Hand. »Ach, fast hätte ich vergessen, weswegen ich gekommen bin!« Sie wühlte erneut in ihrem Beutel, zog etwas heraus und drückte es Robin in die andere Hand. »Das wollte ich dir schenken, weil du Stilton und Punchkiss gerettet hast.«

Robin sah auf die kleinen blassen Kieselsteine hinunter.

»Atmende Steine!«, sagte Imogen und wippte auf den Fußballen. »Freust du dich?«

Ein blubberndes Geräusch ersparte Robin eine Antwort.

»Oh, nein!« Imogen langte in den Zweilitereimer Filomenas supersahnecremigen Frischkäse und fischte ihre triefende Schildkröte heraus. Stilton wehrte sich energisch gegen das unerwartete Ende seines köstlichen Tauchbades. Robin musste ihn festhalten, während Imogen ihn über der Küchenspüle abbrauste. Die anschließende Politur versöhnte die Schildkröte ein wenig. Imogen zauberte ein flauschiges Tuch aus ihrem Beutel und brachte Stiltons Panzer damit auf Hochglanz.

»So, jetzt bist du hübsch für den Spaziergang«, sagte sie und bugsierte Stilton wieder in ihren Beutel. Zu Robin gewandt fügte sie hinzu: »Wir wollen in den Wald. Jetzt ist nämlich die Zeit des Leuchtkäferflugs. Sie ziehen in großen Schwärmen in den

Süden, in ihre Brutgebiete. Vielleicht kann ich etwas von ihrem Urin einsammeln. Das gibt prima Tinte.«

Robin massierte sich die Schläfen. Er war zu geschafft, um mit Imogen über die recht zweifelhafte Existenz von atmenden Steinen oder Leuchtkäfertinte zu diskutieren.

»Na, dann wünsche ich dir viel Glück!«, sagte er matt und begleitete Imogen zur Haustür. Vergnügt winkte sie ihm zum Abschied zu, hüpfte die Verandatreppe hinunter und wandte sich nach links, Richtung Wald.

Robin schloss die Tür und sah ihr durch die Gardine am Fenster kopfschüttelnd nach. Er hatte noch nie jemanden kennengelernt, der so komplett durchgeknallt war. Und dabei so gut treffen konnte!

Er kehrte in die Küche zurück und fand dort Melvin vor, der mit hochgezogenen Augenbrauen von der Spüle zum Einmachgummi schaute, dann zu den perfekt gefüllten Marshmallows und schließlich zu den Kieselsteinen, die Robin auf den Küchentisch gelegt hatte.

Sacht schüttelte er den Kopf und sagte: »Eins muss man Imogen lassen. Es wird mit ihr nie langweilig …«

»Hast du mitbekommen, was sie sich jetzt zurechtgesponnen hat?«, fragte Robin, schnappte sich eine Handvoll Marshmallows und reihte sie an den Kacheln hinter der Spüle auf.

Melvin griff nach dem Einmachgummi. »Die atmenden Steine? Das war doch nett gemeint …« Er spannte das Einmachgummi und nahm eine Kirsche.

»Nein, den Quatsch mit der Leuchtkäferpisse und der Tinte.«

Melvin, der schon angelegt hatte, ließ die Arme wieder sinken: »Moment mal! Das ist kein Quatsch …«

»Jetzt fang du nicht auch noch an!«, sagte Robin aufgebracht.

»Kein Witz! Leuchtkäfertinte gibt es«, beteuerte Melvin, »ist so 'ne Art Geheimtinte. Sie erscheint nur im Mondlicht.«

Wie vor den Kopf geschlagen sah Robin ihn an. Doch Melvin bemerkte es nicht. Er legte erneut an, kniff ein Auge zu und – TSCHACK! Die Kirsche schoss an Robins linkem Ohr vorbei und knallte gegen die Fensterscheibe.

»'tschuldigung!«, stieß Melvin aus, Robins Blick vollkommen missverstehend, »ist aber auch gar nicht so einfach …«, und schnappte sich eine neue Kirsche.

Doch Robin starrte Melvin nicht des Fehlschusses wegen an. Was hatte der eben gesagt? Leuchtkäfertinte? Sichtbar nur bei Mondlicht? Was, wenn Rose mit Leuchtkäfertinte in ihr Notizbuch geschrieben hatte? Er setzte dazu an, Melvin davon zu erzählen, ließ es im letzten Moment jedoch bleiben.

Verstohlen sah er aus dem Fenster in den wolkenverhangenen Himmel hinauf und drückte klammheimlich die Daumen. Hoffentlich hörte es auf zu regnen. Hoffentlich verzogen sich die Wolken. Und hoffentlich schien heute Nacht der Mond!

Kapitel 19

Mondsüchtig

Bis in den späten Abend hinein werkelten Robin und Melvin in der Küche und buken Holymolys. Vom langen Stehen taten ihnen die Füße weh, und Robin fehlte zunehmend die Kraft, das Gummiband zu spannen. Am Oberarm, wo die Wunde war, spürte er ein dumpfes Ziehen.

»Ich bin todmüde«, sagte Melvin und klopfte sich Mehl aus dem Fell, »lass uns morgen weitermachen.« Er gähnte herzhaft und zeigte dabei seine prächtigen Fangzähne.

Robin gähnte zurück, rieb sich die schmerzenden Finger und legte das Gummiband erleichtert beiseite. Sie verließen die Küche, löschten das Licht und stiegen die Treppe hinauf in den ersten Stock.

Melvin nuschelte »Nacht!«, winkte lasch über die Schulter und machte sich auf den Weg durch Robins begehbaren Kleiderschrank hinauf zum Dachboden.

»Nacht!«, murmelte Robin und sah Melvin nach, bis sich die Tapetentür hinter ihm schloss.

Robin war lange nicht so müde, wie er tat. Er eilte zum Erker und sah aus dem Fenster in den Himmel hinauf. Der Regen hatte eine Pause eingelegt und die Wolkendecke dünnte tatsächlich da und dort aus. Mondlicht verlieh den verschleierten Stellen einen fahlen Schimmer. Hoffentlich riss die Wolkendecke ganz auf und ließ das volle Mondlicht durch!

Robin lief im Dunkeln zu seinem Bett, zog das Notizbuch unter der Matratze hervor und setzte sich im Schneidersitz in den Erker. Er schlug es auf und legte es so auf seinem Schoß zurecht, dass es im vollen Mondlicht liegen musste – wenn die Wolken es denn endlich durchlassen wollten! Robins Blick fiel auf Mr Moon, der auch nicht schlief. Putzmunter schielte er Robin an und leistete ihm bei seiner Nachtwache Gesellschaft. Vom aufgeschlagenen Notizbuch stieg der Hauch von Sandelholz auf.

Robin wagte es nicht, sich zu bewegen. Er starrte in den Himmel und beschwor die Wolken doch endlich weiterzuziehen, endlich den Weg frei zu machen für den Mond. Doch die dachten nicht daran. Launisch und träge schoben sie sich mal hierhin, mal dorthin, mal ineinander, mal ein Stückchen auseinander – aber nie so weit, dass genug Mondlicht hindurchdringen konnte.

Nachdem Robin mehr als eine Stunde in den Himmel gestarrt hatte, tat ihm der Nacken weh, und sein linkes Bein war eingeschlafen. Es kribbelte wie verrückt. Vorsichtig legte er das Notizbuch zur Seite und stand auf. Fast kippte er um, so taub war sein Bein. Er machte Kniebeugen, trommelte mit den Handkanten auf seinen Oberschenkel und hüpfte im Kreis auf und ab.

Sein Schatten an der Wand hüpfte mit.

Sein Schatten?

Robin wirbelte herum. Der Erker war in silberhelles Mondlicht getaucht. Er humpelte hastig quer durch das Zimmer und ließ sich in die Erkerpolster fallen. Er fand sich Nase an Nase mit dem aufgeschlagenen Notizbuch wieder. Auf dem Papier erschienen wie aus dem Nichts Buchstaben, Wörter und Sätze …

Noch immer keine Spur von Edmund. Wir machen uns große Sorgen um ihn. Ich habe Angst, er könnte einen Giftköder geschluckt haben oder in eine Falle geraten sein. Walter meint jedoch, Ratten seien viel zu schlau dazu. Robin kann ohne sein Kuscheltier nicht einschlafen und schreit sich heiser. Heute hatte Walter die rettende Idee. Aus einem Frotteehandtuch haben wir eine Handpuppe genäht. Walter hat ihr ein paar bemalte Pingpongbälle als Augen verpasst, mit denen sie fast genauso schielt wie Edmund.
Es hat funktioniert. Robin hat sofort aufgehört zu weinen, als Walter die Handpuppe zum Leben erweckte. Und zu unserem Erstaunen sagte er sein allererstes Wort. Es war nicht Mama oder Papa, sondern Mun …

Schlagartig verschwand die Schrift. »NEIN!« Robin boxte frustriert auf ein unschuldiges Kissen ein. Mr Moon kippte vornüber. Robin sah wütend in den Himmel hinauf. Die Wolkendecke war wieder dichter geworden und verschluckte jedes noch so kleine Fitzelchen Mondlicht. Erste Regentropfen streiften die Fensterscheiben.

Robin fluchte innerlich und richtete Mr Moon wieder auf. Der konnte ja schließlich nichts dafür. Doch Mr Moon schien ihm nichts übel zu nehmen und schielte ihn freundlich an.

Wie zur Versöhnung versuchte Robin, die Pingpongbälle, die Mr Moon als Augen dienten, gerader auszurichten, was jedoch nur dazu führte, dass die Handpuppe noch mehr schielte. Robins Arm blieb mitten in der Luft stehen. Schielen!

Er stutzte und starrte auf die leeren Seiten des Notizbuches.

Was hatte Rose geschrieben? Irgendwas von einem Edmund, um den sie sich Sorgen gemacht hatte, von einem verschwundenen Kuscheltier und von seiner Handpuppe Mr Moon, die fast genauso schielte wie dieser Edmund … und – Robin spürte, wie er rot wurde – von dem ersten Wort, das er als Baby gesprochen hatte: Mun?

Edmund. Mun. Mr Moon … kreiselte es in seinem Kopf.

Robin hatte immer angenommen, die Handpuppe stelle eine große, missglückte Maus dar. Was, wenn sie in Wirklichkeit die Nachbildung einer Ratte war? Einer echten Ratte? Hatten seine Eltern tatsächlich eine Ratte als Haustier gehalten? Was für eine seltsame Vorstellung.

Himmel, wenn Melvin davon erführe, dass Robin womöglich eine Ratte als Kuscheltier gehabt hatte, würde er ausflippen. Er durfte nie davon erfahren! Robin musste das Notizbuch geheim halten.

Vorsichtig schmiegte Robin seine Wange an die nach Sandelholz duftenden Seiten wie an einen alten Lieblingspulli. Er spürte, dass er das Notizbuch insgeheim sowieso für sich behalten wollte. Nicht nur wegen Melvins tiefem Hass gegen Ratten. Es ging noch um was anderes. Robin hatte Angst. Angst, dass der Zauber des Notizbuches verflöge, spräche er mit jemandem darüber. Als ob er damit Verrat beginge und das Notizbuch sich ihm zur Strafe nie mehr zeigen würde.

Noch waren ihm die Einträge ein Rätsel, doch sicher ergäbe das alles einen Sinn, wenn er nicht nur winzige Bruchstücke zu sehen bekäme. Und selbst die waren ihm lieb und teuer. Durch sie schien es, als ob Rose gleichsam aus der Vergangenheit zu ihm spräche. Dieses Buch war seine einzige Verbindung zu seinen Eltern, zu Walter und Rose. Er hatte doch nichts anderes …

»Stimmt doch, oder?!«, sagte Robin leise zu Mr Moon.

Die Handpuppe hüllte sich in Schweigen.

Kapitel 20

Die Falle

Am Morgen wurde Robin unsanft aus dem Schlaf gerissen – er war aus dem Erker gefallen und auf den Boden geknallt. Zum Glück nicht auf den Arm mit der Wunde. Stattdessen spürte er einen dumpfen Schmerz in der Seite. Kein Wunder, er war im Erker eingeschlafen und hatte es geschafft, sich dabei auf das Notizbuch zu legen, dessen Kante sich die halbe Nacht in seine Seite gebohrt hatte. Er rieb sich stöhnend die Stelle und wunderte sich benommen, woher dieses leise, aber nervtötende Bimmeln kam. Es klang ganz anders als das Bimmeln seines Weckers.

»Die Falle!«, rief Melvin von irgendwo unten im Haus, und Sekunden später hörte Robin Schritte auf der Treppe. Er hatte gerade noch Zeit, das Notizbuch unter dem Sitzpolster im Erker zu verstecken, als auch schon die Zimmertür aufflog und Melvin aufgeregt ins Zimmer polterte. »Die Falle ist zugeschnappt!«, Melvin zog ihn hoch. »Los, komm!«

Robin war augenblicklich hellwach. Sie hasteten hinunter

in die Küche und durch die Verandatür in den verregneten Garten.

Schon von Weitem sahen sie die Falle, aus der sich ein gefangener Jarver zu befreien versuchte. Der geflochtene Trichter rollte und zuckte im Kürbisgeschlinge herum, das Glöckchen bimmelte wie verrückt.

Robin und Melvin schlitterten durch das Beet und warfen sich auf die Falle. Robin hielt sie am Boden fest, Melvin lugte siegesgewiss hinein. Doch das Grinsen verging ihm sofort.

»Falscher Alarm«, sagte er enttäuscht und schob die Falle zusammen, woraufhin ein Waschbär rückwärts herausschoss und sie mit einer Flut von zornigen Schnatterlauten bedachte, bevor er sich immer noch schimpfend durch den strömenden Regen davonmachte.

»Entschuldigung!«, rief Melvin hinterher, woraufhin der Waschbär nur verächtlich den Schweif hob und im Dickicht verschwand.

Melvin schüttelte sich den regennassen Pelz: »Immerhin wissen wir jetzt, dass der Sherman-Spezial wirkt.«

Und wie er wirkte!

Während der nächsten Tage bimmelte das Glöckchen nahezu im Stundentakt. Robin und Melvin kamen ganz schön aus der Puste vom ewigen Gerenne zum Kürbisbeet, das sich im Dauerregen in einen Schlammpfuhl verwandelte.

Alles, aber auch wirklich alles ging in die Falle.

Sie befreiten nach und nach vier weitere Waschbären, eine sechsköpfige Opossumfamilie, zwei Raben, mehrere übergewichtige Igel, drei Enten, Dutzende Kaninchen, Hattie Hopes Zwergpudel und Mr Boons fette Siamkatze, die ihre Krallen genauso geschickt einzusetzen wusste wie Punchkiss.

Robin und Melvin wurden gebissen, gekratzt, gezwickt, gestochen und getreten, während sie all die Tiere aus der Falle befreiten, die allesamt wütend schnatternd, keckernd, spuckend und fauchend von dannen zogen.

Melvin und Robin sahen schon bald aus, als wären sie Mr Stings Schrottpresse zu nahe gekommen. Melvin kriegte kaum noch Spucke zusammen, um die vielen Kratzer und Bisswunden zu behandeln, die sie abbekamen. Obendrein führte das tierische Gewimmel rund ums Haus dazu, dass sein Echolon-Sinn verrücktspielte. Seine Hörner hörten gar nicht mehr auf zu pulsieren und ähnelten zunehmend Leuchtbojen.

Gerade standen sie in der Küche und rührten neuen Teig für weitere Holymolys an. Der Ofen glühte. Auf dem Küchenbuffet reihten sich Schüsseln, Terrinen und Töpfe, randvoll gefüllt mit dem klebrig-süßen Gebäck. Robin hoffte inständig, dass sich die Mühe lohnte, dass ihre Opfergabe die Jarver besänftigen und dazu bewegen würde, Oaksend zu verlassen. Wenn denn nur endlich einer in die Falle gehen wollte!

»UHHHHH!«, stöhnte Melvin unvermittelt, sank auf den Küchenstuhl und kratzte beidhändig seine Hörner, »verdammt, das juckt immer doller!« Robin, der gerade mit dem Einmachgummi die bestimmt hundertste Maraschinokirsche in ein Marshmallow geschossen hatte, kam plötzlich eine Idee. Er lief aus der Küche, und als er nach wenigen Minuten wiederkam, hatte er ein Paar Wollsocken in der Hand, die dicksten, die er hatte finden können. Er stülpte sie über Melvins Hörner. »Besser?«

Melvin hob den Kopf, drehte ihn hin und her und fing an zu lächeln. »Viel besser«, sagte er erleichtert. »Danke! Ahhh, tut das gut, lass mich … nur noch einen Moment ausruhen …«

Bimmelingeling!, erklang es wieder aus dem Kürbisbeet.

Melvin stöhnte und setzte dazu an aufzustehen, doch Robin drückte ihn auf den Küchenstuhl zurück. »Ich geh schon!«, sagte er, schnappte sich sein Regencape und schlüpfte durch die Verandatür hinaus.

Der Regen pladderte auf sein Cape hinunter, als er durch das quietschnasse Gras zum Kürbisbeet stapfte. Der Himmel hing tief und voller Regenwolken. Es war dunkel, als ob es schon Abend wäre. Robin beugte sich zur Falle hinunter und lugte hinein.

»Glock, glock?«, scholl es ihm entgegen. Diesmal war Emma in die Falle gegangen, Otis Pounds Huhn. Robin befreite sie, doch statt wie die anderen Tiere sofort die Flucht zu ergreifen, ruckte Emma nur mit dem Kopf herum, legte ihn schief und schaute Robin etwas blöd an. »Glock, glock?«

Da fiel Robin auf, dass ihre Minimotorradbrille fehlte. Er schüttelte sie aus der Falle heraus und legte sie um Emmas Hals.

»Glock, glock?«, machte Emma erneut und tapste von einem Bein aufs andere.

War der Sherman-Spezial zu stark für ein Huhn? Hatte er Emma benebelt? Robin hob sie auf, drehte sie um 180 Grad, setzte sie wieder ab und gab ihr einen kleinen Schubs als Starthilfe. »Da geht's lang. Na los, lauf nach Hause!« Er wedelte mit den Händen in die richtige Richtung und machte sch-sch. Emmas Kopf ruckte hierhin und dorthin, dann drehte sie sich wieder um und schaute zu ihm auf. »Glock, glock?«

Plötzlich dämmerte es Robin, dass das Problem nicht allein die Wirkung des Sherman-Spezials war. Offensichtlich kannte Emma den Weg nach Hause nicht. Zumindest nicht zu Fuß. Wie auch? Sie war immer nur auf Otis Pounds Moped mitgefahren. Und der fuhr natürlich auf Straßen und nicht durch Hinterhöfe und Gärten.

Robin seufzte, hob das dicke Huhn hoch und barg es unter seinem Cape in der Armbeuge. Schicksalsergeben machte er sich auf den Weg zu Otis Pounds Farm.

Auf seinem Marsch durch Oaksend begegnete Robin niemandem. Die Stadt wirkte wie ausgestorben. Bei dem strömenden Regen verließ niemand freiwillig das Haus.

Otis Pounds Farm lag zum Glück nicht allzu weit weg. Farm war ein ziemlich großes Wort, denn von dem einst stolzen Gehöft mit seinen Scheunen, Viehställen und kilometerlangen saftigen Weiden war kaum etwas übrig geblieben. Fast alles hatte Otis bereits als junger Mann verkaufen müssen, um die Anwaltskosten für seinen Bruder zu bezahlen, der sich in irgendwelche Schwierigkeiten gebracht hatte. Robin konnte sich nicht mehr erinnern, was aus diesem Bruder geworden war. Jedenfalls war er nie nach Oaksend zurückgekommen. Inzwischen war Otis ein alter Mann und hauste in dem einzigen Gebäude, das ihm geblieben war. Dem Schweinestall.

Robin sah Licht in den kleinen Fenstern und ein Moped, das unter dem Vordach der Tür stand. Er holte Emma unter dem Regencape hervor, setzte sie auf den Boden und gab ihr einen Schubs.

Emma spurtete breitbeinig los, ein dicker Wirbel aus rotierenden Federn, Flügeln, Schenkeln und schlackernder Minimotoradbrille. Sie peste die Zufahrt hinauf, hopste auf den Mopedlenker und gluckte und glockte, als säße sie auf einem goldenen Ei.

Robin kehrte der Farm rasch den Rücken und lief um die Ecke. Er hörte noch, wie eine Tür aufklappte und Otis rief: »Emma, komm schnell rein! Du bist doch kein Sturmvogel. Himmel, wenn das so weiterregnet, tritt der Malmuddy noch über die Ufer …«

Auf dem Rückweg von Otis' Farm schien es Robin, als sei der Regen noch stärker, der Himmel noch dunkler geworden. Donner rumpelte aus nahezu schwarzen Wolkenknäueln. Otis Pound hatte gar nicht so unrecht. Wenn das so weiterregnete, war es durchaus möglich, dass der Malmuddy über seine Ufer trat.

Der Spitzname Malmuddy stammte noch aus der Zeit, als die Gießerei in Betrieb gewesen war. Abwässer und Abraum hatte man damals einfach in den Fluss geleitet und ihn in eine giftige Kloake verwandelt. Nachdem die Gießerei vor Jahrzehnten stillgelegt worden war, hatte sich der Fluss allmählich erholt. Heute war sein Wasser wieder klar und wimmelte vor Leben. Jedes Wochenende wetteiferten Angler um die dicksten Bergforellen, Flussbarsche und Hechte, während Kinder die Uferböschungen nach Flusskrebsen und Muscheln abkämmten. Nur der Name war geblieben. Kaum jemand erinnerte sich daran, dass der Fluss einst Torry geheißen hatte.

Robin schimpfte leise vor sich hin. Zwar hielt das Regencape ihn obenrum noch einigermaßen trocken, doch die Nässe arbeitete sich von den Füßen herauf. Robin hatte nicht daran gedacht, Gummistiefel anzuziehen. Seine Turnschuhe waren klatschnass, bei jedem Schritt quatschte es. Bis zu den Knien war die Jeans schon durchweicht. Er schniefte und freute sich auf die warme, trockene Küche am Mistelweg, die nach Holymolys duftete.

Als er jedoch zu Hause ankam, empfing ihn der Geruch nach Verbranntem. Alarmiert lief er in die Küche. Melvin war nicht da. Aus dem Ofen drang schwarzer Qualm. Robin schnappte sich zwei Topflappen und zog das Blech mit den Holymolys aus dem Ofen. Es glühte regelrecht, die Hitze drang durch die Topflappen hindurch, und Robin konnte nicht anders, als es mit einem Aufschrei loszulassen. Scheppernd fiel das Blech zu Boden, und die Holymolys, die sich in rauchende Eierkohlen verwandelt hatten, kullerten über die Küchenfliesen in alle Richtungen davon.

Robin pustete sich auf die Fingerspitzen. »Melvin?!«, rief er ungehalten, »wo bist du?«

Robin ging zurück in den Flur, schaute ins düstere Esszimmer und in Rufus' Arbeitszimmer. Nichts. Er lief die Treppe hinauf in den ersten Stock. »Melvin?« Keine Antwort.

In seinem Zimmer stand die Klapptür zu seinem begehbaren Kleiderschrank weit auf. Die Kleider auf der Stange waren zur Seite geschoben, die verborgene Tapetentür war nur angelehnt. Robin erklomm die Stiege zum Dachboden. Er schlängelte sich durch das Gerümpel hindurch zum Monsterschrank. Auch dessen Tür stand sperrangelweit offen, genauso wie der Durchlass in der Rückwand, die in Melvins Kammer führte. Mit einem unguten Gefühl näherte sich Robin dem Schrank. »Melvin?«

Er stieg über ein räudiges Bärenfell und eine Federboa und streckte den Kopf durch den Durchlass in die Kammer. Das Erste, was er sah, war das Hatchpatch, das noch an der Stelle haftete, wo Melvin es vor ein paar Tagen zum Lüften hingeworfen hatte. Zum Glück war es unversehrt. Robin hatte schon insgeheim befürchtet, dass Punchkiss es aus lauter Boshaftigkeit zerfetzen würde.

Der Geruch nach Turbo-Exterminator-Spray hatte sich verflüchtigt, dafür drang umso mehr der unverwechselbare Geruch nach Fitzbits-Crackern mit Anchovis-Aroma in Robins Nase.

Melvin saß in der anderen Ecke der Kammer zusammengesunken im Sessel. In der Hand hielt er einen Napf, der sich zunehmend neigte. Gänseleberpastete glitt über den Rand und platschte auf die rohen Holzdielen.

Als er Robin bemerkte, sagte er jammervoll: »Tut mir leid. Es ist alles meine Schuld.«

»Was? Wo ist Punchkiss?«

Melvin blickte stumm zum Giebelfenster, das ein wenig offen stand, und nagte an der Unterlippe. »Entweder, er hat rausgekriegt, wie man Fensterriegel öffnet, oder …« Melvin brach ab, wurde rot und blickte zu Boden.

Oder Melvin hatte vergessen, das Fenster zu schließen, ergänzte Robin im Stillen. Nach der Regenlache zu urteilen, die sich auf den Dielen ausgebreitet hatte, war der Kater nicht erst vor ein paar Minuten über das Dach abgehauen.

Robin schloss die Augen und atmete tief durch. Nahmen die Probleme denn gar kein Ende? Es war wie verhext. Als ob sich die ganze Welt gegen sie verschworen hätte. Was würde noch alles passieren?

Er schlug die Augen wieder auf. Sein Blick fiel auf eine Spinne, die an einen Holzsplitter geklammert durch die Regenlache trieb. Er seufzte, beugte sich herab und barg die Schiffbrüchige in seiner hohlen Hand.

»Na, dann los. Wir müssen ihn suchen«, sagte Robin und

grinste tapfer. »Nasser kann ich eh nicht mehr werden.« Er setzte die Spinne auf einem Querbalken ab und zog dann den bedröppelten Melvin aus dem Sessel.

Stundenlang durchkämmten sie Oaksend nach dem Kater. Sie klapperten alle Hinterhöfe und Gassen, die Mülltonnen hinter dem Hotel Majestic, den Fischteich und die Vogelhäuschen im Park ab. Melvin schnurrte in den lieblichsten Tonlagen, Robin lockte mit einer geöffneten Dose Gänseleberpastete.

»Ich fühl mich wie ein Wischmopp!«, krächzte Melvin, inzwischen heiser geworden, als sie sich zum Verschnaufen im kleinen Parkpavillon unterstellten. Er schüttelte sich das Wasser aus dem Fell. Robin machte sich gar nicht erst die Mühe, sich wegzudrehen.

Trotz Regencape und Südwester war er inzwischen nass wie ein Fisch. Er stützte sich auf Melvins Schulter, zog einen Gummistiefel aus und hielt ihn kopfüber. Ein guter Liter Wasser pladderte heraus.

»Bei dem Wetter hätte ich mir gleich Flossen anziehen sollen«, schniefte er und wurschtelte den Fuß mit der durchweichten Socke wieder in den Stiefel hinein.

»Lohnt nicht«, meinte Melvin, »wenn das so weiterregnet, wachsen uns bis morgen ohnehin Schwimmhäute.«

»Ich versteh das nicht. Katzen sind doch wasserscheu?«, überlegte Robin und drehte sich auf die andere Seite. »Warum würde Punchkiss freiwillig hinaus in den Regen gehen? Na ja, andererseits … wenn ich die ganze Zeit in einer kleinen Kammer eingesperrt wäre … Vielleicht wollte er nur ein bisschen frische Luft schnappen und kommt von alleine wieder?« Robin langte nach Melvins Schulter, um sich abzustützen und den anderen Gummistiefel auszuleeren.

Doch seine Hand griff ins Leere. Robin kippte zur Seite und fiel auf Melvin, der sich unbemerkt hinter der Pavillonbrüstung klein gemacht hatte. Gebannt spähte er zum Marktplatz hinüber.

Robin folgte Melvins Blick. Vor dem Majestic stand ein grauer Kastenwagen und unter dem Vordach des Hotels Barker Bates selbst zusammen mit Rory Gilligan. Sie steckten die Köpfe zusammen, etwas wechselte von Hand zu Hand, dann zog Barker Bates aus einem fleckigen Sack eine große Mütze hervor. Rory nahm sie entgegen. Seine großen rauen Gärtnerhände strichen prüfend durch das gelb-braun gescheckte Fell.

Robin und Melvin gefroren zu Eis.

War das etwa … Katzenfell?!

Kapitel 21
Die Mission

Robin und Melvin rannten zurück in den Mistelweg. Getrieben von der Hoffnung, Punchkiss möge inzwischen zurückgekehrt sein, suchten sie das Haus von oben bis unten ab. Melvin arbeitete sich vom Dachboden herunter, Robin vom Keller herauf. Er lief auch zum Kürbisbeet. Die Jarverfalle sah inzwischen recht mitgenommen aus und das Glöckchen fehlte. Wahrscheinlich hatte eine diebische Elster es sich geholt. Robin lugte in den Trichter hinein, doch der war leer. Bekümmert kehrte er in die Küche zurück und ließ die Verandatür einen Spalt offen. Da kehrte Melvin von seiner Suche aus den oberen Stockwerken zurück. Stumm sah er Robin an und schüttelte den Kopf. Niedergeschlagen setzten sie sich an den Küchentisch und sackten auf ihren Stühlen zusammen.

Leise tickte die Küchenuhr.

»Das war kein Katzenfell …«, ließ sich Melvin irgendwann vernehmen.

Robin blickte kaum auf. Natürlich. Melvin war sein Schutzmonster und wollte ihn aufbauen. Aber Robin sah seinem Freund an, dass er selbst nicht ganz überzeugt war. Seine Ohren hingen auf halbmast und sein Fell hatte die Farbe von nasser Asche angenommen.

Robins Kopf sank zwischen Mehl- und Zuckertüten auf den Küchentisch. Der Kummer lag ihm wie ein heißer Eisenklotz im Magen. Was sollte er Polly sagen, wenn sie von ihrer Hochzeitsreise nach Oaksend zurückkehrte und Punchkiss war nicht mehr … da? Allein bei der Vorstellung krampfte sich alles in Robin zusammen. Polly liebte diesen Kater abgöttisch. Dumpf drang seine Stimme zwischen den Mehltüten hervor: »Aber wenn es doch Katzenfell war?«

Melvin schüttelte den Kopf: »Das war kein Katzenfell. Das sah eher aus wie Waschbär …«

»Waschbär?«, Robin hob den Kopf, »ein Waschbär mit Schildpattmuster? Gibt's das?«

Melvin sog an der Unterlippe: »Chinesische Tüpfelwaschbären?«

Robin barg den Kopf in den Händen. Was sollte er nur tun? Was konnte er tun? Ins Tierheim fahren? Eine Katze suchen, die so aussah wie Punchkiss, und sie Polly unterjubeln? Unmöglich! Keine Katze auf der Welt war so hässlich, wie Punchkiss es war.

Gewesen war, wisperte eine Stimme in seinem Kopf.

Robin unterdrückte ein Stöhnen. Wie oft hatte er Punchkiss verflucht, hätte ihn am liebsten auf den Mond geschossen! Doch jetzt wünschte er sich nichts sehnlicher, als dieses tückische, übellaunige, unberechenbare Vieh wiederzuhaben. Himmel, er würde alles tun, um Punchkiss zurückzubekommen. Er würde seinen rechten Arm dafür hergeben …

Unwillkürlich kratzte er sich – und zuckte zusammen, als es heftig ziepte. Er hatte die Wunde ganz vergessen. Er schob den Ärmel hoch, was jedoch nur dazu führte, dass es noch gemeiner ziepte. Der Stoff war an dem Pflaster hängen geblieben, das sich halb gelöst hatte. Robin biss die Zähne zusammen und zog es mit einem schnellen Ruck ganz ab. Der Bluterguss war verblasst. Die frisch verheilte Haut glänzte wie ein rosa Eichenblatt, und an jeder ihrer sieben Ausbuchtungen zeichnete sich ein verschwommener dunklerer Punkt ab, dort, wo die Gartenkralle mit ihren Spitzen eingedrungen war.

Sieben?

In dem Moment sah Melvin auf. »Ist gut verheilt. Nur da unten, da hast du einen Krümel Dreck auf der Wunde.«

Robin rieb mit dem Finger an der Stelle.

Es war kein Dreck.

Der heiße Eisenklotz in Robins Magen verwandelte sich schlagartig in einen Eisbrocken, der alles in und um ihn herum erstarren ließ. Wie weggewischt waren all die Sorgen der letzten Tage – vergessen die marodierenden Jarver, die zermatschten Hortensien und der verschwundene Punchkiss.

Melvin schien es ähnlich zu gehen. Sein Fell wurde weiß wie Knochenmehl. Bestürzt sahen sie einander an. Beiden schien es eine Ewigkeit her zu sein, seit sie im Wohnzimmer des Leuchtturms gestanden hatten und im Lexikon zufällig über die Parzer gestolpert waren. Was hatte dort gestanden?

Parzer (Lapislynx parcensis) … lateinisch Parzen = Schicksalsgötter … Erscheinen galt als Todesomen … kein Eigengeruch … nicht detektierbar … Beiname Phantom … schwarze Parzer gefährlich … Tatzenabdruck … charakteristische Eichenblattform … sieben extrahierbare Krallen …

Sieben.

»Aber … aber …«, stammelte Melvin atemlos, »damals im Brunnenhaus, das waren doch Flodderpocks! Wir haben sie doch gesehen, als sie aus dem Schacht herauskamen! Und an der Gartenkralle, da war doch auch Blut, dein Blut!«

Doch Robin fiel ein, dass sie die Flodderpocks erst bei ihrem zweiten Besuch im Brunnenhaus eindeutig gesehen hatten. Und dass Rost getrocknetem Blut zum Verwechseln ähnlich sah …

Das löste eine Gedankenflut aus, die wie eine Geröllawine auf ihn zuraste. Was war damals im Brunnenhaus wirklich geschehen? War alles anders gewesen, als sie bisher geglaubt hatten? Hatte es sich bei dem dunklen Riesenschatten, der aus dem Brunnen herausgeschossen war, doch nicht um einen Schwarm aufgeschreckter Flodderpocks gehandelt?

Robin sah, dass Melvin den Mund bewegte und wild gestikulierte, doch er nahm kein Wort wahr. Die Gedankenlawine in seinem Kopf übertönte alles …

Und wenn das mit den Flodderpocks gar nicht stimmte, dann stimmte womöglich auch alles andere nicht. Was, wenn die Parzer doch nicht ausgestorben waren? Was, wenn er gar nicht in die Gartenkralle gestürzt, sondern von einem Parzer angefallen worden war? Hell flammte ein Satz aus dem Lexikon in seinem Kopf auf: *Weiße Parzer galten als extrem scheu, schwarze Parzer hingegen wurden als gefährlich eingestuft und sollen ein Sekret absondern, dessen Wirkung nicht hinreichend erforscht werden konnte.*

Nicht hinreichend erforscht …

War das Sekret in Robins Blut gedrungen? War er vergiftet? Aber dann müsste er doch etwas merken? Es sei denn, es handelte sich um ein heimtückisches Gift, dessen Wirkung sich erst über lange Zeit hinweg entfaltete. Das würde natürlich die strengen Sicherheitsvorkehrungen erklären! Beim bloßen Verdacht auf Kontakt mit einem schwarzen Parzer landete man für wer weiß wie lange in Quarantäne auf St. Roche – wenn nicht sein Leben lang …

Und auf einmal fiel ihm Freddys Mutter ein, Bonnie, und das Feuermal an ihrem Hals. Helen hatte behauptet, sie sei als Kind vom Parzer geholt worden. Was, wenn das stimmte? Was, wenn das Feuermal in Wirklichkeit der Abdruck einer Parzertatze war?

War das sein Schicksal? Würde er in Honeys Farm landen wie Freddys Mutter? Er meinte ihre Stimme zu hören: *Katzen. Katzen. Schwarze Katzen. Böse Pratzen. Katzentatzen. Töten, rauben, hetzen, kratzen …*

Würde er ebenso wie Bonnie dem Wahn verfallen, dass hinter allem und jedem, das schwarz war, ein verkappter Parzer steckte?

Robin sah zu Melvin, dessen Fell noch fahler geworden war und dessen Tupfen sich in finstere Dämonenfratzen zu verwandeln schienen …

Da packte ihn Melvin an den Schultern und schüttelte ihn aus seiner Starre. »Hast du gehört?«, drang seine Stimme wieder zu Robin durch, »wir müssen sofort zum Leuchtturm. Es muss ein Gegengift geben, ein Heilmittel, ein Kraut, eine Medizin, irgendwas … Helen! Helen hat doch Walschnodder und Warzenpilze und Schrumpfköpfe und all so was! Irgendwas muss es geben, das gegen Parzergift hilft. Wenn es irgendjemand weiß, dann He…«

»Holymoly!«, stöhnte da jemand.

Robin und Melvin wirbelten herum. Auf der Schwelle der Verandatür stand ein Jarver. Hinter ihm drängte sich eine ganze Meute – große und kleine, alte und junge Jarver –, und viele sahen ziemlich abgekämpft aus. Man sah die Blessuren, die sie einander im Zuckerrausch und im Kampf um Beute zugefügt hatten.

Robin kannte Jarver nur von Abbildungen aus seiner Mentores Mundi. Sie sahen tatsächlich aus wie eine drollige Kreuzung aus Waschbär und Wallaby. Allerdings war ihr Fell nicht graubraun, sondern leuchtend kupferrot. Hellgelbe Querstreifen zogen sich von der Schwanzspitze über den Rücken bis zu den

Schultern hinauf. Auch die Ohren waren hell, genauso wie die Hamsterbacken und die Schnauze, an deren Spitze eine äußerst bewegliche schwarze Nase saß. Begierig schauten die Jarver über die Schultern ihres Anführers hinweg in die Küche. Dutzende feucht glänzende Nasen sogen bebend den Duft der Holymolys ein.

Unvermittelt brach Melvin in ein irres Gelächter aus. »Greift zu! Greift doch zu!«, schrie er und schleuderte die Arme in die Luft, »gehört alles euch … jetzt ist eh alles zu spät!«

Die Jarver ließen sich das nicht zweimal sagen. Sie stürmten die Küche und machten sich über die gefüllten Schüsseln, Töpfe, Terrinen und Etageren her. Mit flinken Fingern pulten sie zuerst das Beste aus den Holymolys heraus und schlotzten die in den Marshmallows versteckten Maraschinokirschen. Ihre Backentaschen blähten sich.

Nur der Anführer der Jarver stürzte sich nicht ins Getümmel.

Er blieb an den Türrahmen gelehnt stehen und zog etwas aus seinem Beutel hervor. Es war das Glöckchen von der Falle.

»Sherman-Spezial, wie?«, nickte er anerkennend, »nicht schlecht. Eure Falle war schlau erdacht. Aber nicht schlau genug für uns Jarver. Wisst ihr nicht, was man sagt? Es ist unmöglich, einen Jarver zu fangen. Genauso unmöglich, wie den Wind einzufangen.«

Melvin, der sich wieder beruhigt hatte, schnappte sich das Glöckchen und stopfte es in eine seiner Taschen. »Wie lange steht ihr da schon? Habt ihr etwa gelauscht?«, knurrte er.

Der Jarver reckte das Kinn und sagte würdevoll: »Wir mussten nicht lauschen. Ihr wart ja nicht zu überhören.« Und mit wissendem Lächeln fuhr er fort: »Ihr habt ein Riesenproblem, stimmt's?« Er deutete auf Robin. »Wenn der Junge von einem Parzer angegriffen wurde, müsste er von Amts wegen längst in Quarantäne sein. Und dir, als seinem Schutzmonster, droht nun das Tribunal …«

»Ihr werdet uns doch nicht etwa verraten?«, platzte Robin heraus. »Wir haben doch so viele Holymolys für euch gebacken!«

»Nein. Wir werden euch nicht verraten. Im Gegenteil! Wir werden euch sogar helfen.«

»Ihr könnt uns helfen?«

Der Zeigefinger des Jarvers schnellte empor: »Wenn ihr uns helft.«

»Wollt ihr noch mehr Holymolys?«, fragte Robin.

»Nein. Wir wollen gar keine Kekse …«

»Ach?«, sagte Melvin trocken und zog beiläufig ein Jarverkind aus einer Schüssel heraus. Es quietschte und schleckte sich rohen Teig vom Gesicht. Andere Jarver veranstalteten offensichtlich Kirschkernwettspucken. Robin vernahm ein verdächtiges Prasseln im Flur.

Der Jarver sagte: »Nein. Wir wollen nur unser Druidenauge zurück.«

»Euer Druidenauge?«, riefen Robin und Melvin verblüfft.

Der Jarver fuhr fort: »Wenn ihr uns helft, es wiederzubekommen, können wir euch ein Pfannkuchenorakel backen. Das wird euch sagen, was im Brunnenhaus wirklich passiert ist. Und wenn es tatsächlich ein Parzer war, der deinen Schützling angegriffen hat, wird uns das Pfannkuchenorakel sagen, wie seine Zukunft …«

»Sehr witzig«, unterbrach Melvin, »alle Welt weiß, dass es keine Druidenaugen mehr gibt!«

»Melvin! Warte mal …« Robin war etwas eingefallen. Aufgeregt packte er Melvin am Arm. »Erinnerst du dich daran, was Imogens Vater im Pfannkuchenpalast über diese Ausgrabung erzählt hat? Hat er nicht von irgendeinem alten Fürstengrab erzählt …?«

»Nicht irgendein Fürstgrab!«, schnitt ihm der Jarver das Wort ab. »Sondern die letzte Ruhestätte des großen Jasmund von Inderwisch – des größten und mutigsten Druiden aller Zeiten! Er war ein großer Seher und ein tapferer Kämpfer. Er war es, der damals die Koalition aus Menschen und Monstern schmiedete, um das Land von den Invasoren zu befreien. Auch unsere Ahnen traten dem Bündnis bei – als Späher und Spione«, er seufzte und fuhr leiser fort, »und als Totengräber. In der Schlacht von Galomé unterlag die Koalition den Invasoren. Fast alle kamen ums Leben. Auch Jasmund von Inderwisch fiel. Unter Lebensgefahr bargen unsere Ahnen seinen Leichnam und sein wertvolles Druidenauge vom Schlachtfeld und bestatteten ihn heimlich in seiner Heimaterde, am Chanthill hier in Oaksend. Sie schworen, die Erinnerung an Jasmund von Inderwisch von Generation zu Generation weiterzugeben und bis in alle Ewigkeit zu bewahren. Seit jener Zeit sind wir, die Jarver, die Hüter des letzten Druidenauges. Jedes Jahr kommen wir nach Oaksend, um am Grab von Jasmund diesen Schwur zu erneuern. Doch das letzte Mal mussten wir feststellen, dass sein Grab geschändet und das Druidenauge gestohlen worden war …«

»Das Waffenschild!«, rief Robin. »Imogens Vater hatte recht. Das war kein Waffenschild. Es war tatsächlich ein Druidenauge. Aber es wurde doch geklaut, oder? Was hat Imogens Vater gesagt? Auf dem Weg ins Museum nach Banston – von irgendwelchen Kunstdieben …«

»Es wurde nicht von Kunstdieben geklaut, sondern …« Der Jarver wurde blass und sank gegen den Türrahmen. Robin fing ihn auf und entdeckte, dass sein Schweif mit einem blutgefleckten Verband umwickelt war. Plötzlich ahnte er, dass die Verletzungen der Jarver nicht von ihren Futterkämpfen herrührten.

Auch Melvin schien etwas zu dämmern. Sein Fell wurde dunkel und buschig. »Ratzen!«, zischte er, und in seinen Augen glomm etwas gefährlich auf.

Der Jarver sah mit schmerzverzerrter Miene zu ihnen auf und stöhnte: »Ja. Jawnerel und sein Clan haben das Druidenauge gestohlen. Monatelang haben wir es im ganzen Land gesucht, bis wir herausfanden, dass es Oaksend nie verlassen hat. Deshalb sind wir hierhergekommen – um uns das Druidenauge zurückzuholen. Wir spähten die Ratzen aus und entdeckten ihr Hauptquartier in der Nähe einer Schlossruine, in einer Zisterne.

Eines Nachts schlichen wir uns hinein, doch vom Druidenauge fehlte jede Spur. Dabei wurden wir von den Ratzen entdeckt und es kam zu einer sehr hässlichen Schlacht. Es gab viele Verwundete. Wir mussten den Rückzug antreten.«

Robin sagte: »Aber wie kann das sein? Ihr Jarver, ihr seid so unglaublich flink und schlau, dass ihr noch nicht mal auf einen Sherman-Spezial reinfallt. Und ihr seid viel größer als Ratten. Es müsste doch ein Leichtes sein, sie zu überwältigen?«

Der Jarver streckte die Pfoten aus: »Womit denn? Wir haben doch keine Krallen und unsere Zähne sind nicht scharf genug. Sie sind für Kekse geschaffen, nicht für den Kampf.«

Robins und Melvins Blick trafen sich. Es war gar nicht so lange her, da waren sie selbst ahnungslos in das Revier der Ratten geraten. Ja, es stimmte schon, auch sie waren größer als Ratten, und Melvin war zudem mit messerscharfen Krallen und Fangzähnen bewaffnet. Und, hatte es ihnen etwas genutzt? Überhaupt nicht. Was den Ratten an Körpergröße fehlte, machten sie mit ihrer schieren Menge wieder wett. Nur mit knapper Not waren sie damals entkommen. Robin schauderte bei der Aussicht, jemals wieder in die Zisterne hinabsteigen zu müssen.

Aber diesmal ging es um etwas völlig anderes.

Die Ratten hatten ein Druidenauge. Ein echtes.

Und die Jarver wussten, wie man damit ein Pfannkuchenorakel buk. Ein echtes.

Und Robin musste unter allen Umständen wissen, ob das Mal auf seinem Arm von einem Parzer stammte …

Da sagte Melvin: »Einverstanden. Ich gehe zur Zisterne und hole das Druidenauge.«

»Du? Wir!«, rief Robin. »Ich komme natürlich mit!«

»Du hast wohl nicht mehr alle Kekse in der Dose! Das wirst du nicht tun!«

»Und ob ich mitkomme!«

»Nein!«

»Doch!«

Melvin fing an zu schnurren, und Robin spürte sofort, wie ihm die Augenlider schwer wurden. Er schüttelte sich und steckte sich die Finger in die Ohren. »Lass das! Ich gehe mit, da kannst du noch so schnurren!«

Melvin lief vor Ärger dunkel an und zog ihm die Finger aus den Ohren. »Nein, das tust du nicht«, rief er, »es ist viel zu gefährlich! Ich bin hier das Schutzmonster. Ich habe einen Eid auf die Acht Gesetze der Mentora geschworen. Schon vergessen? Gesetz eins lautet: Du sollst den Menschen beschützen. Nicht umgekehrt!«

»Und ich bin dein Freund«, schoss Robin zurück: »Ich habe auch einen Eid geschworen: Du sollst einen Kumpel nie im Stich lassen!«

»Was für ein Gesetz soll das denn sein?«, schnappte Melvin.

»Das ist kein Gesetz. Das macht man einfach so!«

Sie funkelten einander an.

Der Jarver hüstelte. Da entlud sich Melvins Wut sprunghaft auf ihn. »Was?«, fuhr er ihn an.

»Also ich weiß ja nicht, wie es bei euch ist, aber bei uns Jarvern gibt es ein Sprichwort: Ein Doppelkeks wiegt mehr als tausend Torten.«

»Genau!«, rief Robin, der den Spruch zwar nicht verstand, aber spürte, dass der Jarver auf seiner Seite war.

Melvin schnaubte unwillig, gab sich jedoch geschlagen. »Also gut«, murrte er, »dann lass uns gleich aufbrechen, bevor ich es mir anders überlege.« Er wandte sich zum Hausflur. »Es ist ein weiter Weg zur Zisterne …«

»Versucht es nicht durch die Zisterne«, hielt ihn der Jarver zurück und deutete zum Garten hinaus, »es gibt einen besseren Weg zu Jawnerels Schatzkammer.«

Kapitel 22

In der Unterwelt

Robin, Melvin und der Jarver, der sich als Panettone vorgestellt hatte, machten sich auf den Weg zum Brunnenhaus. Der Regen hatte nachgelassen, doch ein Blick auf die mächtigen Wolkenwirbel am Abendhimmel ließ erahnen, dass er nur eine Pause machte. Das Gemüsebeet hatte sich in einen kleinen Teich verwandelt. Wie Treibgut dümpelten Kürbisse und Jarverfalle träge umeinander herum.

Sie schlängelten sich durch tropfnasses Gestrüpp zum Brunnenhaus hindurch. Dort angekommen, blickten alle drei in den Schacht hinunter. Robin hatte ein Gummiband an sein Noogle geknotet und trug es nun wie eine Piratenklappe über dem linken Auge. Die Finsternis war so undurchdringlich, dass er kaum tiefer als zwei Meter sehen konnte. Melvin schien es nicht viel besser zu gehen. Er schnalzte leise mit der Zunge. Die Vorstellung, den Brunnenschacht hinabzuklettern, schien ihm ganz und gar nicht zu behagen.

»Ganz schön tief«, stellte er fest, »und ganz schön dunkel. Ich weiß nicht, ich finde das zu riskant … Was spricht dagegen, es durch die Zisterne zu versuchen? Die kenne ich wenigstens. Und wenn ich bluffe, kann ich mich an den Ratzen vorbeimogeln.«

Robin durchschaute seinen Freund sofort. Melvin wollte lieber durch die Zisterne in das Reich der Ratten eindringen als durch den Brunnen, weil Robin, der ja nicht bluffen konnte, dann zurückbleiben musste. Er öffnete schon den Mund zum Protest, da kam ihm Panettone zuvor: »Das Bluffen nützt dir in diesem Fall gar nichts«, sagte er, »die Ratzen haben in der Zisterne überall Tretminen verbuddelt.«

»Tretminen?«

»Vuvuzela-Kröten«, erklärte Panettone, »die Biester heulen los wie Nebelhörner.«

»Auch das noch!«, stöhnte Melvin und sah kopfschüttelnd wieder in den finsteren Schacht hinab. »Und irgendwo da unten soll es einen geheimen Abzweig geben, der in eine Schatzkammer führt?«

»So ist es!«

»Wie könnt ihr euch da so sicher sein?«

Panettone grinste: »Eine Ratze hat es uns verraten.«

»Eine Ratze? Die lügen doch wie gedruckt!«

Panettone grinste noch breiter: »Es sei denn, du versetzt sie in Blutrausch. Das wirkt auf Ratzen wie ein Wahrheitsserum.«

»Wie habt ihr das denn angestellt?«, Melvin richtete sich verblüfft auf.

Panettone erklärte: »Das war ein bisschen knifflig, aber zum

Glück bekamen wir Unterstützung von einem einheimischen Kater. Er half uns, eine Ratze zu fangen und mit einem blutigen Steak zu berauschen …«

In Robins Kopf machte es klick. Punchkiss hatte das Steak damals also gar nicht für sich selbst geklaut, sondern um den Jarvern zu helfen …

Panettone fuhr fort: »Und diese Ratze sprach von einem ausgedienten Überlaufkanal der Zisterne, der zu den Brunnen in Oaksend führt. So erfuhren wir auch, dass die Zisterne nur ein kleiner Teil von Jawnerels Revier ist. Unter der Zisterne gibt es ein weitverzweigtes Höhlen- und Tunnelsystem.«

Melvin schaute skeptisch, doch Robin erinnerte sich an den Geschichtsunterricht bei der strengen Mrs Keeman. Wochenlang hatten sie mit der Klasse die Geschichte des Bergbaus in den Oakys durchgekaut. Der Stoff war so trocken gewesen wie ein altes Schulbrot. Robin wunderte sich, dass er überhaupt etwas behalten hatte. Er wandte sich an seinen Freund: »Da könnte was dran sein, Melvin. Früher wurde in den Oakys Bergbau betrieben. Das ist zwar schon ewig her, und das Bergwerk wurde schon längst stillgelegt, aber die Stollen könnten noch existieren.«

Alle drei blickten wieder in den Brunnenschacht hinab.

Robin war so an das Reisen im Schutz des Hatchpatchs gewöhnt, dass er sich verletzlich fühlte bei der Aussicht, mit nichts als seiner Kleidung am Leib in die unbekannten Tiefen von Oaksend hinabzusteigen. Doch das Hatchpatch nützte ihnen nichts. Wo genau sollte Melvin es hinsteuern? Das unterirdische Terrain war völlig unbekannt. Dabei fiel Robin ein …

»Wie sieht das Druidenauge überhaupt aus?«

»Oh, ihr könnt es gar nicht übersehen«, rief Panettone, »es ist eine große, prächtige Kupferpfanne mit zwei Henkeln und einem fein ziselierten Goldrand.«

Melvin nickte ernst, beugte sich über den Brunnenschacht und fing an zu schnurren. Robin und Panettone horchten, doch kein Laut drang hinauf – nicht der Hauch eines Rauschens. Melvin richtete sich auf: »Die Luft ist rein. Keine Flodderpocks.«

Robin sah sich suchend im Brunnenhaus um: »Jetzt brauchen wir ein Seil, oder? Wie lang muss es wohl sein?«

Doch Melvin antwortete nicht. Robin spürte das leichte Kribbeln in der Luft, das davon kündete, dass Melvin seinen Echolon-Sinn aktivierte. Er langte in den Brunnen und wühlte in den Algenzotteln, die die Innenseite des Schachtes vollkommen überwucherten. Ihre Farbe und Beschaffenheit erinnerten an das Fell eines magenkranken Murkers.

»Wir brauchen kein Seil«, sagte er schließlich und rüttelte an etwas, »hier sind Eisensprossen. Scheint so eine Art Notstiege zu sein.« Er kletterte auf den Brunnenrand und stieg rückwärts mit Bedacht auf die erste Sprosse, die verborgen von dem Algenteppich in die Schachtmauer eingelassen war. Robin und der Jarver hielten ihn fest, als er einen Fuß auf die Sprosse setzte und sein Gewicht verlagerte. Schließlich hüpfte er sogar auf und ab. »Hält bombig!«

Er nickte befriedigt und wandte sich an Robin. »Also dann …«, sagte er sehr ernst, »bist du dir sicher, dass du mitkommen willst? Da unten könnte es ziemlich ungemütlich werden.«

»Eben!«, antwortete Robin rasch, kletterte auf den Brunnenrand und stieg rückwärts hinein. Melvin, der etwas weiter nach unten geklettert war, führte Robins Fuß sicher zur ersten Eisensprosse. Robin erschrak, doch er ließ sich nichts anmerken. Was Melvin als Sprosse bezeichnet hatte, war kaum größer als ein Hufeisen. Ein sehr glitschiges Hufeisen.

»Alles okay?«, fragte Melvin.

»Alles okay«, sagte Robin hastig, »bin startklar.«

»Also gut. Dann mal los. Und immer schön langsam. Denk dran, du hast keine Krallen.« Melvin nahm die nächsten Meter in Angriff. Robin tastete sich mit Herzklopfen zentimeterweise hinterher.

Panettone sah sie vom Brunnenrand aus in der Tiefe verschwinden. »Wir rühren schon mal den Pfannkuchenteig für das Orakel an!«, rief er, doch seine Worte wurden von dem dicken Algenteppich nahezu verschluckt, so wie Robin und Melvin schon nach wenigen Metern von der Dunkelheit.

Für Melvin war der Abstieg leichter als für Robin. Mit seinen Krallen konnte er sich in die glitschigen Eisensprossen einhaken wie mit Steigeisen, während Robin mit den Sohlen seiner Turnschuhe immer wieder abrutschte.

Glitschige Algen strichen über sein Gesicht. Er mochte sich gar nicht erst vorstellen, was sich alles in diesem schleimigen

Teppich verbarg: fette Molche, Nacktschnecken, Tausendfüßler, Ohrenkneifer … Schon sah er im Geiste einen schwarzen Gliederfüßler seinen Arm entlangflitzen und in seinem Ohr verschwinden. Er schüttelte sich unwillkürlich und verfehlte prompt mit dem Fuß die nächste Sprosse.

Doch da spürte er Melvins Griff um seinen Knöchel, der ihn sicher zur Sprosse zurückführte.

»Langsam!«, mahnte er, »denk an nichts anders als den nächsten Schritt. Jeder einzelne bringt uns näher zum Druidenauge. Nur das ist wichtig. Alles andere spielt jetzt keine Rolle …«

Robin rief sich zur Ordnung. Melvin hatte natürlich recht. Was machte er sich Sorgen um Käfer? Wenn sie das Druidenauge nicht fanden, drohte ihm viel Schlimmeres. Einzig und allein das Druidenauge war jetzt wichtig. Es war seine einzige Chance …

Schweigend und konzentriert arbeiteten sie sich Meter für Meter weiter hinunter in den finsteren Schlund. Allmählich entwickelte Robin ein Gefühl für die Abstände der Sprossen und seine Tritte wurden sicherer.

Er riskierte einen Blick nach oben. Die Brunnenöffnung war inzwischen auf die Größe eines Centstücks geschrumpft, und die Lampe, die Panettone auf dem Brunnenrand zurückgelassen hatte, war nur noch ein winziges glimmendes Pünktchen.

In dem Moment schrie Melvin auf. Robin ließ vor Schreck fast die Eisensprosse los, an die er sich klammerte. »Was ist?«

Melvin fluchte gepresst, dann hörte Robin Spuckgeräusche.

»Hast du dich verletzt?«, fragte er alarmiert.

»Nicht so schlimm. Pass auf, die übernächste Sprosse ist gebrochen!«

Kurz darauf spürte er wieder, wie Melvin seinen Knöchel umfasste und seinen Fuß zum unbeschädigten Teil der Sprosse führte. Als Robin weiter hinunterstieg, streifte seine Hand die Bruchkante. Sie war messerscharf.

Und weiter ging es, immer tiefer hinab, Meter für Meter.

Allmählich meldete sich ein schmerzhaftes Ziehen in Robins Schultern und seine Arme fingen an zu zittern. Er durfte jetzt nicht verkrampfen. Ruhig bleiben, mahnte er sich selbst. Einatmen. Schritt nach unten. Ausatmen. Hand lösen, nach unten greifen. Einatmen. Schritt nach unten. Ausatmen …

Er war so konzentriert, dass er nicht merkte, dass Melvin gestoppt hatte, und trat fast auf dessen Kopf. »He, was ist? Warum gehst du nicht …«

»Warte mal – da ist was …«, sagte Melvin.

Robin spürte ein leichtes Kribbeln in der Luft, als Melvin sein Echodings machte. Oder war das Kribbeln nur seine Gänsehaut? Er hörte ein schmatzendes Geräusch, dann erklang Melvins Stimme, die sich hohl anhörte: »Panettone hatte recht. Hier gibt es einen Abzweig.«

Robin hangelte sich zwei weitere Sprossen hinunter und spürte einen feuchten Hauch auf seinen Wangen. Er wandte den Kopf. Rechts von ihm erkannte er durch die Linse des Noogles einen kreisrund gemauerten Abzweig im Brunnenschacht. Melvin streckte ihm den Arm entgegen. Robin ergriff seine Hand, machte einen großen Schritt in die Öffnung des Abzweigs und ließ mit der anderen Hand die Sprosse los. Einen Augenblick lang hing er im Spagat über der gähnenden Leere. Melvin zog ihn mit einem Ruck in das Überlaufrohr hinein. Robins Turnschuhe versanken schmatzend in glitschigem Morast, der sich am Boden des Rohrs gesammelt hatte. »Urgh!« Er richtete sich auf. Das Rohr war so groß, dass Robin aufrecht darin stehen konnte. Melvin, der einen halben Kopf größer war, musste sich bücken. Mit Blick auf den Schlamm zu ihren Füßen sagte er: »Hier war aber schon lange kein Glitsch mehr. Sieh dir das an. Was für eine Sauerei … Tipp, Topp und Picobello wären hellauf begeistert.«

Robin hielt sich die Nase zu und folgte Melvin, der in dem schlammigen Überlaufrohr losstapfte. Er beneidete ihn um seine Krallen, die ihm in dem glitschigen Untergrund als Spikes dienten und festen Halt gaben. Er selbst drohte immer wieder auszurutschen und im Morast zu landen. Zu allem Überfluss war das Rohr leicht abschüssig. Robin ruderte mit den Armen, um das Gleichgewicht zu halten. Da! Wieder rutschte er aus, sein Bein glitt einfach unter ihm weg. Reflexartig griff er um sich – und fand Halt an einem schief gemauerten Ziegelstein, dessen Ecke aus dem Mauerwerk hervorragte. Doch dann bewegte sich der vermeintliche Ziegelstein und mit einem Plopplaut löste sich ein dickes Schneckengehäuse. Was auch immer darin hauste, schien jedoch keine Schnecke zu sein. Des sicheren Halts so abrupt beraubt, schickte es sich an, sogleich nach neuem Halt zu suchen – und fand ihn auch. Tentakel schlangen sich um Robins Handgelenk. Der schrie auf und fuchtelte wild mit dem Arm in der Luft herum, um das Ding abzuschütteln. Melvin, der sich in dem Moment umdrehte, bekam prompt einen unabsichtlichen Kinnhaken ab, der ihn rücklings in den Schlamm beförderte, wobei sich seine Füße in Robins Beinen verhedderten und Robin der Länge nach auf Melvin fiel.

Nun halfen auch keine Spikes mehr. In Schussfahrt ging es den immer abschüssiger werdenden Tunnel hinunter. Im Nu war das Noogle vollkommen mit Schlamm bespritzt. Blindlings klammerte sich Robin an Melvins Brustfell und fühlte sich, als säße er auf einem sehr haarigen Rennschlitten. Immer schneller sausten sie dahin, bis sie plötzlich aus dem Rohr herausschossen und kopfüber tief in Wasser eintauchten. Robin kämpfte sich an die Oberfläche und schnappte nach Luft. Melvins Kopf tauchte unmittelbar neben ihm auf. Er spuckte Wasser aus und schüttelte den Kopf, was dazu führte, dass sein Fell in wilden Zotteln abstand. Der bläuliche Lichtschimmer, der aus den Tiefen des Wassers heraufdrang, verlieh seinem Antlitz dramatische Schatten und ließ ihn aussehen wie ein Sumpfmonster.

Offenbar waren sie in einer kleinen Grotte gelandet. Über ihnen wölbte sich eine dunkle Felsendecke, beleuchtet von den Reflexionen des Wassers, die als Lichtnetze darüberglitten.

Das Becken, in dem sie gelandet waren, war offensichtlich über Jahrhunderte hinweg zu einem natürlichen kleinen Swimmingpool ausgewaschen worden. Hinter ihnen ragte die Felswand steil aus dem Becken auf, zwei Meter über der Wasserlinie befand sich das Rohr, aus dem sie geschossen waren.

Gegenüber lief das tropfenförmige Becken spitz zu, flankiert von dunklen Steinbrocken, von denen manche groß waren wie Garagen. Sie schwammen ans Ufer und hievten sich aus dem Wasser. Melvin schüttelte sich, legte den Kopf auf die Seite und hopste herum, um das Wasser aus den Ohren zu kriegen.

Robin musste unwillkürlich grinsen. Immer wieder belustigte es ihn, wie Melvin sich veränderte, wenn er nass war. In trockenem Zustand ließ ihn sein dickes, langes Fell pummelig aussehen. Erst in nassem Zustand offenbarte sich, wie dünn er eigentlich war. Robin musste dann jedes Mal an eine nasse Perserkatze denken.

Melvin hielt im Hopsen inne. »Ist was?«

»Nein, nein, gar nichts«, sagte Robin schnell und zog sein Hemd aus, um es auszuwringen. Dabei sah er zu seinem Entsetzen, dass das Tentakelding immer noch da war. Es hatte sich unbemerkt an seiner Gürtelschnalle festgesaugt. Aus dem Schneckenhaus schoben sich ein Paar Stielaugen hervor und plinkerten ihn von unten herauf an.

»ÄRX!« Mit spitzen Fingern zog Robin an dem Gehäuse, doch das Ding klammerte sich nur umso fester an der Schnalle fest. Nun war es Melvin, der grinste. »Keine Panik, das ist doch nur ein Twirl. Der tut dir nichts. Schau, er ist noch ein Baby.«

Das Ding war groß wie ein Golfball. Robin mochte sich gar nicht vorstellen, wie ein ausgewachsener Twirl aussah.

»Mir egal, was es ist! Mach es ab!«, rief er mit überschnappender Stimme. Melvin kitzelte am Gehäuse des Twirls, woraufhin dessen Tentakel blitzartig die Schnalle losließen und aus dem Gehäuse ein piepsiges Kichern erklang. Melvin pflückte den Twirl von Robins Gürtel und hob ihn an sein rechtes Horn. Sofort schlang der Twirl seine Tentakel darum. »Keine Sorge«, brummte Melvin, »wir finden für dich schon ein neues Heim.« Und zu Robin gewandt fuhr er fort: »Ich schätze, da geht's lang.« Er deutete auf eine schmale Lücke zwischen den Steinbrocken und ging voran. Robin zwängte sich hinter ihn in den Spalt hinein und blieb ihm dicht auf den Fersen. Nach wenigen Metern weitete sich der Spalt und sie stolperten ins Freie. Wie angewurzelt blieben sie stehen. Beiden klappte vor Staunen der Mund auf.

Kapitel 23

Die schwarze Grotte

Vor ihnen erstreckte sich eine Höhle, groß, dunkel und hoch wie eine Kathedrale. Funkelnde anthrazitfarbene Stalaktiten senkten sich von der Deckenkuppel, überzogen von winzigen Leuchtpilzen, die fahles Dämmerlicht verbreiteten. Weitere Abertausend Leuchtpilze überzogen die nahezu schwarzen Felswände ringsum, in denen es schimmerte und glitzerte. Sie umschlossen ein Halbrund am tieferen Grund der Höhle. Unwillkürlich musste Robin an ein Amphitheater denken. Umso mehr, als auf der gegenüberliegenden Seite in den schwarzen Stein gehauene grobe Stufen zu einer bühnenartigen Empore führten. Aus deren Mitte ragte ein mächtiger schwarzer Quaderstein auf, flankiert von zwei windschiefen Holzrahmen, die mit einem Flickwerk aus Segeltuch bespannt waren.

Wetterscheiden!, schoss es Robin durch den Kopf. Er erinnerte sich wieder an Mrs Keemans Geschichtsunterricht. Solche Segel wurden früher im Bergbau zur Belüftung von Stollen benutzt, um Schlagwettern vorzubeugen. Das waren Explosionen, verursacht durch Methangas, das beim Kohleabbau freigesetzt wurde. Nun ahnte Robin auch, warum die Felsen so dunkel waren. Das waren gar keine Felsen.

Melvin stemmte die Fäuste in die Seiten. »Wenn das die Schatzkammer ist, wo ist dann der Schatz? Siehst du irgendwo einen? Geschweige denn ein Druidenauge? Die Jarver haben sich von dieser Ratze einen Bären aufbinden lassen. Pah! Wusst' ich's doch. Alle Ratzen lügen, sogar im Blutrausch!«

»Sie hat nicht gelogen«, sagte Robin geknickt.

Melvin sah ihn erstaunt an. Robin deutete auf die schwarz funkelnden Höhlenwände ringsum. »Das alles ist der Schatz.«

»Wie bitte?«

»Das sind keine Felsen. Das ist Kohle. Pure Anthrazitkohle. Schwarzes Gold.«

»Das glaub ich jetzt nicht!« Melvin schnaubte ungläubig. Er stieg in das Halbrund hinab und erklomm die Stufen zur Empore. Robin folgte ihm und sah zu, wie Melvin jeden Winkel, den Boden und schließlich den Quaderstein mit seinem Echolon nach Hohlräumen absuchte, in denen sich vielleicht doch noch ein Schatz oder das Druidenauge verbergen mochte.

Robins Blick verfing sich an den alten Wetterscheiden. Er trat näher. Das Flickwerk entpuppte sich als Wirrwarr aus vergilbten Zeitungssauschnitten des *Monster Observers*.

»Sieh mal!«, rief Robin und winkte Melvin zu sich. Stumm überflogen sie die Überschriften. Es war die Chronik einer Katastrophe, die vor über hundert Jahren stattgefunden hatte:

DIE SPANISCHE GRIPPE

Epidemie weitet sich aus: Erste Todesfälle in Eastwick, Sandford und Oaksend!

Seuche greift rasend schnell um sich: Quarantäne über der Hauptstadt!

Zehntausend Todesfälle. Banston ruft Notstand aus!

Schlimmste Katastrophe seit der dunklen Epoche: Mentora ruft alle Monster zum Freiwilligendienst an der Menschheit auf!

Seuche als grausames Attentat entlarvt!

ATTENTÄTER GEFASST!
Modrow von Hohenstein verhaftet!

Modrow von Hohenstein zu lebenslanger Verbannung auf die Kolonien verurteilt!

Unter der letzten Überschrift befand sich das Schwarz-Weiß-Foto eines Barbouzas. Das herausragende Merkmal dieser Monsterart war ihr Fell. Es war noch dichter als das eines Otters – so dicht, dass Barbouzas auf Wasser treiben konnten wie Korken.

Obwohl der Barbouza auf dem Foto in Ketten lag und von zwei grimmig aussehenden Shrokks abgeführt wurde, wirkte er nicht besiegt. Im Gegenteil, die Augen unter der hohen Stirn mit den elegant geschwungenen Hörnern bohrten sich mit fanatisch stechendem Blick in die des Betrachters.

Das war also dieser Modrow von Hohenstein gewesen, dachte Robin. Er kannte die Geschichten über ihn nur zu gut. Modrow von Hohenstein war ein Monster gewesen, das von den Gesetzen der Mentora nicht viel gehalten hatte. Er hatte die Menschen nicht beschützen, sondern beherrschen wollen. Um sein Ziel zu erreichen, dachte er sich einen teuflischen Plan aus. Er wollte die Menschen schwächen, um sie dann unter sein Joch zu zwingen. Dazu schuf er ein Virus, das er mithilfe der Ratten über die ganze Welt verteilte. Die spanische Grippe. Die Menschen waren dem Virus hilflos ausgeliefert. Ohnmächtig mussten die Monster zusehen, wie die Menschen an der Seuche starben. Zwanzig Millionen kamen damals weltweit ums Leben, und es wären sicher noch mehr geworden, wenn den Monstern nicht irgendwann gedämmert hätte, dass es sich bei der Seuche in Wirklichkeit um ein Attentat handelte.

Doch dann ging alles ganz schnell: Modrow von Hohenstein wurde als Attentäter überführt und auf die berüchtigten Kolonien verbannt, von denen es hieß, dass niemand je lebend von dort zurückgekehrt sei. Nach einem Jahr befiel ihn die gefürchtete Tropenfäule und er starb einen elenden Tod. Sein Leichnam wurde verbrannt und die Asche im Meer verstreut.

Die Ratten, Modrows Helfershelfer, behaupteten vor dem Tribunal, sie seien von Modrow getäuscht worden. Nie und nimmer hätten sie gewusst, dass es sich bei dem, was sie für Modrow auf der ganzen Welt verteilen sollten, um ein tödliches Virus gehandelt habe. Im Gegenteil. Modrow hätte behauptet, es handle sich um einen Antikörper gegen Kinderlähmung. Niemand glaubte den Ratten so recht, doch man konnte ihnen nichts beweisen. Dennoch verbannte das Tribunal auch sie – unter die Erde. Nie wieder sollte eine Ratte das Tageslicht sehen dürfen. Wagten sie es dennoch, galten sie als vogelfrei: Jedes Monster durfte dann Jagd auf sie machen.

Melvins Fell war inzwischen kohlrabenschwarz geworden. Er bebte vor Wut und spuckte angewidert aus. »Sieh dir das an. Von wegen, sie hätten nichts von Modrows bösen Absichten gewusst … Sie verehren ihn immer noch. Nach so vielen Jahren!«

Der Zauber der Grotte verflog augenblicklich, stellte sie sich doch als höchst fragwürdiger Heldenschrein heraus. Für einen millionenfachen Mörder.

Melvin ließ alle zehn Krallen herausschnappen, um die makabren Gedenktafeln zu zerfetzen. Er holte aus – und hielt mitten in der Bewegung inne. Die Luft kribbelte, seine Hörner pulsierten, der Twirl tauchte in seinem Schneckenhaus unter.

»Ratzen!«, zischte Melvin, »ein ganzer Haufen ist im Anmarsch!«

Sie hetzten zurück zum Felsenspalt und krochen hinein. Im Schatten verborgen, konnten sie die Höhle überblicken, ohne selbst gesehen zu werden.

Und da kamen sie auch schon. Aus einem Zugang, den Robin und Melvin nicht hatten sehen können, weil er hinter einem

Felsvorsprung verborgen war, strömten immer mehr Ratten in das Halbrund vor der Empore. Es war eine gruselige Prozession. Die sonst so geschwätzigen Ratten blieben einvernehmlich stumm und alle hatten sich das Fell mit Kohle schwarz gefärbt. Zum Schluss kam eine Ehrengarde herein. Zwei besonders große Ratten schulterten einen von Dreck vollkommen verkrusteten Mülleimerdeckel, auf dem der fürchterliche Jawnerel höchstpersönlich saß. Er war fett und groß wie ein Jack-Russell-Terrier. Von der Schnauze fehlte die Hälfte, das Maul war ein schrundiges Loch. Die Ehrengarde ging in die Knie und ließ ihn absteigen. Sie lehnten den Mülleimerdeckel an den Felsvorsprung und folgten Jawnerel zur Empore, wo sie vor den Stufen innehielten, während Jawnerel in heiligem Ernst zum Altar emporstieg.

Da kam noch ein Trupp Ratten in die Halle marschiert, mit einer Trage, auf der ein langes Bündel lag. Sie erklommen mit ihrer Last die Stufen der Empore und bahrten das Bündel ehrfürchtig auf dem altarähnlichen Quaderstein auf. Dann zogen sie sich zurück und reihten sich bei ihren Kameraden im Halbrund ein. Jawnerel senkte den Kopf, hob die Arme wie zu einer Segnung, schloss die Augen und verkündete salbungsvoll: »Meine Brüder und Schwestern! Lasst uns preisen und Fürbitte leisten. Sendet all eure Kraft und Gedanken ihm, dem Einen, dem Einzigen, unserem Erlöser, auf dass das Wunder geschehe, auf dass er wiederkehre und unser Volk aus dem Dunkel erlöse.«

Bei diesen Worten kreuzten alle Ratten die Pfoten über der

Brust, senkten die Köpfe, schlossen die Augen und verfielen in ein monotones leises Summen, wobei sie sich sacht hin und her wiegten.

Robin blickte wie gebannt auf das längliche Bündel auf dem Altar. Was war das? Ein ungutes Gefühl beschlich ihn. In dem Moment wisperte Melvin kaum hörbar: »Eine Mumie! Die beten eine Mumie an! Leichenschänder!« Seine Stimme bebte vor Abscheu. Robin war nicht minder schockiert. Wie krank war das denn? Einen Leichnam stehlen, um ihn als Ersatz-Modrow anzubeten? Die Leiche des echten Modrows war ja verbrannt und die Asche auf dem Meer verstreut worden.

Das Summen der Ratten schwoll an und hallte als unheimliches Echo von den Höhlenwänden wider. Im Licht der Abertausend Leuchtpilze schimmerten die Bandagen der Mumie geisterhaft in der schummrigen Höhle.

Robin rückte das Noogle zurecht, drehte am Ring, der es umschloss, und zoomte näher ran. Nun sah er auch, dass die Mumie fachmännisch und mit Hingabe präpariert worden war, die Arme waren feierlich über der Brust gekreuzt. Sogar die Finger waren in extra fein dafür zugeschnittene Mullstreifen gewickelt worden. Man konnte jeden einzelnen erkennen. Zumindest die der rechten Hand, die obenauf lag. Ihr fehlten anderthalb Finger. Robin schoss durch den Kopf, dass Mr Hooper, der letzte Kioskbesitzer, der sich als Monster entpuppt hatte, auch eine verstümmelte Hand gehabt hatte. War es die rechte oder die linke gewesen? Robin konnte sich nicht mehr erinnern.

Auch Melvin schien es aufgefallen zu sein, denn er gab einen leisen Laut der Überraschung von sich. Robin warf ihm einen Blick zu. Doch Melvin sah in eine ganz und gar andere Richtung. Mit großen Augen starrte er über Robins Schulter hinweg. Robin wandte den Kopf. Unbemerkt von den Ratten war Jawnerels Mülleimerdeckel vornübergekippt. War die Vorderseite von Dreck verkrustet gewesen, so offenbarte die Innenseite den warmen Glanz reinsten Kupfers. Robins Herz schlug einen dreifachen Salto. Das war kein Mülleimerdeckel. Deutlich erkannte er den fein ziselierten Goldrand.

Melvin japste: »Das Druidenauge!«

Bevor Robin noch etwas sagen konnte, bluffte Melvin sich weg. Unsichtbares Fell streifte kurz Robins Wange, dann drückte ihm Melvin etwas in die Hand. Das Hatchpatch.

»Ich hole das Druidenauge. Mach du schon mal das Hatchpatch startklar.« Und weg war er.

Robin warf das Hatchpatch zu Boden, wo es sich blitzartig ausbreitete. Mit einem leisen Schmatzlaut öffnete sich das Loch zur Schleusenkammer. Erschrocken sah Robin zu den Ratten hinüber. Hatten sie das Geräusch vernommen? Doch die schienen sich inzwischen regelrecht in Trance gesummt zu haben und nichts mehr um sich herum wahrzunehmen. Das monotone, getragene Auf und Ab ihrer unheimlichen Litanei wurde immer intensiver, immer gruseliger.

Robin sah zur anderen Seite der Höhle hinüber, zum Druidenauge.

Melvin hatte es bereits gepackt und war auf dem Rückweg zu Robin. Hoffentlich drehte sich keine der Ratten ausgerechnet jetzt um. Denn dann hätte sie ein wahres Wunder erlebt: ein Druidenauge, das einen halben Meter über dem Boden quer durch die Höhle tanzte. Geschickt und wieselflink manövrierte der gebluffte Melvin die schwere Kupferpfanne zwischen Felsbrocken hindurch und hinauf zu dem Spalt, wo Robin vor dem geöffneten Hatchpatch kniete.

»War doch ein Kinderspiel!«, raunte Melvin und machte sich wieder sichtbar. Sie ließen das Druidenauge ins Hatchpatch hinab und sprangen hinterher. In der Schleusenkammer war es nun noch enger als zuvor, sie konnten sich kaum noch um sich selbst drehen.

Wenigstens hatte sich der Geruch nach Turbo-Exterminator verflüchtigt und zum Glück auch das penetrante Anchovis-Aroma. Nur noch ein schwacher Hauch drang aus der Schublade, in der Melvin die Flitzbits-Cracker verstaut hatte.

»Jetzt aber nix wie nach Hause!«, sagte Melvin atemlos. Robin konnte sich gerade noch an einem Büschel Fell festkrallen, da stürzten sie schon ins Bodenlose.

Kapitel 24

Der Gefangene

Das Hatchpatch schien ihre Not zu spüren, denn es zischte los wie eine Rakete. Oder war das der Wirkung des Turbo-Exterminators zu verdanken? Oder den Flitzbits-Crackern? Robin dachte daran, wie das Hatchpatch sich auf der Ladentheke bei Hastings in der Monstermall nach der Schachtel langgemacht hatte. War es etwa in der Lage, in die Schublade zu gelangen, in der Melvin die Cracker verstaut hatte? Hatte es sie aufgegessen und dadurch ungeahnte Kraft erlangt?

Egal. Hauptsache schnell nach Hause, wo die Jarver schon mit dem Teig warteten, um das Pfannkuchenorakel zu backen, und dann …

In das Pfeifen und Brausen der rasanten Fahrt mischte sich ein eigenartiges Geräusch: ein Schleifen und Knirschen, als ob sich das Hatchpatch durch Widerstände hindurcharbeiten müsste. Robins Hosenboden wurde unangenehm warm, und als Melvins Horn in einer Haarnadelkurve die Tunnelwand streifte, sprühten Funken. Der immer heißer werdende Fahrtwind pfiff ihnen jaulend um die Ohren, und dann, ohne jede Vorwarnung, wurden Robin und Melvin herausgeschleudert und knallten gegen eine Mauer, die unter dem Aufprall knirschte. Melvin stöhnte. Robin sah zunächst nur Sternchen vor den Augen und schüttelte benommen den Kopf. Sie mussten die Küche im Mistelweg verfehlt und draußen gegen die Hauswand geknallt sein. Nur langsam verblassten die Sternchen und Robins Blick wurde wieder klar. Wo auch immer sie gelandet waren, es war nicht der Mistelweg.

»Melvin!« Robin beugte sich zu seinem Freund, der irritiert den Kopf schüttelte, als umschwirre ihn ein unsichtbares Insekt. Dem Twirl, der sich immer noch an seinem rechten Horn festklammerte, rutschte das Schneckenhaus über die Stielaugen.

»Melvin, ist alles in Ordnung mit dir?«, fragte Robin besorgt.

Melvin legte den Kopf schief und blinzelte Robin von unten herauf an. »Keine Sorge. Alles noch dran. Nichts gebrochen«, nuschelte er, schlackerte mit den Ohren und schielte dann nach rechts und links in den düsteren Gewölbegang hinein. Die Mauern sahen uralt aus, der Boden bestand aus festgestampfter Erde.

»Das ist nicht der Mistelweg«, stellte Melvin fest und ließ sich von Robin auf die Beine helfen. »Kein Problem, nur 'ne kleine Kursabweichung … wir können nicht weit weg sein.« Mit etwas unsicheren Schritten ging er zum Hatchpatch, das noch an der Wand gegenüber haftete, langte mit der Hand nach der Öffnung …

»AHHHHH!« Melvin zuckte zurück und wedelte mit der schmerzenden Hand in der Luft herum.

»Was? Was ist los?«, rief Robin.

»Das Hatchpatch. Es hat dichtgemacht!«

»Wie … dichtgemacht?« Robin streckte die Finger nach dem Loch aus – das plötzlich keins mehr war. Seine Fingerkuppen fuhren über das Hatchpatch. Unter dem Stoff drückte sich solides Mauerwerk durch.

»Wie kann es auf einmal dichtmachen?«, fragte er fassungslos.

Melvin lutschte an seinen gestauchten Fingern und mied Robins Blick. »Überlastung?«, nuschelte er und lief rosa an, »vielleicht haben wir mit dem Druidenauge das zulässige Gesamtgewicht überschritten?«

Robin starrte Melvin an. Unvermittelt überkam ihn der verrückte Drang, auf seinen allerbesten Freund loszugehen. Wie oft hatte er Melvin in den letzten Tagen darauf aufmerksam gemacht, dass das Hatchpatch möglicherweise deswegen nicht mehr richtig funktionierte, weil es zu schwer geworden war, weil Melvin einfach zu viel unnützen Plunder darin abstellte? Doch Melvin hatte immer nur abgewinkt und nicht auf ihn hören wollen … Und hatte nicht auch der Mechaniker in der Monstermall geschimpft, das Hatchpatch gehöre mal gründlich entrümpelt?

Robin würgte seinen Ärger hinunter und fragte mühsam beherrscht: »Okay … es hat also dichtgemacht … Und geht es irgendwann auch wieder auf?«

»Klar. Wenn es so weit ist …«

»Wenn es so weit ist?! Geht's noch ungenauer?«

Melvin zog das Hatchpatch von der Wand und stopfte es in eine seiner Taschen. »Keine Panik, ich habe alles im Griff«, er tippte sich an ein Horn. »Es gibt ja noch das Echolon.«

Robin wurde laut: »Dann echodingsbums uns doch mal ganz schnell hier raus!«

»Psssst! Du lockst noch die Ratzen an ... ich bin ja schon dabei ... also, ähm ...« Melvin wandte den Kopf nach rechts, nach links, hob den Arm über den Kopf, kreiste unentschlossen damit in der Luft herum und entschied sich schließlich für eine Richtung.

Links also. Gut. Robin stapfte los.

»Warte mal ... nein, rechts«, korrigierte Melvin.

Robin wandte sich um und stapfte in die entgegengesetzte Richtung.

»Nein, doch links. Ja, links ist hundertprozentig richtig.«

Robin machte wieder auf dem Absatz kehrt und folgte Melvin den Gewölbegang entlang, den Blick starr nach unten gerichtet.

Er kämpfte mit seinem Groll gegen Melvin. Hätte der nur auf ihn gehört und sein Hatchpatch entrümpelt, säßen sie jetzt nicht hier unten im Nirgendwo fest, sondern längst in der Küche im Mistelweg, wo die Jarver das Pfannkuchenorakel backen und ihm sagen würden, was gegen Parzergift half ... Aber nein, Herr Melvin wusste ja alles besser! Herr Melvin war ja der große Hatchpatchexperte ...

So in wütenden Gedanken kreisend, nahm er nur allmählich wahr, dass eine Spur von Tropfen auf der festgestampften Erde des Ganges auftauchte. Seltsam. Sie sahen aus wie … Er sah auf und sein Groll gegen Melvin verflog augenblicklich.

»Melvin, du blutest ja!«

»Was?« Melvin blieb stehen und sah an sich herunter. Eine dunkelrote Spur zog sich von seiner Hüfte das Bein entlang nach unten. Melvin zuckte mit den Ohren. »Komisch, es tut gar nicht weh … oh-oh! Ich weiß, was das sein könnte.« Mit spitzen Fingern langte er in eine seiner Taschen hinein und zog dann vorsichtig ein Schraubglas heraus. Maraschinokirschen. Das Glas war gesprungen, doch zum Glück hielt der Schraubverschluss es gerade noch zusammen. Kirschsaft tropfte zu Boden. Melvin schleckte sich die Finger ab. »So ein Mist! Das war das letzte Glas …«

»Das hat also bei der Bruchlandung so geknirscht«, sagte Robin, nahm dem widerstrebenden Melvin das Glas aus der Hand und legte es in eine Ecke des Ganges. Melvin seufzte unglücklich und marschierte wieder los. Doch zu Robins Verwunderung lief er in die Richtung, aus der sie gekommen waren.

»Ähm … Melvin … sind wir nicht von da gekommen?«, fragte Robin verwundert.

»Oh, ja … natürlich.« Melvin machte auf dem Absatz kehrt.

Eine ganze Weile lang verlief der Gang schnurgeradeaus, dann machte er einen scharfen Knick, und sie landeten in einer Kammer, von der vier Abzweige abführten. Ohne zu zögern, nahm Melvin den linken, der nach geraumer Zeit wiederum in eine Kammer mit vier Abzweigen führte. Robin folgte seinem Freund, der, wiederum ohne zu zögern, den zweiten Abzweig von rechts nahm.

So ging es eine ganze Zeit lang, bis …

»Melvin! Wir sind im Kreis gelaufen!«, rief Robin plötzlich.

»Was? Das kann gar nicht sein.« Melvin wandte sich entrüstet um.

»Und wie erklärst du dir dann … das?« Robin zeigte auf das zersprungene Schraubglas mit Maraschinokirschen, das in einer Ecke des Ganges lag.

Melvin beugte sich hinunter. »Ist das meins?«, fragte er überflüssigerweise.

Robin antwortete nicht, denn in derselben Sekunde sah er über Melvins Rücken hinweg in etwa zwanzig Meter Entfernung eine Ratte. Sie tauchte aus einem Quergang auf und huschte sogleich in einen Abzweig, der gegenüberlag. Melvin sah sie nicht.

Robin stutzte. Melvin hatte die Ratte nicht gesehen? Melvin hatte sie nicht gespürt! Irgendwas stimmte hier nicht. Melvins Echolon spielte normalerweise schon verrückt, wenn im Umkreis von zehn Metern eine Ratte es auch nur wagte, die Schnauze aus einem Erdloch zu stecken!

Mit wachsender Unruhe sah Robin auf Melvin hinunter, der vornübergebeugt immer noch das Schraubglas untersuchte.

»Das könnte jeder hier verloren haben«, behauptete er stur.

Robins Blick glitt ungläubig über Melvins Hinterkopf hinauf zu seinen Hörnern. Der Twirl hielt das rechte fest umschlungen und sah besorgt zu Robin auf. Dann löste er einen seiner Tentakel und wies damit auf Melvins linkes Horn. Und da sah Robin es: Das Horn hatte einen feinen Riss.

Robin schluckte. Das war das Knirschen gewesen, das er bei ihrer Bruchlandung vernommen hatte. Nicht das Glas mit den Maraschinokirschen! Melvins Horn hatte einen Knacks abbekommen. Funktionierte sein Echolon dann überhaupt noch?

Robin rang die aufsteigende Panik nieder. Er musste jetzt ganz ruhig bleiben. Einer musste jetzt einen klaren Kopf behalten. Melvin hatte offensichtlich die Orientierung verloren. Also musste Robin einspringen. Aber so, dass sein Freund es nicht merkte … wenn sie beide in Panik gerieten, waren sie verloren. Er atmete tief durch und sagte ganz ruhig: »Du hast recht. Das Glas könnte jeder hier verloren haben.«

Er wies in die Richtung, in der die Ratte verschwunden war, in der Hoffnung, dass die sich in diesem Labyrinth besser auskannte. »Lass uns weitergehen. Du wolltest zuletzt da lang …«

Melvin erhob sich, blickte sich etwas unsicher um und nickte dann. »Ja, genau.«

Als sie an den Quergang kamen, in dem Robin die Ratte hatte verschwinden sehen, tat er überrascht: »Spürst du den Luftzug auch?«

Melvin runzelte die Stirn. »Jaahhh …«, sagte er langsam, »natürlich. Da geht's lang«, und beschritt forsch den Quergang.

Das gab Robin den Rest. Melvin hatte tatsächlich null Orientierung mehr. Das Echolon war nicht mehr wert als ein Stück Totholz.

Der Quergang erwies sich als viel schmaler und kurviger. Robin spürte, wie er leicht anstieg, und schöpfte Hoffnung. Sie mussten auf dem richtigen Weg sein. Nach oben! Er glaubte einen Lichtschein zu sehen, der sich weiter vorne im Gang auf den Wänden abzeichnete. War das Tageslicht? Der Lichtschein kam näher, wurde heller und dann …

Der Gang mündete in einem höhlenartigen, lang gestreckten Lagerraum mit vergitterten Gewölbeabteilen. Leuchtpilze wuchsen kopfüber von den trutzigen Halbbögen und sandten Lichtstreifen auf die festgestampfte Erde am Boden. Das spärliche Licht reichte kaum einen halben Meter ins Innere der Gewölbeabteile hinein und war durchbrochen von dicken Schattenkreuzen.

Melvin sagte: »Hier muss ja mal was ziemlich Wertvolles gelagert worden sein – bei den massiven Eisengittern.«

Robin rückte das Noogle zurecht und spähte mit Melvin in die Schwärze des ersten Abteils hinein. Es war leer.

Sein Blick fiel auf den Boden, wo sich entlang der Abteile eine knietiefe Abflussrinne zog. Sie verlor sich etliche Meter weiter im Halbdunkel des Lagerraums hinter einem glockenähnlichen Gehäuse. Robin lief ein eiskalter Schauer über den Rücken.

Das war nicht irgendein Gehäuse. Das war eine eiserne Jungfrau. Und die Rinne – war eine Blutrinne!

Nun bemerkte er auch die schweren Ketten und Hand- und Fußfesseln, die an der rückwärtigen Wand vor sich hin rosteten.

Melvin inspizierte ein umgestürztes Kohlebecken und eine Zange, die so lang war wie Robin hoch und in sägezahnbewehrten Eisenbacken endete. »Oder hier war mal eine Schmiede …«

»Nein. Keine Schmiede«, sagte Robin mit rauer Stimme, »und das sind auch keine Lagerräume. Das sind … Verliese. Uralte Verliese. Bestimmt noch aus dem Mittelalter.«

»Verliese?«, fragte Melvin und beäugte neugierig die Folterzange.

»Wir sind in einem Kerker.«

»Einem Kerker?«

»So was wie eure Kolonien. Hier wurden Verbrecher eingesperrt.«

Melvin ließ die Zange fallen. »Hier unten? So ganz im Dunkeln? Ohne ein Fitzelchen Tageslicht? Das ist … unmenschlich!«

Robin hob die Augenbrauen. Monster mochten zwar keine Verliese haben, in denen sie ihre Verbrecher einsperrten, aber sie hatten die Kolonien. So nannten sie die steil aus dem Meer aufragende Inselgruppe, die auf keiner Karte der Welt verzeichnet war.

Ihre Klippen waren mörderisch, desgleichen die Strömung, ganz zu schweigen von den riesigen Seeleoparden, die sich darin tummelten.

»Nicht unmenschlicher als eure Kolonien«, hielt Robin dagegen.

»Die haben wenigstens Tageslicht«, kam es zurück.

Das stimmt, dachte Robin. Und nicht nur Tageslicht. Auch jede Menge Dschungel und giftiges Getier und Seuchen wie Klauenpest, Schuppenlepra und die grausame Tropenfäule …

Er schüttelte den Gedanken ab und überlegte, wie es weitergehen sollte. Die Ratte war hierhergehuscht. Aber wo konnte sie dann entlanggelaufen sein? Irgendwo musste es einen weiteren Ausgang geben … sein Blick fiel auf die Blutrinne. Wo führte die eigentlich hin? Schritt für Schritt folgte er ihr ins Halbdunkel hinein.

Die Rinne war voller dunkler Spritzer. War das etwa … getrocknetes Blut? Robin versuchte, nicht daran zu denken. Doch ein Stück weiter spürte er ein Würgen im Hals, als er einen dunklen Klumpen entdeckte, von dem er sich erst gar nicht ausmalen wollte, was das gewesen war. Plötzlich quiekte der Klumpen und flitzte los. Blitzschnell sauste er die Rinne entlang und verschwand zwischen den Eisengevierten eines Verlieses.

»Ratze!«, brüllte Melvin, warf sich auf den Boden und langte mit beiden Armen bis zu den Achseln durch die Eisengevierte, um den Nager zu erwischen. »Verdammt, wo kam die plötzlich her?«, fauchte er mit seitlich ans Gitter gepresstem Gesicht.

Aus dem Verlies quiekte es in höchster Not: »Tut ihm nichts! Er kann nichts dafür. Sie haben ihn dazu gezwungen. Er wollte doch nur seine Freiheit …«

»Komm her, du elende Pestschleuder!« Melvin fischte fuchsteufelswild zwischen den Gitterstäben herum.

Da erklang aus dem tiefen Dunkel des Verlieses ein Geräusch, wie es Robin noch nie zuvor vernommen hatte. Seine Nackenhaare stellten sich auf. Auch die von Melvin. Der schnellte regelrecht zurück und krabbelte panisch auf allen vieren rücklings von dem Gitter weg. Ein tiefes Grollen drang hervor.

Das war keine Ratte. Das war etwas viel Größeres, viel Gefährlicheres. Das Grollen wurde durchdringender, brachte den Boden unter Robins Füßen zum Vibrieren, schien seine Beine hinaufzuwandern, sein Innerstes zu durchdringen, nach seinem Herzen zu greifen.

Wie gelähmt starrte er durch das massive Eisengitter.

Aus der schwarzen Tiefe des Verlieses schien sich ein Schemen zu lösen. Etwas schlurfte und schleifte schwer über den erdigen Boden auf das Gitter zu. Kaltes Grauen packte Robin, als sich eine gewaltige dunkle Tatze aus dem Schatten heraus in den Lichtstreifen schob.

Sie verharrte in der Luft, senkte sich langsam zu Boden und fuhr wieder hoch, als hätte sie sich an der nackten Erde verbrannt.

Robin starrte auf den feuchten dunklen Abdruck, den sie hinterlassen hatte. Er streifte sein Noogle ab. Er brauchte es nicht mehr. Er wusste nun, was für ein Ungeheuer in diesem Verlies lauerte.

Kapitel 25

Das Versprechen

Von lähmendem Grauen erfüllt, starrten Robin und Melvin auf das Verlies. Aus den tiefen Schatten schob sich eine weitere nachtschwarze Tatze in den schmalen Lichtstreifen der Leuchtpilze hinein, dann ein knochiger Vorderlauf, eine Schulter … Langsam nahm das Phantom Gestalt an, schob den raubkatzenartigen Kopf ins Licht. Bei dem Anblick blieb Robins Herz fast stehen. In den Augen des Untiers war nichts Weißes. Die Augäpfel waren vollkommen schwarz.

»Ein Pa… Pa… Parzer …«, röchelte Melvin.

Der Kopf mit den seltsamen Pinselohren wandte sich Robin zu. Die schwarzen Augen erschienen Robin wie Abgründe voller Hass. Das Grollen des Parzers schwoll an und brach sich in einem heiseren Fauchen.

»Ruhig, Soliman«, piepste es da plötzlich.

Zu Melvins und Robins Erstaunen beruhigte sich das Untier und sah auf seine Tatzen herunter, zwischen denen eine schokoladenbraune Ratte hervortrat. Sie schielte leicht. Robin erkannte sie sofort wieder. Es war die Ratte aus dem Brunnenhaus.

Melvin keuchte: »Ihr Monster! Ihr haltet euch einen Parzer? Und hetzt ihn auf kleine Kinder?«

»Nein, nein!«, wehrte die Ratte ab, »Soliman wollte doch nur seine Freiheit. Der Meister hatte ihm die Freiheit versprochen, wenn er Robin tötet.«

»Der Meister?«

»Jawnerel hatte sich den Plan ausgedacht. Er wusste, dass Robin irgendwann ins verbotene Brunnenhaus gehen würde. Das war nur eine Frage der Zeit und der Gelegenheit. Und dann ist Rufus weggefahren. Da ketteten sie Soliman unten im Brunnen an, mit einer langen Kette, die bis zum Brunnenrand hinaufreichte. Das geschah alles hinter meinem Rücken, und als ich davon erfuhr, war es schon zu spät. Ich durfte nicht mehr zu Soliman, konnte ihn nicht mehr warnen. Doch dann … Soliman verletzte sich bei dem Angriff und verfehlte Robin. Und da haben sie ihr Wort gebrochen und ihn wieder eingesperrt. Er wollte doch nur seine Freiheit! Seit dreißig Jahren hat er kein Tageslicht mehr gesehen. Dabei ist er ein Hochgebirgsmonster. Er ist nicht böse, es ist die Erde …«

»NICHT BÖSE?« Melvins Fell bekam aggressive schwarzgelbe Streifen wie eine Hornisse. »Und was ist das?!« Er schnappte sich Robins Arm und schob den Ärmel hoch. Das Parzermal wirkte im spärlichen Licht der Leuchtpilze viel dunkler. Es schimmerte in einem unheilvollen Blauviolett.

Melvin knurrte: »Der Parzer hat Robin nicht verfehlt! Das Gift ist in seinem Blut! Und du Missgeburt einer schielenden Ratze hast auch noch dabei geholfen …«

»Geholfen? Nein, niemals! Ich habe …«

»HAST IM BRUNNENHAUS AUF DEN RICHTIGEN ZEITPUNKT GEWARTET UND DIESER BESTIE DAS ZEICHEN ZUM ANGRIFF GEGEBEN!«

»NEIN! Nicht Soliman habe ich Zeichen gegeben! Ich habe IHM ein Zeichen gegeben – nämlich wegzulaufen!« Die Ratte wandte sich an Robin: »Ich wollte dich warnen!«

Melvin schäumte: »Lügner!«

Die Ratte fuhr mit schriller Stimme fort: »Robin! Ich habe dich schon vorher warnen wollen, als du vor ein paar Tagen am Druidenstein warst. Aber da war der Dicke dabei. Ich musste dich allein erwischen, also bin ich eines Nachts in dein Zimmer geschlichen und hab dir ins Ohr geflüstert …«

»Dick? Das ist Fell, du Seuchenschleuder!«, rief Melvin. »Und du lügst schon wieder. Du willst in Robins Zimmer gewesen sein? Das ist völlig unmöglich. Komm raus da. Ich mach Katzenfutter aus dir … du … du …«

Doch Robin fiel der Albtraum ein, den er vor ein paar Nächten gehabt hatte, nach dem Besuch im Pfannkuchenpalast. Er hatte irgendetwas von Freddy geträumt, der aus Melvin einen Pfannkuchen gemacht hatte, und von Fledermäusen, die ihn mit sich forttrugen, und dann … ja, von einer Ratte, die auf seiner Schulter gesessen und ihn vor dem Brunnenhaus gewarnt hatte. Nur dass dieser letzte Teil des Traumes womöglich echt gewesen war. Hatte sein Hirn im Halbschlaf die Warnung vernommen und mit dem Traum vermischt? Aber wenn diese Ratte nicht log, wenn sie tatsächlich nachts im Haus gewesen war – warum hatte Melvins Echolon dann nicht Alarm gegeben?

»… verlogenes Mistviech!«, rief Melvin, »du kannst ja gar nicht im Haus gewesen sein! Ich hätte gespürt, wenn du auch nur in der Nähe seines Zimmers gewesen wärst …«

Doch Robin fiel in derselben Sekunde ein, dass er, nachdem er aus dem Albtraum hochgeschreckt war, zu Melvin in die Kammer gegangen war. Und Melvin hatte … Musik gehört. Mit Kopfhörern. Robin wusste inzwischen, dass Melvin – Kopfhörer hin oder her – einfach alles um sich herum vergaß, sowie er Musik vernahm.

»Ach Robin!«, drang die Stimme der Ratte wieder zu ihm durch, »warum hast du nicht auf den alten Eddy gehört? Warum bist du zum Brunnenhaus gegangen?«

Melvin zischte: »Robin, hör nicht auf ihn. Er lügt das Blaue vom Himmel herunter, nur um seinen armseligen Ratzenarsch zu retten!«

»NEIN!«, schrie Eddy, »niemals würde ich zulassen, dass dem Sohn von Rose und Walter etwas geschieht!«

Robin fragte verblüfft: »Woher weißt du, wie meine Eltern hießen?«

Die schokobraune kleine Ratte schielte Robin von unten herauf traurig an: »Du erinnerst dich nicht mehr. Natürlich, du warst ja auch noch so klein. Aber wir beide, wir waren mal ziemlich enge Freunde.«

»Freunde?!«, stießen Robin und Melvin gleichzeitig aus.

Eddy lächelte wehmütig. »Sooft es ging, bin ich damals zu euch in den Mistelweg gekommen. Ohne mich konntest du gar nicht mehr einschlafen. Du warst ein so süßes Baby. Du konntest kaum sprechen, geschweige denn meinen Namen aussprechen.«

»Deinen Na… Eddy …? Ich höre diesen Namen zum ersten Mal!«

»Eigentlich Edmund …«, sagte Eddy schüchtern.

Edmund … Irgendwas regte sich in Robins Hinterkopf.

Melvin fauchte: »Du lügst schon wieder – und das noch nicht mal besonders schlau. Du kannst Robin damals gar nicht gekannt haben, denn dann wärst du ja schon mindestens zwölf Jahre alt. Aber jedes Kind weiß, dass Ratzen nicht älter als drei, vier, fünf Jahre alt werden – keine Ratze der Welt lebt so lange …«

»Unser Clan schon«, sagte Eddy und sah zu Boden, »wir leben seit einer halben Ewigkeit.«

»Was soll das heißen?«, fragte Melvin.

Ohne aufzusehen, fuhr Eddy leise fort: »Ihr wisst es vielleicht nicht, aber vor langer Zeit – lange bevor eure Großväter geboren waren – gab es einen Krieg. Und jener war anders als alle Kriege zuvor. Das Industriezeitalter brachte völlig neue Technologien hervor. Die Menschen experimentierten mit neuen Waffen, auch unsichtbaren … zum Beispiel Gas. Giftgas. Aber sie testeten es natürlich nicht an sich selbst, sondern … es war schrecklich. Doch eines Tages gelang es Jawnerel, den Schlüssel aus der Tasche eines Laborassistenten zu stehlen. In der Nacht öffnete er alle Käfige und befreite uns aus diesem Höllenlabor.«

Robin und Melvin tauschten einen Blick. Beide dachten an Jawnerels entstellte Schnauze. Verdankte er die Verstümmelung gar nicht einem schweren Kampf, sondern einem grässlichen Experiment?

Robin schluckte. »Seid ihr ihm deshalb so ergeben?«, fragte er.

Eddy nickte: »Er war nicht immer so … na ja, jedenfalls … er führte uns in die Freiheit. Doch dann mussten wir feststellen, dass diese einen schrecklichen Preis hatte. Wie sich zeigte, waren die Experimente nicht spurlos an uns vorbeigegangen. Zunächst dachten wir, wir seien einfach stärker und widerstandsfähiger geworden als andere Clans. Doch dann begriffen wir, warum wir sie überlebten. Wir alterten viel langsamer als andere Ratten …« Eddy brach ab und schluckte hart, bevor er weitersprach: »Aber der ganze Clan, wir alle … wir konnten keine Kinder bekommen.«

Er verstummte mit gesenktem Kopf. Seine Schultern zuckten.

Robin schwieg beklommen. Und auch Melvin schien Eddys Bericht nicht kaltzulassen. Seine Nackenhaare senkten sich langsam.

Eddy schniefte und sagte mit brüchiger Stimme: »Und was ist

ein langes Leben schon wert ohne ein einziges Kinderlachen? Nichts. Es bleiben nur endlos lange Jahre in einer grauen und stillen Welt. Wie in einer Welt ohne Vogelgezwitscher … oder ohne Musik.« Er wischte sich verstohlen die Augen. »Manchmal hielt ich es einfach nicht mehr aus und schlich nach Oaksend. Das war natürlich verboten, aber ich konnte nicht anders. Ich lauschte heimlich spielenden Kindern. Ihre fröhlichen Stimmen trösteten mich. Und dann, eines Tages, sah ich, dass das leer stehende Haus am Ende des Mistelweges wieder bewohnt war. Auf der Veranda stand ein Laufstall und darin lagst du und weintest. Mir brach es fast das Herz. Und so krabbelte ich zu dir. Du hattest deinen Schnuller verloren. In dem Moment kamen Rose und Walter auf die Veranda, doch sie sahen gleich, dass ich dir nichts Böses wollte, dass ich dir nur den Schnuller hatte zurückgeben wollen. Deine Eltern waren ganz besondere Menschen, weißt du das? Unvoreingenommen und freundlich zu jedermann, sogar zu einer schäbigen Ratze wie mir. Sie vertrauten mir, und ich durfte kommen, sooft ich wollte«, Eddy lächelte wehmütig bei der Erinnerung. »Ich wurde dein liebstes Kuscheltier. Ich habe dich zum Lachen gebracht und dich getröstet, wenn du traurig warst. Einen Sommer lang war ich die glücklichste Ratte der Welt …«

Eddy seufzte schwer. »Aber eines Tages hat man mich erwischt, als ich mich zu euch schleichen wollte. Seit unserer Leidenszeit im Labor gilt es bei uns als Verrat, mit Menschen zu verkehren. Jawnerel hat mich sehr hart bestraft und ich konnte eine Zeit lang nicht mehr zu dir kommen. Erst Wochen später gelang es mir, wieder auszubüchsen, aber als ich in den Mistelweg kam, war das Haus menschenleer. Und dann erfuhr ich, dass Rose und Walter gestorben waren. Dich, Robin, hatte man bei einer Nachbarin untergebracht, bis Rufus aus dem Dschungel nach Oaksend zurückkehren würde, um sich um dich zu kümmern. Ich versuchte noch zu dir zu gelangen. Aber diese Frau … sie hat mit der Schrotflinte auf mich geschossen!«

Der Parzer stupste Eddy sachte mit der Nase an. Eddy hob den Silberblick und schielte das Untier von unten herauf liebevoll an. Er seufzte: »Na ja, ich hatte ja noch immer Soliman. Er war noch ganz klein, als er sich während eines Sturms vom Mount Jesponas hierher nach Oaksend verirrte. Jawnerel und die anderen hatten ihn damals eingefangen. Jawnerel wollte ihn als Geheimwaffe in der Hinterhand behalten. Ich konnte nichts dagegen tun. Also habe ich mich wenigstens um Soliman gekümmert. Ich habe ihn großgezogen, habe versucht, ihm das Leben hier unten zu erleichtern.«

Soliman streckte seine Zunge heraus und schleckte Eddy übers Fell. Der verschwand fast unter der langen schwarzen Zunge des Parzers. Als er wieder hervorkam, sah er flehentlich zu ihnen auf.

»Rose und Walter waren so gut zu mir. Sie waren die einzigen Menschen, die jemals gut zu mir waren … Sie hatten keine Vorurteile gegen Ratten – im Gegensatz zu euch Monstern.« Er bedachte Melvin mit einem verzweifelten Blick. »Rose und Walter wussten, dass nicht alle Ratten schlecht sind. Sie haben mir eine Chance gegeben – so wie ihr Soliman eine Chance geben müsst! Wenn ihr ihn befreit, kann er …«

»Befreien?« Melvins Nackenhaare stellten sich schlagartig wieder auf.

»… kann er Robin heilen!«, beendete Eddy den Satz.

»Heilen?«, rief Robin elektrisiert.

Eddy nickte eifrig: »Sowie Soliman hier raus und auf sicheren Boden gelangt ist, kann er alles wiedergutmachen.«

Melvin knurrte: »Oh, sicher doch! Für wie dämlich hältst du uns eigentlich? Sobald er draußen ist, wird er über Robin herfallen und zu Ende bringen, was er im Brunnenhaus begonnen hat.«

»Nein! Bestimmt nicht! Ihr müsst mir glauben!«

»Wie können wir sicher sein, dass du die Wahrheit sagst?«, rief Robin, hin- und hergerissen zwischen Hoffnung und Misstrauen.

Da trat Eddy durch ein Eisengeviert aus dem Schutz des Verlieses heraus und sprang behände an Melvin hoch. Der hob reflexartig eine Hand und ließ sämtliche Krallen herausschnappen. Eddy flitzte geradewegs auf seinen Handteller, schnappte sich den krallenbewehrten Zeigefinger und hielt ihn sich an die Kehle.

»Stich zu, wenn du an meinem Wort zweifelst.«

Melvin war völlig überrumpelt, und seine Miene verriet, dass er einen inneren Kampf ausfocht. Robin ging es genauso. Bei dem Anblick der todesmutigen kleinen Ratte auf Melvins Pranke purzelten die Gedanken in seinem Kopf wild durcheinander und aus diesem Chaos kullerte plötzlich eine Erinnerung hervor. Die Erinnerung an eine Notiz im Mondschein. Mit Leuchtkäfertinte geschrieben. Von seiner Mutter, Rose.

Noch immer keine Spur von Edmund. Wir machen uns große Sorgen um ihn. Ich habe Angst, er könnte einen Giftköder geschluckt haben oder in eine Falle geraten sein. Walter meint jedoch, Ratten seien viel zu schlau dazu. Robin kann ohne sein Kuscheltier nicht einschlafen und schreit sich heiser. Heute hatte Walter die rettende Idee. Aus einem Frotteehandtuch haben wir eine Handpuppe genäht. Walter hat ihr ein paar bemalte Pingpongbälle als Augen verpasst, mit denen sie fast genauso schielt wie Edmund. Es hat funktioniert. Robin hat sofort aufgehört zu weinen, als Walter die Handpuppe zum Leben erweckte, und brabbelte los: Mun …

Robin starrte auf die schokoladenbraune, schielende Ratte und vor sein inneres Auge schob sich das Bild von Mr Moon.

Sein verschlissener Körper war einst ein Frotteehandtuch gewesen. Ein braunes. Und da endlich begriff er: Edmund. Mun. Mr Moon … Edmund war Mr Moon!

Robin legte rasch eine Hand auf Melvins Arm und sagte: »Melvin, ich glaube ihm.«

Sein Freund sah ihn überrascht an. Eddy hopste von seiner Handfläche und flitzte zu Soliman zurück.

Robin zog Melvin ein Stück beiseite und fuhr leise fort: »Und ich muss dir noch was sagen. Ich hätte es dir schon längst erzählen sollen, aber ich … jedenfalls …«

Hastig erzählte er Melvin von dem Notizbuch, von der Leuchtkäfertinte und von der Eintragung von Rose, die sich im Mondlicht offenbart hatte. Als er geendet hatte, schaute Melvin von Robin zu Eddy und wieder zurück zu Robin.

»Du … du … hast mit Ratzen gekuschelt?«, flüsterte er fassungslos.

Robin seufzte innerlich auf. Dass Melvin, wenn es um Ratten ging, aber auch immer gleich so übertreiben musste! Er überging die Bemerkung und sagte stattdessen: »Wenn Rose und Walter Eddy vertraut haben, dann können wir es auch.«

Melvin nagte an seiner Unterlippe.

Robin setzte nach: »Wenn wir Soliman befreien, kann er mich nicht nur heilen, wir befreien auch einen Unschuldigen.«

Der Parzer horchte bei diesen Worten auf und musterte sie mit unergründlichem Blick. Melvin bemerkte es. »Unschuldig? Ich weiß nicht …«

»Soliman wurde übel missbraucht«, gab Robin zu bedenken, »was würdest du tun, wenn du seit dreißig Jahren hier unten eingesperrt wärst. Und dann eröffnet sich die einmalige Chance, endlich freizukommen, endlich den Himmel zu sehen, frische Luft zu atmen! Du hast selbst gesagt, wie unmenschlich diese Verliese sind.«

Und als Melvin die Stirn runzelte, schob Robin hinterher:

»Ich hätte an seiner Stelle vielleicht dasselbe getan. Er will doch nur seine Freiheit.«

»Hrmpf«, machte Melvin nur. Doch als Robin sah, dass er seinen Kopf dem Kerkerschloss zuwandte, wusste er, er hatte gewonnen. Oder nicht?

Melvin raunte: »Warum hat Eddy Soliman nicht schon längst befreit?«

Eddy, der die Frage gehört hatte, rief verzweifelt: »Weil ich nicht an den Schlüssel rankomme! Jawnerel trägt ihn Tag und Nacht bei sich und legt ihn auch während des Schlafes nicht ab.«

Da ließ Melvin die Kralle seines kleinen Fingers rausschnappen, die von Geburt an missgebildet war. Sie endete in einem Knick wie ein umgekehrtes L. Das war nicht schön, aber ziemlich praktisch. Melvin hatte schon manches Schloss damit geknackt. Doch das Schloss zu Solimans Zelle erwies sich als eine ganz andere Nummer. Offensichtlich hatte man im Mittelalter schon über erstaunliche Kenntnisse im Schlosserhandwerk verfügt. Melvin fluchte leise vor sich hin. Stumm sahen die anderen zu, wie er sich mit dem schweren Schloss abmühte. Sogar der Twirl, der noch immer an Melvins Horn klebte, lugte neugierig aus seinem Schneckenhaus heraus und beobachtete, was da vor sich ging.

»Verflixtes Schrottding!«, schimpfte Melvin, »verdammt, ich schaff es nicht.« Da ließ sich der Twirl an Melvins Horn herunter, krabbelte flugs dessen Arm herab und hüpfte von dort auf das Schloss der Kerkertür. Sämtliche Tentakel fuhren aus dem Schneckenhaus hervor und tauchten in das Schlüsselloch. Es klickte einmal, zweimal, dreimal und die Kerkertür schwang mit einem Schnapplaut auf. Blitzschnell sauste der Twirl wieder zu Melvins Horn hinauf und tauchte in seinem Schneckenhaus unter. In derselben Sekunde machte Soliman einen Satz, die Tür flog ganz auf, und das schwarze Ungetüm war draußen.

Robin und Melvin wichen zurück. Nun erst sahen sie den Rest des Parzers, der zuvor im Schatten der Kerkerzelle verborgen geblieben war. Robin musste an einen Luchs denken, nur, dass normale Luchse viel kleiner waren und helles Fell hatten. Soliman hingegen war fast so groß wie Minou, die Wolfshunddame der Pollocks, und sein Fell war von den Schnurrhaaren bis zur quastenförmigen Schwanzspitze pechschwarz, struppig und stumpf, der Körper knochig und so dünn, dass es aussah, als hätte Soliman viel zu viel Haut. Schlaff hing sie von Hals und Bauch herab und bildete in den Beugen aller vier Läufe tiefe Falten. Der Kopf war eher klein. Umso größer wirkten die seltsamen Pinselohren und die übergroßen Tatzen. Ein hässlicher Buckel verunstaltete den Rücken und zwang den Kopf zwischen die Schultern, was dem Parzer die Anmutung eines Geiers verlieh. Vermutlich verdankte Soliman diese Verkrüppelung der Bewegungsarmut und dem Mangel an Sonnenlicht während seiner jahrzehntelangen Gefangenschaft.

Der Schweif endete in einer großen Quaste. Fahrig strich Soliman damit über den Boden und fegte Erdkrumen von rechts nach links. Er grollte leise. Der Boden schien wieder zu vibrieren.

Eddy reichte seinem Schützling gerade mal bis zum Fußgelenk, das er beruhigend tätschelte. Melvin ließ Soliman nicht aus den Augen und sagte in knappem Kommandoton: »Okay, hauen wir ab. Robin geht voran, dann Eddy und der Parzer. Ich bleibe hinten.«

Robin konnte sich denken, warum Melvin die Nachhut bilden wollte. Er wollte Soliman keine Sekunde aus den Augen lassen.

Robin wandte sich um und marschierte den Gang voran, aus dem sie gekommen waren. Doch nach kaum zehn Schritten blieb er unvermittelt stehen. Aus der Ferne drang Jawnerels knarzende Stimme zu ihnen: »Los, Kameraden, keine Müdigkeit vorschützen! Weiter! Sie können nicht weit sein! Findet sie. Ich will meinen Schild wiederhaben!«

Alle vier stürzten zurück in den Kerkervorraum.

»Sie haben den Diebstahl entdeckt!«

Eddy sah entsetzt von einem zum anderen: »Ihr habt Jawnerels Schild geklaut? Seid ihr irre?!«

»Das ist kein Schild! Das ist ein Druidenauge.«

»Ein Druidenauge? Aber …«

»Und es gehört ihm nicht! Er hat es selbst gestohlen von den Jarvern, und – Himmel, das ist doch jetzt alles egal! Was machen wir jetzt? Wir sitzen in der Falle.«

Soliman fauchte heiser. Täuschte sich Robin oder sah er Panik in den kohlschwarzen Augen aufflackern?

Eddy rief: »Die Blutrinne!« Er deutete auf die knietiefe Rinne, die sich an den Kerkerzellen entlangzog und sich weiter hinten im Halbdunkel hinter der eisernen Jungfrau verlor. »Folgt der Blutrinne. Sie führt euch hier raus! Los, schnell!«, schob er nach, als aus dem Gang erneut Stimmen erklangen. Jawnerel und seine Suchtrupps waren näher gekommen.

Robin, Melvin und Soliman rannten die Blutrinne entlang und bogen um die eiserne Jungfrau herum. Die Rinne führte zu einer vergitterten Kanalöffnung, die kaum einen halben Meter breit war. Melvin pflückte den Twirl vom Horn. Eine Sekunde später war die Gittertür offen und sie krabbelten auf allen vieren in den dunklen Kanal hinein. In der Hast war von einem geordneten Rückzug keine Rede mehr. Egal wer vorne, in der Mitte oder hinten ging – Hauptsache schnell weg!

In dem engen Erdtunnel war Eddy, der Kleinste unter ihnen, im Vorteil, dachte Robin und sah über die Schulter zurück. Doch Eddy war ihnen gar nicht gefolgt. Er drückte das Gittertor von außen zu und rief: »Viel Glück!«

»Kommst du denn nicht mit?«

»Ich kann nicht ... der Meister ...«

»Aber Jawnerel wird dich in Stücke reißen, wenn er herausfindet ...«

»Nicht Jawnerel. Der Meister. Er ist zurück, schwer verletzt. Zwei Finger sind schon abgefault ...«

»Was? Von wem redest du?«

»Von Mo-OH...« Eddy schrak zusammen, warf einen gehetzten Blick über die Schulter und zischte: »Macht schnell! Sie kommen!« Und in der nächsten Sekunde verschwand er hinter der eisernen Jungfrau.

Robin machte, dass er von dem Gitter wegkam, und krabbelte den anderen in den stockdunklen engen Kanal hinterher. Die Gedanken rasten in seinem Kopf. Wer war dieser geheimnisvolle Meister? Was hatte Eddy gezischt? Mo-oh? Robin hielt inne. Doch nicht etwa Modrow? Modrow von Hohenstein? Aber der war vor über achtzig Jahren auf den Kolonien an Tropenfäule gestorben … Tropenfäule?! Hatte Edmund nicht gesagt, diesem geheimnisvollen Meister seien zwei Finger abgefault? Und da fiel ihm die Mumie ein, die er in der schwarzen Grotte gesehen hatte. An einer Hand hatten ihr zwei Finger gefehlt!

»Melvin!«, zischte er atemlos.

»Was?«, kam es von vorn aus der Dunkelheit zurück.

»Die Mumie in der schwarzen Grotte … was, wenn das kein Leichnam war?«

»Was?«

»Was, wenn das Modrow war? Lebendig, wenn auch schwer verletzt und deshalb einbandagiert. Könnte er von den Kolonien entkommen sein?«

»Völlig unmöglich! Außerdem ist sein Leichnam doch verbrannt und die Asche im Meer verstreut worden.«

»Jaja, aber vielleicht war das die falsche Leiche?«

»Kann nicht sein. Ein hoher Beamter hat die Leiche identifiziert, um sicherzugehen, dass es sich tatsächlich um Modrow handelte.«

»Schon … aber was, wenn der Beamte sich geirrt hat?«

»Du kannst ihn selbst fragen, wenn du das nächste Mal im Leuchtturm bist.«

»Was?«

»Dieser Beamte war Wilbur Montgomery!«

Oh. Robin schwieg betreten. Das wischte natürlich jeden Zweifel hinfort. Er dachte daran, wie Melvins Großvater beim Abendessen im Leuchtturm die Gräten seines Herings akribisch nach Größe auf den Tellerrand sortiert hatte. Wilbur Montgomery war so pingelig, dass er bei der Identifizierung von Modrows Leiche bestimmt jedes einzelne Haar nachgezählt hatte. Und das bei einem Barbouza, dessen Fell noch dichter war als das eines Otters.

Kapitel 26

Solimans Geheimnis

Melvin, Robin und Soliman krochen auf allen vieren durch den stickigen Erdtunnel. Melvin vorn, Robin hinten und Soliman in der Mitte. Der Parzer hatte es am schwersten, war er doch der Größte von den dreien. Obschon er sich ganz flach machte und auf dem Bauch robbte, streifte sein Buckel immer wieder die Tunneldecke und ließ Erdkrumen auf Robin niederrieseln. Sein Schweif mit der dicken Quaste peitschte aufgeregt hin und her. Aber nicht nur deswegen hielt Robin Abstand zu dem Parzer, sondern auch wegen des seltsamen Geruchs, den Soliman verströmte. Er roch irgendwie metallisch-fischig.

Robin verlor jedes Zeitgefühl. Es konnten kaum zehn Minuten her sein, seit sie aus dem Kerker geflohen waren, doch in der drückenden, stickigen Enge kam es ihm vor, als seien sie schon eine Stunde unterwegs. Wenn sie nur das Hatchpatch hätten benutzen können! Vielleicht hatte es sich ja inzwischen erholt? Andererseits, selbst wenn es mittlerweile wieder offen war: Robin bezweifelte, dass es ohne Weiteres bereit gewesen wäre, einen schwarzen Parzer aufzunehmen.

Da hörte er Melvin keuchen: »Ich sehe den Ausgang!« Und in derselben Sekunde streifte ein feuchter Hauch Robins Wange. Frische Luft! Er hörte ein Rauschen und sein Herz machte einen Satz. Es regnete immer noch. Robin, der in den letzten Tagen den Dauerregen mehr als einmal verwünscht hatte, konnte sich auf einmal kein schöneres Geräusch vorstellen. Erneut drang ein Schwall frische Luft in den Tunnel. Robin sog sie tief ein. Auch Soliman roch die Freiheit und robbte immer hektischer voran. Sein Buckel pflügte durch die Tunneldecke.

Das Rauschen schwoll an und übertönte Melvin, der irgendwas rief, und dann krabbelte Robin hinter Soliman endlich ins nachtdunkle Freie. Wo waren sie gelandet?

Er stand auf und stieß sich schmerzhaft den Kopf. Melvin packte seinen Arm und hielt ihn fest. Robin blinzelte die Tränen weg. Und da sah er, wo sie gelandet waren: im Druidenschlupf. Die Blutrinne endete am Druidenschlupf hoch oben am Chanthill.

Das Rauschen war ohrenbetäubend und rührte nicht vom Regen her. Unter ihnen, in etwa zwanzig Meter Tiefe, toste der Malmuddy dahin. Der Dauerregen der letzten Tage hatte ihn zu einem wilden Strom anschwellen lassen. Donnernd tobte er durch die Enge zwischen den beiden Hügeln Chanthill und Tarrock. Gischt flog bis zum Druidenschlupf hinauf. Die vor Urzeiten durch einen Erdrutsch entstandene Nische an der Westflanke des Chanthill war kaum größer als der Balkon vor Robins Zimmer im Mistelweg. Gräser und Farne klammerten sich an den Steilhang. Ihre vor der Öffnung des Druidenschlupfs herabhängenden Büschel wehten in den Luftwirbeln, die der tosende Fluss nach oben sandte.

Melvin spähte über die kniehohe Brüstung aus Geröll und Erde, nach rechts, nach links, nach oben und dann wieder zu Robin. In seinem Blick lag Hilflosigkeit.

Dem Labyrinth und den Ratten waren sie entkommen – und waren nun doch wieder gefangen. Was, wenn Eddy Jawnerel und seine Suchtrupps nicht hatte ablenken können? Was, wenn die schon durch die Blutrinne auf dem Weg hierher waren? Im Druidenschlupf saßen sie wie in einer Falle. Um sie herum nichts als rutschiger, steiler Untergrund, unter ihnen der reißende Malmuddy.

Sogar Soliman, der doch ein Hochgebirgsmonster war, schien sich vor Sorge zu krümmen. Er machte einen Buckel, als er in den Abgrund spähte, und wich zurück. Der Buckel wurde größer, schien regelrecht anzuschwellen. Robin verkrallte sich vor Schreck in Melvins Arm. Auch der sah, wie der Buckel plötzlich auseinanderplatzte und sich etwas herauszukämpfen schien, wie ein Rieseninsekt aus einem Kokon. Doch dann entfaltete sich das vermeintliche Insekt und entpuppte sich als ein Paar lederartige nachtschwarze Schwingen. Robin und Melvin tauschten einen fassungslosen Blick. Das hatte nicht in der Mentores Mundi gestanden: Parzer konnten fliegen!

Sie duckten sich, um den Flügeln auszuweichen. Soliman schüttelte sie, streckte sie und schlug sie auf und nieder, um Blut in die Schwingen zu pumpen. Er hatte sie seit dreißig Jahren nicht mehr benutzt.

»Er haut ab!«, schrie Melvin.

Soliman senkte die Schwingen und machte einen Schritt auf sie zu. In seinen schwarzen Augen flackerte es gefährlich auf. Das Tosen des Malmuddy übertönte sein Fauchen und Grollen, doch Robin konnte es wieder spüren. Wie schon zuvor im Kerker brachte Solimans Grollen die Erde zum Vibrieren und drang durch Robins Beine hinauf bis in seine Brust. Robin hatte erneut das Gefühl, eine Riesenpranke krallte sich um sein Herz und drückte zu. Soliman senkte den Kopf und sah Robin drohend von unten herauf an. Seine schwarzen Augen schienen ihn durchbohren zu wollen. Sie glühten vor Hass.

Der Druck auf Robins Herz wurde zu einem heißen Stechen, und mit diesem Schmerz durchzuckte ihn wie aus dem Nichts ein Gedanke, der alles veränderte. Und Robin verstand: In Solimans Augen lag kein Hass. Der Parzer drohte ihm nicht, er versuchte sich Robin mitzuteilen. Was Robins Herz zusammenschnürte, war Solimans Schmerz. Der Schmerz aus dreißig Jahren Gefangenschaft. Und als ob Robin mit diesem Gedanken eine verborgene Tür aufgestoßen hätte, stürzte plötzlich eine Bilderflut an Erinnerungen auf ihn ein.

Doch es waren nicht seine Erinnerungen. Sie gehörten Soliman.

Robin sah ihn den Brunnenschacht hinaufklettern. Mühelos erklomm er mit seinen Hochgebirgskrallen die Notstiege.

Um seinen Hals lag der Eisenring, an dem die schwere Kette befestigt war. Soliman entdeckte die abgebrochene Sprosse, wich ihr aus, kletterte weiter und verharrte schließlich einige Meter unterhalb der Brunnenöffnung. Verschmolzen mit der Dunkelheit wartete er auf sein Opfer. Und auf seine Freiheit …

Das Bild verschwamm plötzlich, dann wurde es wieder klar …

Robin sah Soliman aus dem Schacht springen, sah, wie sich genau in diesem Moment die Kette jäh spannte, weil sie zu Ende war. Der heftige Ruck riss Soliman zurück, seine Tatzen fuhren reflexartig durch die Luft – und trafen Robins Arm, bevor er rücklings in den Schacht stürzte. Er trudelte hilflos in die Tiefe, knallte gegen die Schachtmauern, streifte die messerscharfe Kante der abgebrochenen Sprosse … Das Bild löste sich in blutrote Schlieren auf.

Das nächste Bild zeigte einen kleineren, jüngeren Soliman. Ein Flügel hatte einen tiefen Riss. Taumelnd vor Hunger strich er im Morgengrauen durch Oaksend, wühlte in Gärten und Blumenbeeten. Hortensien, Rosen, Rittersporn flogen durch die Luft. Tulpen, Narzissen und Hyazinthen wurden ausgegraben, die Zwiebeln gierig verschlungen.

Wieder verwirbelte das Bild, wieder wurde es klar …

Diesmal sah Robin einen dunklen Abwasserkanal und – Ratten. Ratten, wohin das Auge blickte, eine dunkle Woge beißender, kratzender, kreischender Nager, die Soliman unter sich begrub. In einem letzten Aufbäumen schlug er mit der Tatze um sich, traf eine besonders große Ratte, fast so groß wie ein Jack-Russel-Terrier, riss ihr mit seinen Krallen das halbe Gesicht weg, von der Schnauze blieb nur noch ein blutiges Loch …

Die Bilderflut verschwand so urplötzlich, wie sie gekommen war. Robin blinzelte benommen. Solimans Augen ruhten immer noch auf ihm, doch sie erschienen Robin nicht mehr so schwarz wie zuvor. Das Glühen war erloschen, als ob Robin, indem er die Last der Erinnerungen auf sich genommen hatte, Solimans Schmerz hatte lindern können.

»… hätte es gleich wissen müssen«, drang Melvins Brüllen über das Tosen des Malmuddy hinweg an Robins Ohr, »die frische Luft hat ihm offenbar Appetit gemacht. Der will dich nicht heilen, der will uns verspeisen!«

»Nein! Will er nicht!«, brüllte Robin zurück, »hast du es denn nicht gesehen?«

»Was gesehen?«

Da dämmerte Robin, dass Solimans Erinnerungen nicht zu Melvin durchgedrungen waren. Nur zu ihm. Hatte das Sekret, das auf so verhängnisvolle Weise in Robins Blut gelangt war, eine geheimnisvolle Verbindung zwischen ihm und Soliman geschaffen?

Der Parzer senkte die Flügel und wandte sich der Öffnung des Druidenschlupfs zu. Seine Muskeln spannten sich sprungbereit. Entschlossen stieg Robin auf Solimans Rücken und klammerte sich in seinem Fell fest. Er streckte den Arm nach

Melvin aus. »Los doch! Er will uns helfen. Er kann uns hier rausfliegen.«

Melvin wich zurück: »Um uns dann über dem Fluss abzuwerfen!?«

»Nein! Um uns zu retten!«, rief Robin. Und als Melvin immer noch zögerte, schob er hinterher: »Vertrau mir! Ich habe alles im Griff!«

Melvin öffnete den Mund, um zu protestieren, doch in dem Augenblick steckte eine Ratte ihre Schnauze aus der Blutrinne und nahm ihm die Entscheidung ab. Er sprang hinter Robin auf Solimans Rücken und brüllte: »Dir vertraue ich, aber nicht AAAAHHHHHH …!«

Mit einem Riesensatz war Soliman aus dem Druidenschlupf herausgesprungen – und sackte mit seiner ungewohnten Last auf dem Rücken senkrecht in die Tiefe. Melvin schrie und schrie.

Robin hätte das am liebsten auch getan, doch der Schock raubte ihm den Atem. Mit weit aufgerissenen Augen sah er die schäumenden Stromschnellen auf sich zurasen. Im letzten Moment fing sich Soliman, sauste darüber hinweg und kämpfte sich, schwer mit den Schwingen schlagend, nach oben, immer höher, vom Sog des reißenden Malmuddy weg in den Nachthimmel über Oaksend hinauf.

Melvins Schreie verebbten zu einem atemlosen Hecheln. Eng aneinandergerückt, wie sie waren, spürte Robin Melvins Herz an seinem Rücken. Es schlug nicht mehr. Es raste.

Robin wagte einen Blick nach unten. Unter ihnen ausgebreitet lag Oaksend, umgeben von seinen fünf Hügeln, die die schlafenden Bewohner zu bewachen schienen wie stumme Riesenwächter.

Es regnete nicht mehr. Die Wolkendecke war aufgerissen. Mondlicht ließ die Ränder der Wolken silbern aufleuchten und zauberte einen hellen Schimmer auf Solimans pechschwarzes Fell. Der Parzer schnaufte und sackte immer wieder ab, was Robin das Gefühl gab, viel zu schnell in einem Fahrstuhl abwärtszufahren. Melvin offensichtlich auch. Schockstarr klammerte er sich an Robin fest. Er hechelte nicht mal mehr.

Der Parzer steuerte Richtung Wald, wo der Mistelweg lag, und Robins Zuhause. Robin sah den Bahnhof unter sich hinweggleiten, die Spielzeugfabrik WOBL, den Pfannkuchenpalast, die Geschäfte der Grahamstraße …

Über dem Marktplatz sank Soliman plötzlich tiefer. Wollte er lieber hier landen als im Mistelweg? Hatte er zu viel Angst vor dem Brunnenhaus? Fürchtete er, die Ratten könnten dort auf ihn lauern, um ihn wieder einzufangen und in den Kerker zu sperren?

Die lanzenartige Spitze auf dem Kioskdach kam immer näher, bedrohlich nahe. Der Parzer zuckte zusammen, als er die Gefahr erkannte, keuchte, ächzte, fauchte, bäumte sich auf und schwang sich mit einer gewaltigen Kraftanstrengung wieder nach oben.

Er geriet ins Trudeln, verfehlte den Wasserturm nur knapp und zischte gerade noch so über das Zickzackdach der alten Gießerei hinweg und durch die beiden Schornsteine hindurch, die rußschwarz und drohend gen Himmel ragten.

Da! Endlich, am Rand des Waldes, kam die alte Pferdekoppel in Sicht und dann der Mistelweg. Robin sah Rufus' Haus, das als einziges in Oaksend zu dieser Stunde noch beleuchtet war. Aus der Küche fiel ein goldgelber Lichtstreifen in den verwilderten Garten.

Der Parzer sackte erneut ab, streifte den Wipfel der Eiche und krachte auf das Dach, wo sie auf den Schieferschindeln entlangschlitterten und gegen den Schornstein knallten.

Zum Glück. Dieser höchste Teil des Daches bildete einen schmalen, flachen Steg für den Schornsteinfeger. Robin japste auf dem Rücken und hielt sich das Knie, das er sich bei der Landung gestoßen hatte. Er hörte Melvins gepresstes Stöhnen, der eine Armlänge hinter ihm mit dem Gesicht nach unten lag: »Nie wieder! Nie wieder fliege ich. Egal, mit wem oder was! Ich schwöre es beim heiligen Riesenkürbis …«

Robin legte den Kopf in den Nacken. Wo war Soliman?

Da sah er ihn. Der Parzer lag zusammengekrümmt am Schornstein und rührte sich nicht. Robin kroch auf dem Steg entlang, der rechts und links abfiel zu dem Wirrwarr aus Türmchen und Giebeln, die das Hausdach bildeten. Mondlicht ließ die regennassen Schieferschindeln schimmern und Solimans Fell seltsam fahl aussehen. Robin streckte die Hand aus. »Soliman!« Er schüttelte ihn, doch der Parzer gab nur einen schwachen Laut von sich.

Robin beugte sich über ihn. »Soliman! Lass uns jetzt nicht im Stich. Wir haben Wort gehalten. Wir haben dich befreit. Nun halte du auch Wort! Sag mir, was mich heilen kann.«

Der Parzer öffnete mühsam die Augen und sah Robin mit gequältem Ausdruck an. Dann sackte sein Kopf wieder auf die Schieferschindeln. Er stöhnte.

Hatte er sich etwa verletzt?

Robin sah an dem Körper entlang, der durch die lange Gefangenschaft ausgemergelt war. Der Bauch war kaum mehr als eine faltige Einbuchtung zwischen den sich scharf abzeichnenden Rippen. So nah am Parzer vernahm Robin wieder den seltsamen metallisch-fischigen Geruch. Und plötzlich wusste er, was das war. Das war der Geruch von Blut.

Er tastete die Hautfalten ab, und prompt fanden seine Finger eine feuchte Stelle, die sich von der Brust bis zur Flanke zog. Es war die Stelle, die sich Soliman im Brunnen an der abgebrochenen messerscharfen Sprosse aufgerissen hatte. Es war die Stelle, die, kaum verheilt, von der Spitze des Kioskdachs offensichtlich wieder aufgerissen worden war.

»Was ist mit ihm?«, fragte Melvin, der in dem Moment zu Robin gekrochen kam. Robin hob stumm seine Hand. Sie war verschmiert von schwarzem Parzerblut.

Da riss Soliman die Augen weit auf. Das Mondlicht spiegelte sich in den dunklen Pupillen und ließ sie hell aufblitzen. Seiner Kehle entrang sich ein schwaches Grollen, das die Schieferschindeln unter Robin zum Vibrieren brachte, ihn wieder zu durchdringen schien, bis zu seinem Herzen. Sein Blick verschwamm und ein Bild drängte sich in seinen Kopf …

Das Bild eines Hochgebirgshangs in majestätischem Abendrot, überragt von der bizarren Doppelspitze des Mount Jesponas. Auf einem purpurn glitzernden Schneefeld tollten zwei schneeweiße Parzerjunge ausgelassen umher, schlitterten den Abhang hinunter, wie auf einer Rutsche, die an einem sichelförmigen Felsvorsprung endete. Statt abzubremsen, benutzten sie den Vorsprung als Rampe, die sie hoch in den Himmel schleuderte, wo sie herumkugelten, buckelten und ihre schneeweißen Schwingen entfalteten. Tollkühn fingen sie sich im freien Fall und schwebten hinab zur Baumgrenze. Im Flug naschten sie an den Spitzen der Riesenkiefern, die sich unter saftigen Zapfen nur so bogen. Dann flogen sie weiter, übermütig in der Luft miteinander balgend, immer weiter, der untergehenden Sonne entgegen …

Melvin gab einen erstickten Laut von sich. Das Bild verschwand, Robin blinzelte durch einen Tränenschleier auf Soliman hinunter – und hielt die Luft an. Der Parzer war nicht mehr schwarz. Auch nicht fahlgrau, wie es der Mondschein vorgegaukelt hatte. Er war weiß. Weiß wie frisch gefallener Schnee. Strahlend hell hob sich sein Körper von den dunklen Schieferschindeln ab.

Die Erkenntnis durchfuhr die beiden Freunde wie ein heißer Blitz: Es gab nicht schwarze UND weiße Parzer. Sie waren ein und dasselbe! Das war Solimans letztes Geheimnis.

Was hatte Eddy gestammelt? Er ist nicht böse. Es ist die Erde …

Soliman hatte sich in den letzten dreißig Jahren ausschließlich auf Erde bewegt. Die unterirdischen Gänge, der Kerker, die Verliese, die Blutrinne … Es war der Kontakt mit Erde, der die Parzer verwandelte. Deshalb lebten sie im Hochgebirge, weit oberhalb der Baumgrenze, wo es nur Fels, Gletscher und Schnee gab. Keine Erde. Es war die Erde, die sie veränderte – und alles, was IN der Erde war. Die Toten samt ihren schmerzlichen Erinnerungen und dunklen Geheimnissen, die sie mit sich ins Grab genommen hatten. Oder Blut. Das viele Blut, das bei unzähligen Kriegen und mörderischen Schlachten in der Erde versickert war … Alldem waren die Parzer hilflos ausgeliefert, sobald ihre Pfoten mit bloßer Erde in Berührung kamen. Das war es, was den Parzern unsäglichen Schmerz bereitete. Einen Schmerz, der sie schier verrückt machte, wahnsinnig … böse … giftig … schwarz …

Erst hier auf dem Dach, wo es keine Erde, sondern nur Schieferschindeln gab, hatte Soliman endlich wieder der werden können, der er wirklich war.

Er hob seine schneeweiße Riesentatze, streifte Robin und senkte sie auf dessen Arm.

Die nachtschwarzen Pupillen hatten sich in hellblaue Gebirgsseen verwandelt, die herumirrten, bis sie Robins Blick fanden und ihn sanft ansahen. Seinem Brustkorb entrang sich ein mühevolles, tiefes Grollen, das zwei Worte formte: »Verzeih mir.« Dann flatterten seine Lider und der schneeweiße Kopf sank leblos auf die Schieferschindeln zurück.

»Ist er …?«, hauchte Melvin.

Robin nickte nur und kniff die Augen zusammen, um die Tränen zurückzudrängen. Der Schmerz machte ihn stumm. Tat es so weh, weil Soliman ihn nun nicht mehr heilen konnte? Oder schmerzte es ihn, dass Soliman so ein grausames Schicksal gehabt hatte?

Plötzlich hauchte Melvin hinter ihm ehrfürchtig: »Sieh mal …!«

Robin schlug die Augen wieder auf. Vor ihren Augen veränderte sich der schneeweiße Leichnam des Parzers. Wie von einer unsichtbaren Riesenpranke angehoben, schwebte er über die Schieferschindeln. Er schien in Bewegung zu geraten und dann – zerfiel er in Schneeflocken! Große, atemberaubend glitzernde, wunderschöne Schneeflocken, die Robin und Melvin wie zu einem letzten Gruß einhüllten, wieder auseinanderstoben und gen Himmel flogen, im Mondlicht funkelnd und blinkend, immer weiter, über die Hügel von Oaksend hinweg, weiter Richtung Norden, dem fernen Mount Jesponas entgegen. Solimans Heimat.

Diesmal kämpfte Robin nicht gegen die Tränen an. Heiß und schwer rannen sie seine Wangen herab. Melvin sagte kein Wort, legte ihm nur die Hand auf die Schulter und verharrte so eine lange Weile.

Als die Tränen schließlich versiegten, spürte Robin einen sanften Druck auf der Schulter. »Komm«, sagte Melvin leise.

Robin ließ sich von Melvin aufhelfen, der einen Arm um ihn legte. »Wir haben immer noch das Druidenauge.«

Wir haben immer noch das Druidenauge.

Melvins Worte hallten in Robins Kopf nach.

Der gute Melvin. Er hatte noch nicht begriffen, dass ihre gefährliche Mission völlig umsonst gewesen war. Zwar hatten sie das Druidenauge erobert, doch Robin wusste jetzt schon, was das Orakel zeigen würde: einen weißen Parzer. Nur ein weißer Parzer war in der Lage, Robin zu heilen. Und der war nun tot.

Robin nahm kaum wahr, wie Melvin ihm über die Dachkante half, wie sie durch das geöffnete Giebelfenster in seine Kammer stiegen.

Benommen folgte er Melvin und stand plötzlich in der Küche. Er sah und hörte und nahm doch nichts wahr.

Die Jarver flippten aus vor Freude, als Melvin das Druidenauge aus dem Hatchpatch zog. Sie jubelten und tanzten und stellten die schwere Kupferpfanne gleich auf den Herd. Panettone kam zu ihm geeilt, strahlte Robin an und sagte irgendwas. Mechanisch spuckte Robin in die große Rührschüssel mit Pfannkuchenteig. Panettone eilte zum Herd, wo die anderen schon einen Riesenbatzen Butter im Druidenschild zerlassen hatten. Panettone goss den Teig hinein. Die anderen Jarver tanzten Ringelreihen um den Tisch herum und sangen irgendwas.

Robin sank abseits auf einen Hocker, mit dem Gefühl, eine dicke Glasglocke hätte sich auf ihn herabgesenkt. Stimmen und

Geräusche klangen dumpf und hohl, das Geschehen um ihn herum wirkte entrückt und verzerrt.

Sechs Jarver brauchte es, um das Druidenauge anzuheben und den Pfannkuchen mit einem Wurf nach oben in der Luft zu wenden. Alle strömten herbei und blickten gespannt in das Druidenauge.

Melvin linste über Panettones Kopf hinweg auf das Orakel.

Gleich, dachte Robin, gleich würden sie alle begreifen, dass es zu spät war, dass er nicht geheilt werden konnte.

Und da sahen sie auch schon alle wieder auf. Dutzende Augenpaare richteten sich auf Robin, der sich auf dem Küchenschemel nicht rühren konnte. Die Jarver hielten das Druidenauge leicht schräg. Das Pfannkuchenorakel war eindeutig. Robin hatte nichts anderes erwartet. Der Pfannkuchen war komplett braun gebrannt bis auf die Mitte. Dort war er hell, fast weiß, und zeigte den Umriss eines fliegenden Parzers.

Alle strahlten Robin an. Auch Melvin, der den Daumen nach oben reckte und auf ihn zustürmte.

Himmel! Begriffen sie denn immer noch nicht?

Melvin riss Robin vom Hocker und schob seinen Ärmel hoch. Er rief irgendwas. Und als Robin nicht reagierte, fasste Melvin ihn am Kopf und zwang ihn auf den Arm zu sehen, auf das Mal.

Doch da war keins mehr. Die Haut war völlig unversehrt.

Aber wie konnte das sein? Soliman hatte doch gar nichts gemacht?

Oder vielleicht doch?

Plötzlich sah Robin Soliman wieder vor sich. Wie der sterbende Parzer ihn berührte, nachdem er sich verwandelt hatte. Mit seiner schneeweißen Tatze …

Und da wachte Robin endlich aus der lähmenden Betäubung auf.

Das Jubelgeschrei der Jarver explodierte an seinem Ohr, und Melvin musste brüllen, um sie zu übertönen: »Soliman hat Wort gehalten. Er hat dich geheilt!«

Kapitel 27

Ein fetter Fund

Am nächsten Morgen wachten Robin und Melvin erst gegen Mittag auf. Bis zum Morgengrauen hatten sie mit den Jarvern gefeiert. Erst als das erste Morgenrot den Himmel rosa färbte, hatten sich die Jarver verabschiedet, und Panettone hatte ihnen noch ein Geschenk überreicht. Als Dank für ihre Hilfe übergab er Robin und Melvin feierlich eine dreistöckige Popcorntorte mit Karamellguss.

Nun standen Robin und Melvin in der Küche und räumten die Partyreste auf. Melvin spülte Geschirr. Er hatte das Radio aufgedreht und schwang die Hüften im Takt der Musik. Robin schwang den Besen. Bei ihrem Wettspucken hatten die Jarver Kirschkerne über den gesamten Flur verteilt. Die Haustür, die mit tiefroten Sprenkeln übersät war, bekam er nur mit einer Wurzelbürste und viel Schmierseife wieder sauber. Doch die Arbeit ging ihm leicht von der Hand.

Als sie schließlich fertig waren, setzten sie sich mit einer Tasse Kakao an den blank gescheuerten Küchentisch. Durch die geöffnete Verandatür drang das aufgeregte Zwitschern der Vögel, die zurückgekehrt waren und sich im verwilderten Gemüsebeet um Kürbiskerne zankten.

Die Sonne strahlte von einem blitzblauen Himmel herab.

Melvin fragte munter: »Und? Was stellen wir heute an?«

»Wir sind mit dem Aufräumen noch nicht fertig«, entgegnete Robin.

Melvin sah sich verdutzt in der blitzblanken Küche um.

»Dein Hatchpatch muss noch entrümpelt werden.«

»Oh, nein! Nicht heute«, jammerte Melvin, »es ist so schönes Wetter. Endlich regnet es nicht mehr und es ist unser letzter sturmfreier Tag!«

Das stimmte allerdings. Morgen würden Rufus und Mrs Stickforth zurückkommen. Doch Robin schüttelte entschlossen den Kopf. »Es muss sein, Melvin. Das Hatchpatch kommt ja kaum noch vorwärts und weicht immer wieder vom Kurs ab. Ich hab keine Lust mehr auf gefährliche Bruchlandungen!«

»Und ich hab keine Lust, im Haus zu bleiben«, maulte Melvin und schob die Unterlippe vor.

Doch Robin gab nicht nach. Melvin quengelte und bettelte und schnurrte und versuchte es mit seinem Verlorenes-Kätzchen-Blick, doch diesmal blieb Robin hart. Nach einigem Hin und Her stand Melvin schließlich verdrossen auf, fischte das Hatchpatch aus einer seiner Taschen und warf es auf den Küchenboden.

Blitzartig entfaltete es sich, und als ob es mitbekommen hätte, dass es entrümpelt werden sollte, machte es sich ganz lang und breit. Offenbar konnte es es gar nicht erwarten, den ganzen Plunder loszuwerden.

Melvin stieg lustlos und murrend in die Schleusenkammer hinab. Robin krempelte die Arme hoch und stieg hinterher.

Er griff sich das Erste, was im Weg stand, die Kleiderpuppe mit Taucherbrille, und setzte dazu an, sie aus dem Hatchpatch zu schieben, da ging Melvin auch schon dazwischen.

»Och nee … nicht die Kleiderpuppe. So was kann man immer gebrauchen …«

»Melvin …«, begann Robin ärgerlich, wurde jedoch von einem seltsamen Geräusch unterbrochen.

»Was ist das?«, fragte Melvin verdutzt.

»Klingt wie Noralee Simpson«, sagte Robin.

»Die Dicke aus deiner Klasse?«

»Kannst du dich erinnern? Beim letzten Schulfest hatte sie auf ihrer Violine herumgekratzt.«

»Stimmt. Das hat sich genauso angehört. Als ob man eine Katze quält …«

Eine Katze?!

Robin und Melvin sahen einander an. Beide hatten denselben Gedanken. In fliegender Hast räumten sie das Gerümpel zur Seite, das den Zugang zu den Schubladen der Schleusenkammer versperrte.

Der Geruch von Anchovis wehte ihnen entgegen. Melvin zog am Knauf der Schublade, in der er die Cracker vor einigen

Tagen verstaut hatte. Nichts. Die Schublade klemmte. Das kratzende Gejaule wurde lauter. Melvin packte den Knauf mit beiden Händen, stemmte sich mit einem Fuß an der Wand ab und zog stärker. Robin schlang seine Arme um Melvins Bauch und zog mit. Melvin riss, rüttelte, ruckelte. Endlich bekam er sie ein Stück auf.

In dem Spalt erschien ein schiefes Maul, Schnurrhaare und ein paar neongelbe Augen. Punchkiss miaute verzweifelt. Mit vereinten Kräften zogen sie weiter an der Schublade, noch ein paar Zentimeter, und dann schoss der Kater heraus, der dicker aussah als sonst. Er flutschte ihnen durch die Finger und sauste aus dem Hatchpatch ins Freie, eine Spur wirbelnder Kartonfetzen hinterlassend, auf denen noch die Aufschrift der Flitzbitz-Schachtel zu sehen war. Geschmacksrichtung Anchovis.

Melvin lachte erleichtert auf. »Er muss sich ins Hatchpatch geschlichen haben, als wir es vor einigen Tagen in der Kammer zum Auslüften an die Wand gehängt hatten …«

»Und dann konnte er wohl den Flitzbitz-Crackern nicht widerstehen …«

»… und hat sich irgendwie in die Schublade gequetscht …«

»… die das Hatchpatch aus Rache verklemmt hat …«

»Zum Glück! Er lebt!«

»Barker Bates hat ihn gar nicht – Oh, oh!«

Alarmiert sahen sie einander an. War Barker Bates noch in der Stadt? Himmel, wenn der Kater ihm in die Hände fiel!

Robin und Melvin sprangen aus dem Hatchpatch heraus und

durch die Verandatür. Punchkiss' buschiger Schweif verschwand gerade um den Monsterbrombeerbusch, der die linke Haushälfte unter sich begrub. Robin stürzte hinterher. Melvin bluffte und folgte ihm auf den Fuß.

Punchkiss wetzte den Mistelweg hinunter und schoss wie ein Kugelblitz über die Bluefordstraße hinweg. Ein Familienkombi mit brandneuer Motorhaube verfehlte den Kater nur um Haaresbreite. Bremsen kreischten, der Wagen stoppte jäh, und Robin erhaschte einen Blick auf Mr Duncans entsetzte Miene hinter der Windschutzscheibe.

Halb hilflos, halb entschuldigend warf Robin in vollem Galopp die Arme in die Luft und lief dem Kater hinterher, der pfeilschnell die Kastanienallee Richtung Marktplatz entlangwetzte, ein dicker Wirbel aus gelb-braun geschecktem Fell. Hinter sich hörte er Melvin schnaufen: »Schneller! Er entwischt uns!«

Robin konnte vor Seitenstechen kaum noch laufen. Ächzend stolperten sie die letzten Meter des Kastanienrings entlang und auf den Lindenring hinaus. Punchkiss' aufgeplusterter Schweif verschwand zwischen zwei bunten kleinen Zeltpavillons, die zusammen mit Dutzenden anderen auf dem Marktplatz standen.

Schwer atmend stützte sich Robin an einem Laternenpfahl ab.

Er hörte Melvin japsen: »Was ist denn hier los? Wusste gar nicht, dass Jahrmarkt ist.«

»Das … muss …« Robin rang nach Luft, »das muss wegen des Backwettbewerbes sein.« Er presste sich die Hand an die schmerzende Seite und sah sich um. »Los, weiter!«

Auch vor dem Brunnen von St. Octavian hatte man kleine Zeltpavillons errichtet, in denen die Teilnehmer des Wettbewerbes ihre Kreationen präsentierten. Hattie Hope und ihre Rosentraumtorte waren auf den ersten Blick kaum voneinander zu unterscheiden. Beide waren in Quietschrosa gekleidet, Hattie Hope in Tüll und die Torte in einer üppig dekorierten Marzipandecke.

Im Zelt daneben linste Mrs Greengrove mit verbissener Miene zu ihr hinüber und lief vor Missgunst fast genauso grün an wie ihre eigene Pistazientorte.

Ein Zelt weiter thronte Mr Buttwickle, der Stadtbibliothekar, auf seinem hohen Barhocker. Er maß kaum einhundertfünfzig Zentimeter. Doch jeder einzelne von ihnen bebte vor Stolz. Mit einer Pinzette korrigierte er den Sitz einer winzigen gezuckerten Veilchenblüte auf einem seiner Petits Fours. Die delikaten Mini-Törtchen waren kaum größer als Pillendosen und dekoriert wie Kronjuwelen.

Im übernächsten Zelt sah Robin Tess Gilligan, die verstohlen von ihrer Schokoladenbombe naschte, und das wohl nicht zum ersten Mal. Die Garnitur aus Trüffelpralinen wies schon beträchtliche Lücken auf. Tess wischte sich verstohlen die Mundwinkel ab.

Hinter ihr, im Schatten des Zeltes, saß Rory in einem Campingstuhl und las in einer Gartenzeitschrift. Er trug eine auffallend plüschige Mütze.

Melvin raunte: »Sag mal, wir hatten doch gestern gesehen, wie Barker Bates Rory eine Fellmütze gab?«

»Ja. Und wir dachten schon, sie wäre aus Punchkiss gemacht worden«, entgegnete Robin.

»Hmm … Punchkiss hat zwar nicht dran glauben müssen. Aber andere offensichtlich schon … Sieh mal! Mr Boon trägt auch so ein Ding.«

Robin blickte suchend die Zeltreihe entlang. Neben den Teilnehmern des Backwettbewerbes nutzten auch andere Leute die Gelegenheit, ihr handwerkliches Geschick zur Schau zu stellen. Pat Pollock konnte zwar nicht backen, aber töpfern. Sie bot ihre recht eigenwilligen farbenfrohen Becher, Krüge, Schalen, Vogeltränken und Gartenfiguren an. Letztere erinnerten Robin an die geschnitzten übergewichtigen Waldgeister auf dem Monsterschrank vor Melvins Kammer.

Neben dem Kiosk stand ein Zelt, in dem eine Frau allerlei Selbstgestricktes anbot, und daneben entdeckte er Mrs Boon, die Frau des Lebensmittelhändlers. Sie glühte vor Stolz. Ihren Käsekuchen hatte sie kunstvoll mit nicht weniger als sechs regenbogenbunten Schichten verschiedener Obstsorten versehen. Mr Boon kramte im Schatten des Zeltes herum. Tatsächlich. Auch er trug eine Mütze, die verdächtig nach Fell aussah.

In dem Augenblick brauste ein grauer Kastenwagen heran und hielt am Rand des Marktplatzes, vor der Bude mit dem Selbstgestrickten.

»Barker Bates!«, keuchte Robin und hoffte, dass Punchkiss, wo immer er sich auch versteckte, dort noch eine Weile blieb.

Der Tierfänger stieg aus, ging um den Wagen herum und öffnete die Hecktüren. Er holte einen großen Weidenkorb heraus, gefüllt mit bunt gescheckten Fellmützen, und trug ihn zu dem Zelt mit dem Selbstgestrickten.

Die Frau streckte ihm schon die Hände entgegen. »Die Mützen gehen weg wie warme Semmeln«, rief sie glücklich.

Da fiel Robins Blick auf das Schild, das hinter ihr an der Zeltrückwand hing: »Schlägt jedes Original: Katie Bates' Fellmützen-Imitate aus Mohair-Wolle.« Ihm fiel eine Zentnerlast vom Herzen.

In dem Moment trat Rory Gilligan neben ihn und begrüßte Barker Bates mit Handschlag. »Hey, Bates, haben Sie ihn endlich?«

Barker Bates sagte: »Jep! Heute Nacht ist er mir in die Falle gegangen. Sehen Sie selbst …« Er deutete in das Wageninnere.

Rory lugte um die Türen herum, desgleichen Robin. In einem massiven Käfig befand sich ein schwarz-braun gescheckte Tier und gebärdete sich wild. Die unsteten Augen unter der finsteren Stirn rollten wild in den Höhlen, während sich das Tier in die fingerdicken Käfigstangen verbiss.

»Was ist das?« Rory beugte sich vor. Barker Bates hielt ihn zurück.

»Ein junger Vielfraß. Vorsicht. Gehen Sie lieber nicht näher ran. Sieht aus, als hätte er die Juckpest.«

»Juckpest?«

»Jep. Der wissenschaftliche Name lautet …«

»Aujeszky-Krankheit«, sagte eine ruhige, tiefe Stimme hinter Rory.

Alle drei wandten sich um. Unbemerkt hatte sich ihnen Dr. John Little genähert. Der unglaublich lange, schlaksige Mann war in derben Tweed gekleidet, hatte strubbeliges dunkelblondes Haar, eine abenteuerlich hervorragende Nase und ein ebensolches Kinn, das ein tiefes Grübchen aufwies. Er stellte zwei Koffer ab. Offensichtlich kam er gerade vom Bahnhof.

»John!«, röhrte Rory freudig überrascht und schlug dem Tierarzt herzlich auf den Rücken. »Wie war die Hochzeitsreise? Wo hast du Polly gelassen?«

John wies über die Schulter. »Die muss sich erst aus den Klauen meines Nebenbuhlers namens Punchkiss befreien. Aber was haben wir denn da Interessantes?« Seine hellgrauen, freundlichen Augen richteten sich auf den Käfig.

»Sie sind vom Fach?«, fragte Barker Bates überrascht.

»Ach, ich hab hier und da was aufgeschnappt.«

»Aufgeschnappt?«, röhrte Rory, »Mr Bates, das ist Dr. John Little. Einen besseren Tierarzt werden Sie in den ganzen Oakys nicht finden.«

»Tatsächlich?«, sagte Barker Bates erfreut.

Sofort entspann sich zwischen ihm und John Little eine begeisterte Fachsimpelei über Marderartige, deren hoch kompliziertes Verdauungssystem, die Aujeszky-Krankheit und die Infektionsrate bei heimischen Wildtieren. Es fielen eine Menge komplizierter Wörter. Robin und Rory überließen die beiden grinsend ihrem Fachchinesisch.

Da sahen sie Polly auf sich zukommen. Sie trug ein aprikosenfarbenes Reisekostüm und mühte sich um freie Sicht, denn Punchkiss, den sie auf ihrem Arm trug, fuhr mit seinem buschigen Schweif immer wieder über ihr Gesicht und drückte heftig schnurrend seinen Kopf gegen ihr Kinn. Polly spuckte Katzenhaare aus und rief selig: »Hallo Robin! Ist das nicht süß? Punchkiss hat uns am Bahnhof abgeholt!« Sie ächzte und wuchtete den schweren Kater höher auf ihre Arme. »Punchkiss, du hast ja ganz schön zugelegt. Du hast dich wahrscheinlich durch ganz Oaksend durchgefressen, du Schlawiner!«

Sie schaffte es, sich herunterzubeugen und Robin einen Kuss auf die Stirn zu geben. »Ich habe dich vermisst, mein kleiner Ritter.«

Robin wurde rot. Punchkiss peitschte mit dem Schweif hin und her und warf Robin einen eifersüchtigen Blick zu.

»Hallo Polly«, begrüßte Rory sie, »ihr kommt gerade rechtzeitig.«

»Hast du schon Gavins … äh … ich meine natürlich Monsieur Panés Meisterwerk gesehen?« Rory wies auf die andere Seite des Marktplatzes, wo sich vor einem Pagodenzelt mit blau-rot-weißen Streifen eine Menschentraube drängte.

»Er hat sich selbst übertroffen. Keine Frage, er gewinnt den ersten Preis … oh … das muss der Preisrichter sein …« Rory sah auf.

Die anderen folgten seinem Blick. Am Rande des Marktplatzes stieg gerade ein Mann aus einem Taxi. Er trug eine blau-rot-weiß gestreifte Schärpe über einem gewaltigen Bauch, einen breitkrempigen Hut mit Straußenfedern, hatte einen auffallend gezwirbelten Schnurrbart und ein Ziegenbärtchen wie ein französischer Musketier. Allerdings ein ziemlich arrogant wirkender Musketier. Das war also dieser berühmte Maître Philippe aus Paris, den Monsieur Pané so sehr verehrte und dem er nacheiferte bis hin zu den gezwirbelten Schnurrbartspitzen.

Monsieur Pané stieß einen kleinen Schrei aus, als er den Maître entdeckte, und eilte ihm entgegen. Er begrüßte ihn überschwänglich und führte ihn sogleich auf dem Marktplatz herum.

Maître Philippe folgte ihm nicht ganz so begeistert. Robin hatte den Eindruck, dass der große Maître von seiner Aufgabe gelangweilt und genervt war und den Besuch in Oaksend schnell hinter sich bringen wollte. Andauernd wedelte er mit einem Spitzentaschentuch vor seiner Nase herum, als ob es auf dem Marktplatz nicht betörend nach frischem Gebäck roch, sondern nach Kuhdung.

Monsieur Pané konnte einem leidtun. Beflissen wuselte er um Maître Philippe herum, doch dieser beachtete ihn kaum. Er stolzierte über den Marktplatz, würdigte Hattie Hopes Rosentraumtorte kaum eines Blickes, verdrehte die Augen beim Anblick von Mrs Greengroves Pistazientorte und wich geradezu entsetzt zurück, als er Tess' Schokoladenbombe erblickte. Mr Buttwickle geriet samt Hocker ins Wanken, als der Maître dessen kostbare Petits Fours lediglich mit einem Naserümpfen quittierte.

Monsieur Pané lotste den Maître nun zu seinem eigenen Zelt,

das er festlich in den Farben der französischen Nationalflagge geschmückt hatte. Die Menschenmenge teilte sich und gab den Blick frei auf ein Prachtstück von Torte, wie es Robin noch nie zuvor gesehen hatte. Rory hatte recht. Monsieur Pané hatte sich selbst übertroffen. Auf einer goldenen Platte erhob sich ein meterhoher luftiger schneeweißer Traum. Monsieur Pané hatte einen Eiffelturm aus feinstem Biskuit geschaffen, dicht umsponnen von hauchzarten, golden funkelnden Karamellfäden. Es war eine Torte, die eines Königs würdig war. Allen Umstehenden stockte der Atem.

Allen außer Maître Philippe. Der hob eine Augenbraue, wedelte mit seinem Taschentuch und sprach zum ersten Mal. »Wie provinziell.« Er seufzte affektiert, drehte sich auf dem Absatz um und stolzierte zum wartenden Taxi zurück.

Die Augen aller Umstehenden wandten sich betroffen Monsieur Pané zu. Der stand wie versteinert hinter seinem Meisterstück und wurde genauso weiß wie der Biskuit. Rory sah sich suchend um, entdeckte John Little und winkte ihn hektisch zu sich heran. Jetzt musste schleunigst ein Arzt her!

»Pro… Provinziell …?!«, stammelte Monsieur Pané mit splittriger Stimme. Seine Schnurrbartspitzen sackten schlaff herunter.

John kam mit langen Schritten herangeeilt. Die Umstehenden machten ihm sofort Platz. Wenn einer die drohende Nervenkrise beruhigen konnte, dann dieser Mann, der schon im Handumdrehen tobende Stiere besänftigt hatte.

Vorsichtig legte John seine Hand auf die Schulter des Konditors, der offensichtlich unter Schock stand. »Ganz ruhig, Monsieur Pané«, begann er mit seiner tiefen Stimme, »dieser Maître Philippe ist bestimmt nur neidisch.«

Monsieur Pané wechselte schlagartig die Gesichtsfarbe. Er wurde violett wie Traubengelee. Seine Kochmütze blähte sich, als würde sie gleich zerplatzen. John runzelte besorgt die Stirn und verstärkte den Druck seiner Hand. »Tief einatmen, Monsieur Pa…«

»Nenn mich nie wieder Monsieur!«, explodierte Monsieur Pané, »ich heiße Gavin. Gavin Pan! Und ich bin Konditor im schönen Oaksend.« Er schüttelte Johns Hand ab und brüllte: »Provinziell? PROVINZIELL?! Na, warte, ich zeig diesem… diesem Pariser, was die Provinz so alles kann!«

Und ehe John ihn zurückhalten konnte, griff Gavin beidhändig in den Eiffelturm und schleuderte einen Riesenbatzen Biskuit quer über den Marktplatz auf Maître Philippe, der sich jedoch in der Sekunde herunterbeugte, um ins Taxi zu steigen. Der Batzen flog knapp über das Autodach hinweg und klatschte auf die Windschutzscheibe von Mr Duncans Familienkombi, der gerade in den Lindenring einbog. Seiner Sicht so abrupt beraubt, verwechselte Mr Duncan Bremse mit Gas und schoss Funken schlagend über den Bordstein zwischen den Zelten von Hattie Hope und Mrs Greengrove hindurch und krachte geradewegs in den Kiosk.

»Hups«, ließ sich Gavin vernehmen.

Mr Duncan stieg sehr steifbeinig aus und sah von der zerquetschten Motorhaube zum Biskuitteig auf der Windschutzscheibe und dann über den Marktplatz zu der Menschentraube vor Monsieur Panés Zelt. Der hob die teigverschmierte Hand und wies auf das davonbrausende Taxi, in dem Maître Philippe saß.

Mr Duncan schnappte sich die erstbeste Torte, die er zu fassen bekam – es war Mrs Greengroves Pistazientorte –, und schleuderte sie zurück, traf jedoch nicht Monsieur Pané, sondern Mr Buttwickle, den es vom Hocker riss. Mrs Greengrove stürzte sich auf Hattie Hopes Rosentraum und schleuderte ihn auf Mr Duncan, traf unglückerweise jedoch Tess, die prompt mit Trüffelpralinen zurückfeuerte.

Im Nu war eine handfeste Tortenschlacht im Gange und der Marktplatz verwandelte sich in eine Rutschbahn aus Sahne und Butter.

Robin konnte nicht mehr sagen, wer auf wen feuerte oder wer überhaupt wer war, denn alle Besucher hatten sich in Teigzombies verwandelt, die herumschlitterten, rutschten und zu Boden stürzten. Er duckte sich unter einem Hagel aus Windbeuteln und flüchtete zum Brunnendenkmal. Dort fand er Imogen vor, die in sicherem Abstand zum Schlachtfeld auf dem Brunnenrand saß und das Geschehen mit mildem Erstaunen verfolgte. Stilton lugte aus dem Beutel und leckte Robin zur Begrüßung die Hand, als der sich neben sie setzte.

»Erwachsene sind schon komisch«, sagte Imogen verträumt

und sah einem Frankfurter Kranz nach, der von links nach rechts über den Platz sauste und Mrs Boon mitten ins Gesicht traf.

»Wir Kinder sollen ständig unser Zimmer aufräumen …«

»Nichts schmutzig machen …«, ergänzte Robin.

»Unsere Sachen in Ordnung halten – oh, klasse Wurf!«

Beide folgten mit den Augen der regenbogenbunten Schichttorte, die Mrs Boon auf Mrs Merryweed zurückfeuerte und die die Flugbahn mehrerer Bienenstichschnitten kreuzte, die auf Mr Duncan niederprasselten.

»Nicht mit dem Essen spielen …«, nahm Imogen den Faden wieder auf. »Und dann verwandeln sie einen Marktplatz im Handumdrehen in eine Riesenferkelei … verstehst du das?«

Da tauchte Mr Buttwickle zwischen den Zelten auf. Zumindest nahm Robin das an, denn der kleine Mann war von Kopf bis Fuß mit Tortenmatsch und Sahne bedeckt und erinnerte an ein Riesenbaiser. Er wischte sich Schmiere aus den Augen und strahlte Robin begeistert an. »Grandios! Das ist ja noch besser als Halloween!«, rief er und stürzte sich wieder ins Schlachtgetümmel. Robin fiel vor Schreck fast hintenüber in den Brunnen. Das war nicht Mr Buttwickle gewesen, sondern Melvin!

»Ist der aber süß!«, kiekste Imogen, »ist das dein neuer Freund?«

Robin sah Imogen schreckensbleich an, doch die beachtete ihn gar nicht, sondern schaute hingerissen auf seinen Gürtel. Robin sah an sich herunter. Zwei Stielaugen plinkerten herauf.

Irgendwie hatte es der Twirl geschafft, sich wieder unbemerkt an Robins Gürtelschnalle festzusaugen.

»Komm mal her, du Kleiner«, Imogen kitzelte das Schneckenhaus, woraufhin ein gurgelndes Kichern erklang und der Twirl flugs auf ihren Finger schlüpfte. Imogen schmolz dahin. »Ohhh, ist der süüüüß! Wer ist das überhaupt?«

Da fiel Robin ein, dass Imogen eine Schwäche für Wirbellose hatte. Ihrer Prachtanemone versuchte sie seit geraumer Zeit das Zählen beizubringen.

»Ein … ähm … ein Zehnfingeroktopode?«, log er auf gut Glück.

Imogen hob den Twirl nah an ihr Gesicht und betrachtete ihn von allen Seiten. Ein Tentakel berührte schüchtern ihre Nasenspitze. »Ohhh, wie süüüüß! Wo kommst du denn her, du kleiner Schnucki?«, zwitscherte sie.

Robin kam eine Idee: »Er … er ist mir zugelaufen. Ich suche ein Zuhause für ihn. Ich … ähm … ich kann ihn nicht mit zu mir nehmen, weil … ähm … Rufus hat doch eine Allergie …«

»Ich kann ihn nehmen!«, rief Imogen sofort und quietschte verzückt, als ein Tentakel ihr linkes Nasenloch unter die Lupe nahm.

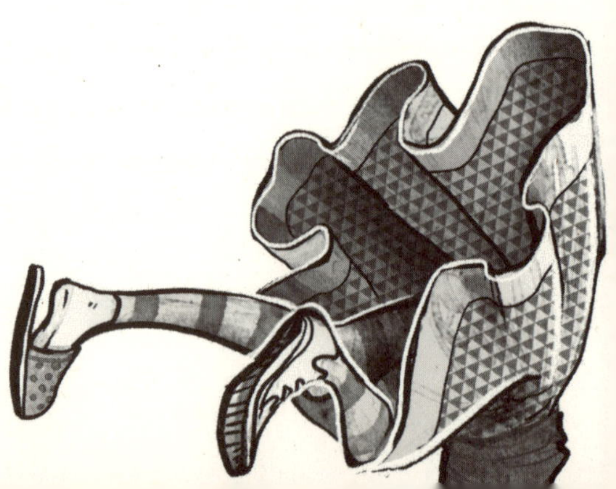

Kapitel 28

Eine dicke Überraschung

»Robin Paul Miller!«

Die Stimme gellte durch den frühmorgendlichen Mistelweg. Amseln und Spatzen flohen panisch aus dem Kürbisbeet, Igel rollten sich blitzartig zusammen, und Robin fiel vor Schreck aus dem Bett und riss das Bettzeug mit, in dem er sich verheddert hatte.

»MILLER, KOMM HER. SOFORT!«

Die Stimme ließ die Fensterscheiben erbeben. Nun war es endgültig vorbei mit sturmfreier Bude. Mrs Stickforth war wieder da. Sie und Rufus mussten gestern Nacht zurückgekommen sein, als Robin schon geschlafen hatte.

»MILLER, WAS HAST DU MIT MEINEN HORTENSIEN GEMACHT?«

Robin gefror zu Eis. Die Hortensien! Er hatte Mrs Stickforths Hortensien vollkommen vergessen. Und nun dröhnte auch Rufus' Stimme von unten herauf: »Robin, wach auf! Doris hat dir was zu sagen!«

Robin strampelte sich aus dem Bettzeug frei und rief panisch zurück: »Ich kann nichts dafür!«

»Das musst du ihr schon selbst sagen«, donnerte Rufus.

»MILLER! WILLST DU DICH JETZT ENDLICH STELLEN!«

Die Fensterscheiben klirrten.

Robin stöhnte und vergrub den Kopf in den Händen. Da legte sich eine pelzige Hand auf seine Schulter: »Keine Sorge, ich bin ja auch noch da«, sagte Melvin.

»Was kannst du schon gegen eine Schrotflinte ausrichten?«, sagte Robin verzweifelt, »oder hast du vielleicht eine kugelsichere Weste?« Hoffnungsvoll hob er den Blick. Melvin hatte doch so viele Taschen in seinem Fell.

Melvin grinste schief: »Wird alles halb so wild.«

»Halb so wild? Bist du verrückt? Du kennst sie doch, sie wird mich … umbringen!«

»Wird sie nicht.« Melvin zog Robin hoch und reichte ihm seine Hose.

»Hast du einen Plan?«, fragte Robin und schlüpfte in die Jeans.

»Brauch ich nicht«, sagte Melvin zwinkernd und warf ihm sein Hemd zu.

Robin wurschtelte sich in das noch halb zugeknöpfte Hemd. »Lass mich bloß nicht allein mit diesem Drachen …«

»MILLER, KOMM JETZT RAUS, SONST KOMM ICH REIN!« Mrs Stickforths Stimme durchschnitt die Luft wie eine Kreissäge.

Melvin bluffte sich weg, und Rufus brüllte: »Robin, jetzt mach schon! Das Küchenfenster hat schon einen Sprung!«

Robin holte tief Luft und öffnete die Zimmertür. Mit wild pochendem Herzen und wackeligen Knien stieg er die Treppe runter und ging den Flur entlang nach hinten in die Küche.

Rufus saß am Küchentisch und kratzte mit einem Messer an einer verbrannten Toastscheibe herum. Als er Robin sah, senkten sich seine buschigen Augenbrauen, und er wies mit dem Kinn Richtung Veranda.

Robin drückte sich an ihm vorbei zur geöffneten Verandatür.

Er schluckte und streckte zunächst vorsichtig einen Fuß heraus. Besser, sie schoss ihm einen Zeh weg als gleich den ganzen Kopf.

»MILLER, SEI EIN MANN! ICH WERD DIR SCHON NICHT DEN KOPF ABBEISSEN!«

Das überzeugte Robin keineswegs.

Er lugte um den Türrahmen herum und zu Mrs Stickforths Garten hinüber. Doch da war kein Garten mehr. Da war ein Dschungel!

Von der Verwüstung der Jarver war keine Spur zu sehen. Im Gegenteil. Wie durch ein Wunder hatten sich die Hortensienbüsche erholt und waren sogar größer und dichter als je zuvor. Dicke schneeweiße Blüten, groß wie Bowlingkugeln, wogten sacht in der Frühlingsbrise. Ihr betörender Duft wehte bis zu Robin herüber. Mrs Stickforth verschwand fast in dem grünweißen Meer aus prallen Blättern und prächtigen Blüten, das sie nahezu überragte.

»WAS HAST DU MIT IHNEN ANGESTELLT?«, knurrte sie, rammte ihren Stock in die Erde und stützte sich mit ihren knochigen Händen auf den Knauf. Ihre Knopfaugen funkelten Robin über den Gartenzaun hinweg an. »WAS? ICH WILL ES WISSEN!«, herrschte sie ihn an.

Robin öffnete den Mund, schloss ihn aber gleich wieder. Selbst wenn Rufus nicht hätte mithören können – Robin konnte Mrs Stickforth unmöglich die Wahrheit sagen. Er musste das Geheimnis des Dachbodens und alles, was sich darin befand, für sich behalten. Da fiel ihm plötzlich eine Lösung ein.

»Ich habe nur mit ihnen geredet«, rief er und verkniff sich ein Grinsen. Er musste noch nicht einmal lügen.

»GEREDET?«

»Ja, ich habe nur mit ihnen ge...«

»ICH HABE IN MEINEM LANGEN LEBEN SCHON EINIGES GEHÖRT, ABER NOCH NIE SO UNVERSCHÄMTE LÜGEN WIE AUS DEINEM MUND. GEH MIR AUS DEN AUGEN, DU ... DU ...«

Robin machte, dass er in die Küche kam, und schlug die Verandatür zu. Rufus war schon auf halbem Weg aus der Küche, um sich, wie immer, für den Rest des Tages in sein Arbeitszimmer zu vergraben. Auf der Türschwelle verharrte er und drehte sich dann halb um. Sein Gesicht verzog sich zu einer höchst unrufushaften Miene. Er lächelte. »Gut gemacht«, brummte er.

Robin blieb die Spucke weg. Verdattert sah er seinem Großvater nach, der den Flur entlangstapfte, im Arbeitszimmer verschwand und die Tür leise hinter sich verschloss.

Gut gemacht? Das hatte Rufus noch nie zu ihm gesagt.

Verborgen von der Küchengardine linste er zum Nachbargarten hinüber.

Mrs Stickforth warf Blicke rundum, wie um sich zu vergewissern, dass niemand mehr in der Nähe war. Zögernd beugte sie sich zu der nächstbesten dicken Blüte und schirmte ihren Mund mit der Handfläche ab.

Was auch immer Mrs Stickforth der Hortensie zuflüsterte – es schien ihr ganz und gar nicht zu gefallen. Ein Zittern durchlief sie, dann explodierte sie, und Mrs Stickforth verschwand in einem Schauer weißer Blütenblätter.

In dem Moment klappte die Verandatür auf und wieder zu.

Ein Luftzug streifte Robins Wange, und Melvins Stimme erklang etwas atemlos neben ihm: »Das wird ihr eine Lehre sein! Ob Mensch, Monster, Tier oder Pflanze: Der Ton macht die Musik.«

Melvin gluckste und knuffte Robin in die Seite: »Weißt du, was wir jetzt machen? Wir hauen uns heute in den Erker, lesen Comics und futtern Popcorntorte, bis wir platzen! Los, komm …«

Plötzlich drang wildes Gezeter zu ihnen. Im Kürbisbeet herrschte Riesenaufregung. Eine Krähe war gelandet und hatte die anderen Vögel in die Flucht geschlagen – bis auf zwei junge Spatzen. Tolldreist hielten sie den dicksten Kürbis besetzt und machten einen solchen Krawall, dass die Krähe verdutzt zurückwich und tatsächlich wieder davonflog.

Die beiden Winzlinge zwitscherten begeistert, hopsten auf und ab, und für einen verrückten Augenblick sah es fast so aus, als ob sie einander mit den Flügeln abklatschten.

Robin lächelte. Ihm fiel Panettones Sprichwort ein:

Ein Doppelkeks wiegt mehr als tausend Torten.

Nun wusste er, was der Jarver damit gemeint hatte.

ANDREA MARTIN hatte schon als Kind den Verdacht, dass hinter den Dingen viel mehr steckt, als allgemein behauptet wird. Sie wuchs in den USA, Österreich und Deutschland auf. Nach einer Ausbildung zur Grafikerin gründete sie 1995 eine Fachagentur für Medizin und Kommunikation, wo sie als Art Director, Grafikerin und Illustratorin arbeitet und Marketingstrategien für Kunden aus der Medizin- und Pharmabranche entwickelt. »Die Geheimnisse von Oaksend« ist ihr fantastisches Debüt.

MAX MEINZOLD, geboren 1987, ist freischaffender Grafikdesigner und Illustrator. Seine Schwerpunkte liegen in den Bereichen Science-Fiction, Fantasy und der Kinder- und Jugendliteratur. Für seine moderne, innovative Buchgestaltung wurde er bereits für zahlreiche Preise nominiert. Er lebt und arbeitet in München.

Andrea Martin

Die Geheimnisse von Oaksend – Die Monsterprüfung

320 Seiten, ISBN 978-3-570-17613-9

Robin kann es nicht fassen, als eines Nachts Melvin vor ihm steht. Ein echtes Monster, mitten in seinem Zimmer! Und er selbst hat es gerufen! Als angehendes Schutzmonster (Warmblut, Europäisch-Langhaar, Blue Tabby) ist es Melvins Aufgabe, seinen Schützling vor Unheil jeder Art zu bewahren. Und das hat Robin auch dringend nötig. Nur was, wenn die bekannte Welt plötzlich aus den Fugen gerät? Mit seinem Hatchpatch, einer Art magischem Expresstunnel, schafft es Melvin, seinen Freund zunächst in Sicherheit zu bringen. Doch Melvin ist nicht das einzige Monster in Oaksend und nicht alle Monster kommen in guter Absicht …

www.cbj-verlag.de

10405

Armand Baltazar

Timeless – Retter der verlorenen Zeit

624 Seiten, ISBN 978-3-570-17447-0

Die Zeitkollision war eine Katastrophe kosmischen Ausmaßes, die Zeit und Raum aufspaltete und die Erde auseinanderriss. Die Überlebenden kommen aus den unterschiedlichsten Kulturen und Epochen. In dieser neuen Welt lebt Diego Ribera. Doch nicht alle sind an einem friedlichen Zusammenleben in diesem neuen Zeitalter interessiert, und so wird Diegos brillanter Erfinder-Vater entführt. Er soll den Zeitbruch – und somit die letzten 15 Jahre – ungeschehen machen. Diego muss sich auf eine gefährliche Reise begeben, um seinen Vater, seine eigene Existenz und die Zukunft der Welt zu retten …

20272

www.cbj-verlag.de

Sollte diese Publikation Links auf Webseiten Dritter enthalten, so übernehmen wir für deren Inhalte keine Haftung, da wir uns diese nicht zu eigen machen, sondern lediglich auf deren Stand zum Zeitpunkt der Erstveröffentlichung verweisen.

Dieses Buch ist auch als E-Book erhältlich.

Verlagsgruppe Random House FSC® N001967

1. Auflage 2019

Illustrationen: Max Meinzold
Umschlaggestaltung: Geviert, Grafik & Typografie,
unter Verwendung einer Illustration von Max Meinzold
aw · Herstellung: UK
Satz: KompetenzCenter, Mönchengladbach
Druck: GGP Media GmbH, Pößneck
ISBN 978-3-570-17614-6
Printed in Germany

www.cbj-verlag.de